Meg Cabot

Ich bin dann mal Prinzes
Zwei königliche Katastrophen

Der vorliegende Doppelband enthält die Bücher

›Ich bin dann mal Prinzessin‹
›Ich bin dann mal Prinzessin – Chaos, Kekse und königliche Cousinen‹

Meg Cabot gehört zu den erfolgreichsten Kinder- und Jugendbuchautorinnen der USA. Weltweit verkauften sich ihre fast achtzig veröffentlichten Bücher rund 25 Millionen Mal. Mit ihren ›Princess Diaries‹-(›Plötzlich Prinzessin‹)-Büchern landete sie einen riesigen Bestsellererfolg: millionenfach verkauft, in 38 Ländern erschienen und sehr erfolgreich verfilmt mit Anne Hathaway. Derzeit lebt sie in Key West, Florida, mit ihrem Ehemann und drei Katzen.

Ilse Rothfuss hat Romanistik und Anglistik studiert und in verschiedenen Verlagen gearbeitet, bevor sie sich als Übersetzerin selbstständig gemacht hat. Sie lebt in München.

Meg Cabot

Ich bin dann mal Prinzessin

Zwei königliche Katastrophen

Aus dem amerikanischen Englisch
von Ilse Rothfuss

Mit Illustrationen der Autorin

dtv

Ausführliche Informationen über unsere Autorinnen und Autoren und ihre Bücher finden Sie unter www.dtv.de

Von Meg Cabot ist bei dtv junior außerdem lieferbar:
›Ich bin dann mal Prinzessin – Wie küsst man einen Prinzen‹

MIX
Papier aus verantwortungsvollen Quellen
FSC® C019821

Ungekürzte Ausgabe
2020 dtv Verlagsgesellschaft mbH & Co. KG, München

Published by arrangement with Meg Cabot LLC
Titel der amerikanischen Originalausgaben:
›From the Notebooks of a Middle School Princess‹,
2015 erschienen bei Feiwel and Friends,
an imprint of Macmillan
›From the Notebooks of a Middle School Princess –
Royal Wedding Disaster‹
2016 erschienen bei Feiwel and Friends, an imprint of Macmillan

Dieses Werk wurde vermittelt durch die Literarische Agentur
Thomas Schlück GmbH, 30161 Hannover
Umschlaggestaltung: dtv unter Verwendung von Illustrationen
von Carolin Liepins
Gesetzt aus der Gazette
Gesamtherstellung: Druckerei C.H.Beck, Nördlingen
Printed in Germany · ISBN 978-3-423-71878-3

»Es wäre einfach, eine Prinzessin zu sein,
wenn ich in Stoffe aus purem Gold gekleidet wäre,
doch ist es ein viel größerer Triumph, zu wissen,
dass man eine ist, ohne dass jemand davon weiß.«

Frances Hodges-Burnett
Sara, die kleine Prinzessin

Ich bin dann mal Prinzessin

Mittwoch, 6. Mai

9.45 vormittags
Biologiestunde

Die Cranbrook Middle School ist leider nicht so super, wie ich es mir erhofft hatte.

Okay, ich gebe zu, dass meine Erwartungen vielleicht überzogen waren. Ich hatte so tolle Sachen gehört! Jeder schwärmt davon, was man alles machen darf, wenn man in die Mittelstufe kommt.

Und niemand sagt dir: »Wenn du in der Mittelstufe bist, rempelt dich Annabelle Jenkins an und droht damit, dich nach der Schule zu verprügeln.«

Aber genau das ist gerade eben passiert. Annabelle Jenkins hat mich nach der zweiten Stunde im Gang gestoßen. Einfach so. Aus heiterem Himmel.

Im ersten Moment hielt ich es für ein Versehen. Ich meine, was habe ich Annabelle Jenkins getan?

Also sagte ich: »Kein Problem«, und ging in die Knie, um die Seiten aufzusammeln, die aus meinem Ordner gefallen waren. Ich schaute vorsichtshalber nach, ob mein rosa Stundenplan noch im Einband klebte, was zum Glück der Fall war. Uff.

Okay, ich weiß, es klingt ein bisschen komisch, dass ich jetzt, im Mai, immer noch Angst habe, meinen Stundenplan zu verlieren. Aber ich kann nichts dagegen machen. Man bekommt nämlich einen Verweis, wenn man seinen Stundenplan verliert. Und ich habe bisher das ganze Halbjahr ohne einen einzigen Verweis überstanden.

Außerdem beruhigt es mich, wenn mein Stundenplan im Ordner klebt, falls ich plötzlich mal unter Gedächtnisverlust leiden sollte oder so.

»Kein Problem«, sagte ich erneut zu Annabelle und stand auf. »Mein Stundenplan ist noch da.«

Und da machte Annabelle etwas komplett Verrücktes. Ich meine, wirklich *irre* – wenn man bedenkt, dass sie die beliebteste Sechstklässlerin an der Cranbrook Middle School ist. Sie stieß mich noch mal.

Richtig grob. So hart, dass ich das Gleichgewicht verlor und vor den Augen ihrer ganzen Clique voll auf den Hintern knallte.

Es tat nicht weh (nur mein Stolz war verletzt).

Aber es war trotzdem ein Schock, denn bis zu diesem

Moment hatte ich gedacht, dass Annabelle und ich befreundet wären. Also, keine engen Freundinnen – wir sitzen nicht beim Mittagessen zusammen oder so. Annabelle lässt sowieso nur ein paar wenige Auserwählte an ihren Tisch.

Aber zumindest waren wir nicht verfeindet. Wir trafen uns sogar manchmal außerhalb der Schule, entweder bei ihr oder bei mir zu Hause, weil mein Stiefonkel mit Annabelles Dad zusammenarbeitet. Annabelle hat mir dann immer ihre Trophäen gezeigt, die sie im Turnen gewonnen hatte, und ich ihr meine Tierzeichnungen, wenn sie bei

mir war. Ihre Begeisterung hielt sich zwar in Grenzen und trotzdem dachte ich, zwischen uns sei alles okay.

Aber das war ein Irrtum.

»Ist mir doch egal, ob du deinen Stundenplan verlierst, *Prinzessin Olivia*«, zischte Annabelle. »Du kommst dir ja *soooo* toll vor, was?«

»Hey«, sagte ich und richtete mich wieder auf. »Stimmt was nicht mit dir, Annabelle?«

Es war kein Sarkasmus. Ich fragte nur, weil ich mir beim besten Willen nicht erklären konnte, warum Annabelle Jenkins

1. mir den Ordner aus der Hand schlug,
2. mich anrempelte,
3. mich anfauchte, dass ich mir so toll vorkäme,
4. mich *Prinzessin* nannte.

Vielleicht war gerade ihr Hund überfahren worden und sie ließ es jetzt an mir aus? Obwohl ich nicht weiß, ob sie überhaupt einen hat. Das letzte Mal habe ich jedenfalls keinen bei ihr gesehen. Ich mag Hunde und hätte es definitiv gemerkt, wenn einer da gewesen wäre.

Aber wahrscheinlich war es nur Wunschdenken von mir, dass wir uns gut verstehen. Denn es wurde immer seltsamer, ehrlich. Annabelles Freundinnen – lauter hübsche, angesagte Mädchen – standen um mich herum und schauten zu, wie Annabelle mich demütigte. Und sie bogen sich praktisch vor Lachen, als Annabelle mich mit hoher, weinerlicher Stimme nachäffte, obwohl es sich kein bisschen nach mir anhörte – jedenfalls in meinen Ohren.

»Hey, Annabelle, stimmt was nicht mit dir?« Annabelle zeigte auf mich, schaute dabei aber ihre Freundinnen an. »Olivia ist so bescheuert, dass sie allen Ernstes glaubt, ich mag sie. Sie denkt, dass wir Freundinnen sind.«

Annabelles Gesicht ließ keinen Zweifel daran, dass wir das nie gewesen waren und auch nie sein würden. Offenbar hassten wir einander und ich hatte es nicht mal gemerkt.

Dann hielt Annabelle ihr Gesicht ganz nahe an meines und sagte: »Pass mal auf, Prinzessin Olivia Grace Clarisse Mignonette Harrison – falls du wirklich so heißt, was ich bezweifle. Es reicht mir jetzt, dass du dich für was Besseres hältst. Warte nach der Schule am Fahnenmast auf mich, dann kriegst du die Prügel, die du verdienst, okay? Und wenn du mich bei einem Lehrer verpetzt, sag ich einfach, dass du angefangen hast. Dann bekommst *du* den Verweis und nicht ich, klar?«

Mit einem letzten Stoß (nicht ganz so hart wie der vorige) stolzierte sie davon, gefolgt von ihrer kichernden Clique. Ich schaute ihnen nach, bis sie im Gewühle der einschüchternd großen Siebt- und Achtklässlerinnen verschwanden, die sich in den Gängen immer viel breiter machen als wir unbedeutende Sechstklässlerinnen.

Zum Glück war inzwischen meine Freundin Nishi neben mir aufgetaucht.

»Was war das denn gerade?«, fragte Nishi.

»Annabelle will mich nach der Schule verprügeln«, sagte ich. Ich glaube, ich stand noch unter Schock oder etwas in der Art. Als würde ich mich selbst in einem Film sehen. »Und sie hat mich Prinzessin genannt.«

»Prinzessin? Wieso das denn?«, wollte Nishi wissen. »Und warum will sie dich verprügeln? Ich dachte, ihr versteht euch gut?«

»Ja, das dachte ich auch«, seufzte ich. »Aber das war ein Irrtum.«

»Komisch. Findet sie, dass du eingebildet bist, oder was?«

»Ich wüsste nicht, warum.« Ich schaute an meinen Kleidern hinunter, die auch nicht anders als Nishis waren, weil wir in der Cranbrook alle Schuluniform tragen müssen, einschließlich Rock. Ich mag keine Röcke, und schon gar keine Faltenröcke. Falten sind unvorteilhaft, hatte ich in einer der Modezeitschriften meiner Stiefcousine Sara gelesen. »Oder seh ich irgendwie tussig aus?«, fragte ich.

»Nein, find ich nicht«, sagte Nishi, während die anderen in Scharen an uns vorbeiströmten, um vor dem Läuten in ihre nächste Stunde zu kommen. »Jedenfalls nicht mehr als sonst.«

Ich warf Nishi einen sarkastischen Blick zu. »Na toll – vielen Dank auch.«

»Na ja, weißt du ... jemand wie Annabelle, die nur Sport im Kopf hat, findet deine Tierzeichnungen vielleicht etwas abgedreht ...«

»Aber wieso? Ich hab nie mit meinen Zeichnungen angegeben! Das ist doch nur mein Hobby. Ich gewinne ja schließlich keine Trophäen damit ...«

»Hmm. Komisch. Vielleicht solltest du mal zu einem Lehrer gehen.«

»Kann ich nicht. Sonst behauptet Annabelle, dass ich angefangen hätte, und dann bekomme *ich* den Verweis. Das hat sie wörtlich gesagt. Wo ich doch das ganze Jahr ohne durchgekommen bin.«

»Aber warum sollten die Lehrer Annabelle glauben und nicht dir?«, wandte Nishi ein.

»Weil Annabelles Dad Rechtsanwalt ist«, sagte ich düster. »Schon vergessen? Sie droht doch immer damit, dass ihr Dad die Schule verklagt, wenn sich jemand mit ihr anlegt.«

»Ach so, ja.« Nishi schüttelte den Kopf. »Hab ich ganz vergessen. Aber das ist sicher nur ein Missverständnis. Wir klären das beim Mittagessen, okay? Also, Olivia, ich muss los – bis dann.«

»Bis dann«, sagte ich, obwohl ich längst nicht so zuversichtlich war wie Nishi.

Wir stürzten uns ins Gedränge, um nicht zu spät in den Unterricht zu kommen. In der Cranbrook Middle School verliert man einen Pluspunkt, wenn man zu spät kommt.

Und wer zu viele Punkte verliert, wird nicht in die Siebte versetzt.

Und da bin ich nun und zerbreche mir den Kopf, womit ich Annabelle so wütend gemacht haben könnte, dass sie mich allen Ernstes verprügeln will.

Aber mir fällt nichts ein.

Weil ich die ganze Zeit nur daran denken kann, dass ich nach der Schule zusammengeschlagen werde. Ich bin so gut wie tot.

Donnerstag, 6. Mai

10.50 Uhr
Französisch

Das Problem ist, dass ich total langweilig und durchschnittlich bin. Was aber noch lange kein Grund ist, mich zu verprügeln, oder?

Ich: Olivia Grace Clarisse Mignonette Harrison
(mein richtiger Name, egal was Annabelle sagt)

Größe: durchschnittlich (für mein Alter: zwölf)

Gewicht: durchschnittlich (komplett normaler BMI für meine Größe)

Haare: durchschnittliche Farbe (braun) und Länge (bis zur Schulter, obwohl ich meistens Zöpfchen flechte, weil ich damit besser zurechtkomme. Mein Haar wird nämlich schnell kraus, besonders an feuchten Tagen, und in New Jersey ist es oft feucht.)

Haut: durchschnittlich (na ja, braun – was daher kommt, dass ich eine schwarze Mom und einen weißen Dad habe)

Augen: auch durchschnittlich – nicht saphirblau wie die meiner Stiefschwester Sara oder dunkelbraun wie Nishis. Meine Augen sind haselnussbraun. Ganz normales Mittelbraun, in Richtung Haselnuss. Nicht mal im Licht ändern sie ihre Farbe, so wie bei manchen Romanheldinnen, deren Augen smaragdgrün funkeln, wenn sie wütend sind, oder so. Meine bleiben die ganze Zeit haselnussbraun.

Mit anderen Worten: langweilig.

Nur zwei Dinge an mir sind nicht durchschnittlich, aber das kann nicht der Grund sein, warum Annabelle mich verprügeln will.

Erstens mein Vorname: Olivia Grace Clarisse Mignonette Harrison (was Annabelle aus irgendwelchen Gründen für eine Erfindung hält, obwohl es mein richtiger Name ist, das schwöre ich).

Keine Ahnung, warum meine Mom mir so viele Vornamen gegeben hat, noch dazu so ausgefallene. Mignonette ist beispielsweise eine Soße, die man im Restaurant bestellen und zu Austern essen kann.

Dabei mag ich Austern gar nicht.

Und es gibt eine berühmte Prinzessin, die meine Stiefschwester immer in den Klatschblogs stalkt. Ihr Name ist Amelia (»Mia«) Mignonette Grimaldi Thermopolis Renaldo, Prinzessin von Genovien, und ihre Großmutter heißt Clarisse. Ich habe also zwei königliche Vornamen (Clarisse und Mignonette), was schon irgendwie komisch ist, das muss ich zugeben. Vielleicht hatte meine Mom einen Prinzessinnentick oder so.

Leider kann ich sie nicht fragen, weil sie gestorben ist, als ich noch ein Baby war. Ich habe meine Mom nie wirklich gekannt und das ist schade, weil ich sie bestimmt gemocht hätte, nach allem, was ich über sie weiß. Mom war Privatjetpilotin. Das heißt, sie hat die Privatjets von irgendwelchen schwerreichen Leuten geflogen.

Aber sie ist nicht mit dem Flugzeug abgestürzt, wie man vielleicht denken könnte. Sie ist im Urlaub in Mexiko gestorben – durch einen Wasserski-Unfall.

Ich selber war noch nie in einem Privatjet oder auf einer Motorjacht. Tante Catherine sagt immer, Wasserski sei gefährlicher als jedes Privatflugzeug.

Womit wir beim zweiten nicht durchschnittlichen Punkt wären: Weil Mom tot ist, lebe ich bei meiner Tante und ihrer Familie – meinem Onkel Rick und seinen beiden Kindern Justin und Sara. Meinen leiblichen Vater habe ich noch nie gesehen, obwohl er mir Briefe schickt und so. Ich schreibe ihm zurück, an ein Postfach in New York City, weil mein Dad ständig beruflich unterwegs ist. (Er wird gut dafür bezahlt. Das weiß ich, weil Tante Catherine immer so erfreut ist, wenn mein monatlicher Unterhaltsscheck eintrifft, obwohl die O'Tooles – so heißt ihre Familie – auch nicht gerade arm sind. Tante Catherine und Onkel Rick haben ein gut gehendes Inneneinrichtungs- und Baugeschäft.)

Deshalb habe ich ihn nie kennengelernt (meinen Dad, meine ich). Eine Sekretärin leitet meine Briefe von dem Postfach an ihn weiter. Dad lebt da, wo er seinen Koffer abgestellt hat, also hauptsächlich an Orten wie Costa Rica oder Abu Dhabi (jedenfalls den Ansichtskarten nach).

Das sind »keine guten Voraussetzungen, um ein Kind aufzuziehen«, hat Tante Catherine gesagt, und dass es in seinem Leben keinerlei Stabilität gebe.

Mein Zuhause bei Tante Catherine und Onkel Rick ist offenbar »stabil« genug, um ein Kind darin aufwachsen zu lassen, aber manchmal sehne ich mich danach, bei meinem Dad zu leben. Wir hätten sicher jede Menge Spaß auf seinen archäologischen Expeditionen, da bin ich mir sicher, auch wenn es dort keine Schulen und kein Trinkwasser gibt – nur Moskitos.

Okay, Dad hat nie wirklich gesagt, dass er Archäologe ist, und Tante Catherine reagiert total gereizt, wenn ich Fragen über ihn stelle, aber ich bin mir ziemlich sicher, dass meine Eltern sich auf diese Weise kennengelernt haben. Mom war bestimmt die Pilotin auf einer seiner Expeditionen oder so.

Vielleicht will mein Dad deshalb nur schriftlich mit mir kommunizieren. Weil es zu schmerzlich für ihn wäre, wenn ich plötzlich leibhaftig vor ihm stünde. Das würde alte Wunden wieder bei ihm aufreißen und ihm vor Augen führen, was er alles verloren hat (auch wenn ich natürlich nicht so schön bin wie meine Mom – nur langweiliger Durchschnitt eben. Aber Tante Catherine meint, ich hätte denselben Knochenbau wie meine Mom und könnte eines Tages vielleicht noch attraktiv werden).

Aber ich will nicht jammern. Dad hat mir den Tipp gegeben, meine Gefühle einem Tagebuch anzuvertrauen, wenn ich einsam oder verzweifelt bin (er hat mir sogar eins geschickt, obwohl ich es fast nie bei mir habe, wenn ich es gerade brauche, sodass ich einfach irgendwas Greifbares nehme – zum Beispiel mein französisches Notizbuch, so wie jetzt).

Dad sagt, er kennt jemand, der lange

Zeit ein Tagebuch geführt hat und dem das immer geholfen hat. Wahrscheinlich meint er meine Mutter und bringt es nicht übers Herz, ihren Namen auszusprechen (Elizabeth), weil die Erinnerung an ihre Schönheit ihm noch immer die Kehle zuschnürt.

Trotzdem, auch wenn ich das in meinen Briefen an Dad nie anspreche, fühle ich mich praktisch wie ein Waisenkind, und das ist das Schlimmste für mich.

Nicht dass ich irgendwie stiefmütterlich behandelt werde. Ich muss nicht in einem Schrank unter der Treppe schlafen, so wie Harry Potter (bei uns gibt es so was gar nicht), oder die Asche aus dem Herd auffegen wie Cinderella (wir haben Gasöfen, die Onkel Rick verkabeln ließ, sodass man sie mit einer Fernbedienung einschalten kann – also ich nicht, natürlich).

Nein, ich habe ein eigenes Zimmer und alles. Meine Tante und mein Onkel behandeln mich ~~fast~~ wie Sara und Justin, Onkel Ricks leibliche Kinder. Ich habe also keinen Grund, mich zu beschweren.

Ich bin nur manchmal traurig, dass ich keinen Hund haben darf. Oder eine Katze. (Onkel Rick ist allergisch dagegen und Tante Catherine will keine Tierhaare auf ihren Designermöbeln und teuren Teppichböden.)

Und was mich momentan total fertigmacht, ist die Tatsache, dass die Firma – *O'Toole-Designs* –, die Tante Catherine mit Onkel Rick führt, bald ein neues Luxus-Einkaufszentrum in einem Land namens Qualif bauen wird,

sodass wir diesen Sommer dorthin müssen. Ich wäre gern so abenteuer- und reiselustig wie mein Dad, aber ich will nicht von hier wegziehen, weil ich meine Freundin Nishi ja nicht mitnehmen kann, und ich werde sie so vermissen.

Ich finde es schon schlimm genug, dass ich jeden Tag im Rock in die Cranbrook Middle School gehen muss, aber laut Tante Catherine müssen Mädchen in Qualif *immer* Röcke tragen und Frauen müssen sogar ihren Kopf bedecken. Das ist dort so üblich.

Außerdem finde ich es ziemlich unfair von Tante Catherine und Onkel Rick, dass ich keinen eigenen Computer bekomme, so wie Sara und Justin (das WLAN reicht in unserem Haus angeblich nicht bis in mein Zimmer!). Geschweige denn ein Smartphone. (Tante Catherine sagt, sie schenkt mir erst eins, wenn ich in der Highschool bin und gute Noten mit nach Hause bringe.)

Klar, dass ich Angst habe, eine Menge zu verpassen, weil ich nicht mit meinen Freundinnen chatten oder über WhatsApp kommunizieren kann. Sara darf das alles, obwohl sie nur vier Monate älter ist als ich!

Aber es macht mir definitiv nichts aus, dass ich keinen eigenen Fernseher im Zimmer habe, so wie Justin und Sara. Ich will später mal Wildtier-Illustratorin werden und habe keine Zeit, vor dem Fernseher rumzuhängen und Videospiele zu machen (wie Justin) oder Reality-Shows zu gucken (wie Sara). Ich muss Zeichnen üben. Als Wildtier-Illustrator zeichnet man nämlich die ganzen Tiere, die man in Büchern oder im Netz oder auf den Schildern neben den Zoogehegen sieht.

Was die meisten Leute zum Beispiel nicht wissen: Kängurubabys (auch Joeys genannt) sind bei der Geburt nur zwei Zentimeter lang und vollständig blind und haarlos. Sie müssen in den Beutel ihrer Mütter klettern und dort sechs bis acht Monate weiterwachsen, bis sie kräftig genug sind, um herauszukommen und herumzuhüpfen.

Und das kann nur von Hand gezeichnet werden, weil sich keine Kängurumutter der Welt in ihren Beutel schauen lässt, um ihr Junges zu fotografieren!

Dafür sind Wildtier-Illustratoren da. Ich bin natürlich noch kein Profi, aber ich habe mal einen Gratis-Kunsttest gemacht, den ich beim Zahnarzt ganz hinten in einer Zeitschrift entdeckt hatte. Dort stand: »Zeichne Tippy die Schildkröte, so gut du kannst – und sende dein Bild ein.« Aber ehrlich gesagt hatte ich nicht mit einer Rückantwort gerechnet.

Ich war also völlig von den Socken, als die Kunstschule eines Tages aus heiterem Himmel zu Hause anrief, um mir mitzuteilen, dass meine Zeichnung von Tippy der Schildkröte angenommen worden sei und dass ich »echtes Talent« hätte.

Natürlich legten sie sofort auf, als sie von Tante Catherine hörten, dass ich erst zwölf bin.

Aber trotzdem! Seither weiß ich, dass ich Künstlerin werden will. Ich meine, wenn ich mit zwölf ein Stipendium bekommen hatte (oder jedenfalls fast), müsste ich es später doch erst recht schaffen.

Ms Dakota, meine Kunstlehrerin, findet das auch. Sie sagt, ich muss nur

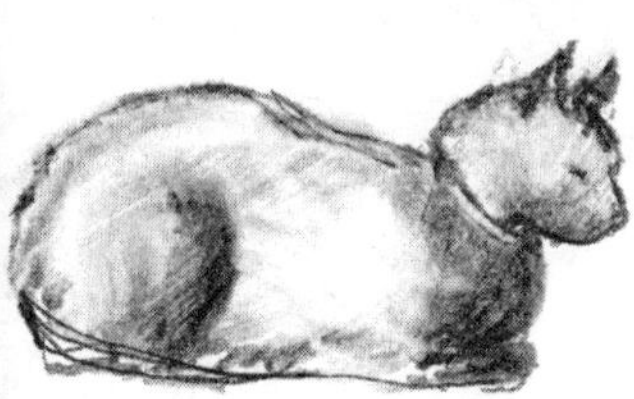

ordentlich üben und besonders an meiner Perspektive arbeiten (also der Technik, Gegenstände so zu zeichnen, dass sie dreidimensional wirken). Ms Dakota hat mir gezeigt, wie man in der Mitte der Seite einen Fluchtpunkt setzt, um dann alle Linien der Zeichnung dort zusammenlaufen zu lassen. Das ist ganz schön schwierig.

So schwierig, dass ich ehrlich gesagt viel öfter Kängurus, Geparden und vor allem die Katze unserer Nachbarin Mrs Tucker zeichne, statt an der Perspektive zu arbeiten.

Komisch, wie sich manchmal das ganze Leben an einem einzigen Tag ändern kann. Zum Beispiel der Tag, an dem ich das Kunststipendium gewonnen habe (auch wenn ich es dann nicht annehmen durfte). Das war wirklich ein Traumtag, an dem ich von durchschnittlich zu nicht-ganz-so-durchschnittlich aufgerückt bin, auf gute Art, weil jemand mein Zeichentalent entdeckt hatte.

Nicht so ein Horrortag wie heute.

Ich hätte wissen müssen, was auf mich zukommt, als

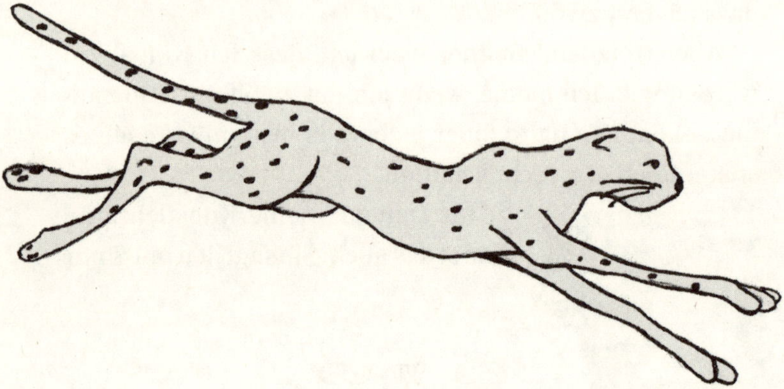

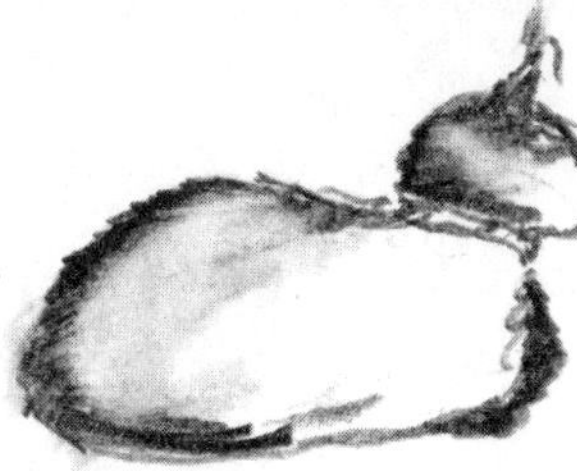

Mr Courtney diese grässlichen Arbeitsblätter in Bio ausgeteilt hat. »Wer bin ich?«, lautete die Überschrift und wir sollten die genetischen Merkmale unserer Herkunftsfamilie auflisten.

Aber was sollte ich zum Beispiel unter die Frage »Augenfarbe des Vaters/der Mutter« schreiben? Okay, ich kann meinem Dad schreiben und ihn danach fragen, aber bis ich eine Antwort von ihm bekomme, muss ich das Arbeitsblatt längst abgegeben haben und das Ergebnis zählt zu 25 Prozent für unsere Note! (Obwohl Mr Courtney gesagt hat, es sei okay, ein paar Fragen unbeantwortet zu lassen. Netta und Quetta, die Zwillinge, haben auch keine Ahnung von den genetischen Daten ihres Dads.)

Aber ich hasse es, etwas nicht zu wissen.

ZUM BEISPIEL, WARUM ANNABELLE JENKINS MICH VERPRÜGELN WILL.

Das ist so abartig.

Ehrlich.

Mittwoch, 6. Mai

14.52 Uhr
Sozialkunde

Die anderen Mädchen, mit denen ich in beim Mittagessen zusammensitze, können sich auch nicht erklären, warum Annabelle mich verprügeln will. Außer meiner Stiefschwester Sara. »Vielleicht weil deine Fußnägel nicht passend zu deinen Sandalen lackiert sind«, sagte sie. Aber ehrlich, das kann nicht ihr Ernst sein.

»Das ist doch kein Grund, mich zu verprügeln, Sara«, wandte ich ein.

»Für Annabelle vielleicht schon.« Sara nippte seelenruhig an ihrer Diät-Limo. »Die ist doch so modebewusst.«

Die anderen sagten nichts dazu. Vielleicht war ihnen eingefallen, dass Sara früher an Annabelles Tisch gesessen hatte, bis sie irgendwann den Fehler machte, einen Nagellack aufzutragen, der farblich nicht zu ihren Schuhen passte. Annabelle war so entrüstet, dass sie Sara sofort von ihrem Tisch verbannte.

Jetzt sitzt Sara bei uns – einer Mädchenclique, die jede Menge Spaß hat, aber modisch nicht immer so ganz auf der Höhe ist.

Nishi sagte: »Ich finde immer noch, dass du zu einem Lehrer gehen musst, Olivia. Du hast doch bis jetzt noch nie Ärger in der Schule gehabt. Und das heißt, dass die Lehrer eher dir glauben werden als ihr.«

»Aber was ist mit Annabelles Dad?«, sagte Beth Chandler.

»Wieso? Was soll mit ihm sein?«, wollte Nishi wissen.

»Ich hab seine Werbung im Fernsehen gesehen«, sagte einer der Zwillinge (Netta oder Quetta – ich kann die beiden einfach nicht auseinanderhalten, was ich mir aber nie anmerken lassen würde). »Er ist ziemlich bekannt.«

»Ja, für Entschädigungsklagen bei Körperverletzung und so«, sagte Nishi. »Wenn man zum Beispiel einen Autounfall hatte. Aber nicht, weil er Schulen verklagt.«

»Ich würde mich jedenfalls nicht mit Annabelle anlegen«, sagte der andere Zwilling. »Die beherrscht doch praktisch die Schule.«

»So ein Quatsch«, sagte Nishi. »Niemand beherrscht die Schule, schon gar nicht eine Sechstklässlerin.«

»Oh doch – Annabelle Jenkins schon«, widersprach

Sara, die es wissen musste. »Letztes Wochenende war sie auf einer Siebtklässlerparty.«

Ich hätte am liebsten zu ihr gesagt: »Na danke, wie aufmunternd«, aber Sara versteht keinen Spaß, wenn es um Annabelle geht.

Beth Chandler riet mir, zur Schulschwester zu gehen und Bauchschmerzen vorzutäuschen, damit Tante Catherine mich abholen konnte, bevor die Schule aus war.

Aber das war keine Lösung. Das Problem wäre nur aufgeschoben und nicht aufgehoben, wie alle einstimmig feststellten.

Schließlich sagte Netta oder Quetta: »Warum redest du nicht mit deinem Bruder? Der kann dir doch helfen, wenn Annabelle auf dich losgeht.«

Von diesem Vorschlag hielt ich allerdings nicht viel. Ich warf einen Blick auf Justin, der mit ein paar anderen Achtklässlern in einer Fensternische der Cafeteria saß. Sie spielten irgendwelche Spiele auf ihren Handys oder Gameboys, obwohl wir das in der Schule nicht dürfen. Jeder, der dabei erwischt wird, verliert einen Pluspunkt und das Gerät wird konfisziert, hat Dr. Bushy, unser Direktor, gesagt.

Aber den Achtklässlerjungs ist das offenbar egal.

»Justin ist beschäftigt, soviel ich sehe«, sagte ich.

»Na, und wenn schon«, meinte Nishi. »Ihr seid schließlich in derselben Familie. Er muss zu dir halten.«

Ich habe Nishi schon oft zu erklären versucht, dass ich nur mit Sara und Justin zusammenlebe, weil ihr Dad meine Tante geheiratet hat. Wir sind nicht blutsverwandt. Tante Catherine ist ihre Stiefmutter und folglich sind die beiden nur angeheiratete Cousins.

Was natürlich nicht heißt, dass unser Verhältnis deshalb weniger gut sein muss als das zwischen richtigen Geschwistern. Eine Familie kann auch aus Leuten bestehen, die nicht miteinander verwandt sind. Sie müssen noch nicht mal derselben Spezies angehören. Mrs Tucker, unsere Nachbarin, behandelt ihre Katzen, als wären sie ihre Kinder. Sie strickt sogar kleine Mützen für sie.

Aber ehrlich gesagt, manchmal kommt es mir schon so vor, als würde es einen Riesenunterschied machen, dass ich nicht blutsverwandt mit den O'Tooles bin.

»Das würde ich an deiner Stelle nicht tun«, warnte Sara mich und biss in ihre Erdnussbutter-Gelee-Reiswaffel. (Bei den O'Tooles hat niemand eine Weizenallergie oder Gluten-Unverträglichkeit, so wie Beth Chandler, die keine Luft mehr bekommt, wenn sie Gluten isst, und dann sofort ins Krankenhaus muss. Aber Tante Catherine sagt, Gluten macht dick, weshalb wir weder Brot noch Pasta noch Kekse im Haus haben.)

Aber leider hat Sara recht – ich meine, wie könnte ich das je vergessen? Gleich an meinem ersten Schultag an der CBM machte Justin mir klar, wie es hier läuft. Wir gehen zwar in dieselbe Schule, verkündete er, aber das heißt noch lange nicht, dass ich ihn ansprechen oder um Rat fragen darf.

Außerdem darf ich auf keinen Fall verraten, dass Justin zu Hause auf unserem alten Karaoke-Gerät Taylor-Swift-Songs übt und dass er sich *beide* Filme über Prinzessin Mia von Genovien reingezogen und am Schluss sogar geheult hat.

»Oh Sara, sei nicht so gemein«, sagte Beth Chandler. »Justin hilft ihr schon. Er ist doch so nett!«

Das kann nur jemand sagen, der nicht in derselben Familie wie Justin leben muss. Ein paar von den Mädchen finden meinen Stiefcousin süß, aber nur weil

1. sie nicht mit ihm zusammenwohnen und seine ekligen Stinksocken riechen müssen, so wie ich
2. an der Cranbrook Middle School akuter Mädchenüberschuss herrscht, sodass den Mädchen nichts anderes übrig bleibt, als fast jeden Jungen süß zu finden, sogar Justin.

»Ist schon okay«, sagte ich beschwichtigend.

»Nein, ist es nicht!«, protestierte Beth. »Los, geh schon, Olivia. Sag's ihm.«

»Lass es, Olivia«, warnte Sara mich erneut.

»Das ist ein Notfall«, sagte einer der Zwillinge.

Aber Sara schüttelte den Kopf und nuckelte an ihrer Diät-Limo. »Sie wird es bereuen«, sagte sie.

Die anderen drängten mich trotzdem, mit Justin zu reden.

Leider. Ich hätte auf Sara hören sollen.

Aber was blieb mir schon anderes übrig? Keine von uns hatte eine bessere Idee, ich am allerwenigsten.

Also nahm ich meinen ganzen Mut zusammen und ging zu Justins Tisch.

Er hielt seinen Gameboy oder was auch immer in der Hand. Die anderen Jungs umringten ihn, starrten auf das winzige Display und riefen: »Los! Los! Los!« oder »Mach ihn platt, Mann!« Nicht gerade der passende Moment, um dazwischenzuplatzen, aber das hier war ein Notfall, wie Netta oder Quetta ganz richtig bemerkt hatte.

»Ähm, Justin«, fing ich an.

Alle Achtklässlerjungs starrten mich an. Nur Justin nicht. Er spielte einfach weiter.

»Hau ab, Olivia«, sagte er.

»Tut mir wirklich leid, dass ich dich stören muss«, versuchte ich es erneut. Justins Freunde hatten sich schon wieder weggedreht. Ich war eindeutig unter ihrer Würde, was mir egal sein konnte, weil ich ja nur Justins Aufmerksamkeit wollte und nicht ihre. »Aber ich muss dich unbedingt unter vier Augen sprechen.«

»Ich sag's nicht noch mal«, knurrte Justin, der weiter auf seinen Gameboy starrte. »Hau ab.«

»Ja, gut«, sagte ich. »Ich hab's kapiert. Aber das hier ist ein Notfall. Wegen diesem Mädchen, verstehst du? Annabelle Jenkins. Ihr Dad ist Onkel Ricks Geschäftspartner, oder nicht?«

»Anwalt«, sagte Justin, ohne mich anzusehen.

»Ähm, okay, 'tschuldigung. Onkel Ricks Anwalt. Also, sie will mich nach der Schule verprügeln und ich habe keine Ahnung, warum. Deshalb wollte ich dich fragen, ob du mir ... ähm ... hilfst, wenn sie auf mich losgeht?«

Justin machte irgendeinen Fehler in dem Spiel und alle Jungs am Tisch stöhnten laut auf. Ein paar von ihnen warfen ihm sogar Schimpfwörter an den Kopf. Justin wirbelte zu mir herum, funkelte mich an und sagte: »HAU SOFORT AB, oder Annabelle ist nicht die Einzige, die dich nach der Schule verprügelt, Olivia Grace!«

Was Justin in seiner Wut nicht merkte: Genau in diesem Moment kam Dr. Bushy, der an diesem Tag Aufsicht in der Cafeteria hatte, an uns vorüber.

Dr. Bushy hörte, wie Justin mich anbrüllte, und jeder weiß, dass er es nicht ausstehen kann, wenn die Leute in der Cafeteria herumschreien (oder in den Gängen, wo Justin und seine Freunde öfter mal grundlos Sechstklässlerinnen wie Nishi und mich blöd anmachen).

Zielstrebig stampfte Dr. Bushy auf uns zu. »Na, na, was ist das denn?«, schimpfte er. »Wenn ihr beide nicht nett zueinander sein könnt, muss ich euch einen Verweis erteilen. Und das wollt ihr doch nicht, oder?«

Ich war am Boden zerstört. Ein Verweis! Und das, nachdem ich das ganze Jahr ohne durchgekommen war!

Justin wurde knallrot und sagte: »Nein, Dr. Bushy. Das will ich nicht.«

»Na also«, sagte Dr. Bushy. »Und du, Olivia? Willst *du* einen Verweis?«

»Nein, Sir«, sagte ich und schluckte. Ich konnte Annabelle nirgends sehen, aber sie war garantiert in der Nähe und schaute zu. »Ich will auch keinen.«

»Gut! Dann geh jetzt an deinen Platz zurück.«

Dr. Bushy eilte davon, um ein paar andere Schüler anzubrüllen, die ihre Pizzareste in die Recyclingtonne stopften statt in die Abfalltonne.

Ich flüchtete an meinen Platz zurück und kämpfte mit den Tränen.

»Oh mein Gott«, sagte Nishi. »Hat Dr. Bushy dir einen Verweis gegeben?«

»Ich weiß nicht«, stöhnte ich und vergrub mein Gesicht in den Händen. »Ich glaub nicht. Oder vielleicht doch?«

Netta und Quetta tätschelten mir den Rücken und murmelten beruhigendes Zeug, während Beth Chandler leise auf Dr. Bushy schimpfte. Sara sagte nur: »Hab dir ja gleich gesagt, dass du es lassen sollst«, was irgendwie schadenfroh klang.

Manchmal wünsche ich mir, ich hätte eine Schwester oder einen Bruder oder beides – allerdings nicht solche wie Sara und Justin. Wenn ich Geschwister hätte, würden sie zu mir halten, das weiß ich. Erst recht in einem Notfall wie diesem hier, denn der Zeiger der Uhr rückte unerbittlich auf die Drei zu.

Stattdessen muss ich jetzt der Tatsache ins Auge sehen, dass mein erstes Jahr an der Cranbrook Middle School … vielleicht auch mein letztes sein wird.

Mittwoch, 6. Mai

15.35 Uhr
Limousine

Ja, ihr habt richtig gelesen. Ich schreibe das hier auf dem Rücksitz einer *Limousine*.

Was wieder einmal beweist, wie schnell sich die Dinge ändern können – in weniger als einer Stunde. Plötzlich verwandelt sich der schlimmste Tag deines Lebens in den allerschönsten (na ja, zweitschönsten, wenn ich den Tag mitzähle, an dem ich das Stipendium für die Kunstschule gewonnen habe).

Ich muss das jetzt sofort aufschreiben, sonst denke ich noch, dass alles nur ein Traum war. Vielleicht wache ich im nächsten Moment im Krankenhaus auf und die Schwester sagt mir, dass ich eine Gehirnerschütterung vom Turnen habe (obwohl bei uns keinerlei Kontaktsport mehr stattfindet, weil die Schule so oft verklagt wurde) und dass das Ganze nur eine Halluzination war.

Allerdings fühlt sich das weiche Lederpolster unter mir ziemlich real an.

Und der Parfümduft der Prinzessin von Genovien, die neben mir sitzt, ist auch real.

Alles ist real, ehrlich.

Aber vielleicht hat Dad recht und das Tagebuchschreiben hilft mir, meine Gedanken zu ordnen, so wie es mich beruhigt, meinen Stundenplan schwarz auf weiß im Ordner bereitzuhaben. Nur ist das hier kein Stundenplan, sondern mein Leben! Und ich kann es nicht in einen Ordner kleben, weil es sowieso nie nach Plan verläuft.

Aber eins steht fest: Sämtliche Lücken in meinem Bio-Arbeitsblatt »Wer bin ich?« werden jetzt ausgefüllt.

Okay, einmal tief Luft holen:

Als die Glocke heute zum letzten Mal läutete und uns ankündigte, dass wir alle nach Hause gehen durften (einige von uns mit der Aussicht, von Annabelle Jenkins verprügelt zu werden), hüpfte mir das Herz in der Brust herum wie ein Babykänguru im Beutel seiner Mutter, nur nicht so süß.

Ich stopfte alle Bücher, die ich in den nächsten Tagen vielleicht brauchen würde, in meinen Rucksack (falls ich im Krankenhaus landete) und ging auf den Hof hinaus, wo wir auf unsere Busse warteten.

Ein paar Leute, die ich kannte, standen bereits für den Bus an, der uns nach Hause bringen sollte – darunter auch Sara und Justin. Justin war völlig in seinen Gameboy vertieft und Sara behandelte mich wie Luft.

Aber Nishi, Beth Chandler und die Zwillinge standen in der Nähe und starrten ängstlich zur Fahnenstange hinüber.

Ich folgte ihren Blicken, und da sah ich es!

Annabelle war schon da. Sie wartete auf mich, wie sie es mir angedroht hatte.

Im tiefsten Herzen hatte ich wahrscheinlich gehofft, dass sie das Ganze einfach vergessen würde. Mädchen wie Annabelle sind doch viel zu sehr damit beschäftigt, sich aufzustylen und Trophäen abzusahnen, um sich mit jemand wie mir abzugeben, den sie aus unerfindlichen Gründen verprügeln wollen.

Aber das war ein Irrtum, denn Annabelle starrte mir voll ins Gesicht. Und sie sah so wütend aus, als würde sie jeden verprügeln, der ihr in die Quere kam, vielleicht sogar

einen Achtklässler. Ich erwartete fast, dass Dampf aus ihr rauszischte, so sauer war sie.

Auf mich. Obwohl ich nichts getan oder gesagt habe, um sie auf die Palme zu bringen.

Sobald Annabelle mich entdeckte, stürmte sie auf mich zu. Mein hüpfendes Känguruherz machte einen letzten wilden Satz – wumm-wumm –, dann erstarrte es in meiner Brust.

»Annabelle«, sagte ich verzweifelt, in der Hoffnung, dass ich mich vielleicht doch noch irgendwie retten konnte. »Können wir nicht darüber REDEN? Ich weiß nicht, was ich dir getan haben soll, dass du so böse auf mich bist, aber ...«

»Los, Annabelle«, rief eine Stimme aus Justins Richtung. »Gib's ihr!«

»Ja, Annabelle! Gib's ihr!«

Ich schaute zu meinem Stiefcousin hinüber. Er beugte sich mit knallrotem Gesicht über seinen Gameboy und tat so, als würde er nichts mitbekommen.

Aber er wusste natürlich, was vorging. Das hätte ich schwören können, denn neben ihm standen ein paar von seinen Kumpeln und grinsten mich an. Sie verfolgten alles mit und fanden es offenbar witzig, dass Annabelle mich verprügeln wollte.

»Ach ja, Olivia?«, sagte Annabelle verächtlich und baute sich vor mir auf. »Und du hast natürlich keine Ahnung, worum es geht, was?«

»Ähm, nein«, sagte ich, um Zeit zu gewinnen.

Überall standen Lehrer herum (nur nicht Ms Dakota, die mittwochs früher geht) und ein paar Eltern, die ihren Nachwuchs abholen wollten.

Aber sie checkten eindeutig nicht, was sich hier abspielte. In ihren Augen sah es vermutlich so aus, als würden Annabelle und ich am Fahnenmast stehen und ein bisschen Small Talk machen – über die trendigste Nagellackfarbe oder so.

Jetzt mal im Ernst: Wie kann man so ahnungslos sein? Wissen Erwachsene wirklich nicht, dass Mädchen sich prügeln – richtig mit Fäusten aufeinander losgehen? Man sollte doch meinen, dass die Leute inzwischen genug Videos im Internet darüber gesehen haben, um das zu kapieren.

Aber vielleicht denken alle: nicht meine Tochter! Nicht an dieser Schule!

Weil sie Annabelle nicht kennen.

»Nein, ich weiß wirklich nicht, worum es geht, Annabelle«, sagte ich zu ihr. »Wir sind doch Freundinnen. Dachte ich jedenfalls.«

»Dann hast du dich eben getäuscht«, sagte Annabelle laut genug, dass ihre ganze schadenfroh grinsende Clique es hören konnte (aber natürlich nicht die Lehrer oder Eltern). »Ich bin nicht mit Lügnern befreundet, damit du es weißt.«

»Was?« Mir blieb echt die Luft weg. »Ich hab dich doch nie angelogen, Annabelle …«

»Ach ja? Und was ist mit der Lüge, die du letztes Wochenende auf Nettas und Quettas Pyjamaparty erzählt hast? Dass dein Vater ein berühmter Archäologe sei, so wie Indiana Jones?«

Ich spürte, dass ich rot wurde. Im Gegensatz zur gängigen Meinung können dunkelhäutige Menschen nämlich sehr wohl rot werden oder Sonnenbrand bekommen (und Hautkrebs, wenn man keine Sonnencreme aufträgt). Auf dunkler Haut fällt es nur nicht so auf.

»Okay«, sagte ich. »Das war vielleicht ein bisschen übertrieben ...«

»Sie hat nie gesagt, dass er *genau* wie Indiana Jones ist, Annabelle«, sagte Nishi, die mich irgendwie verteidigen wollte.

»Das wäre auch noch schöner«, zischte Annabelle. »Ihr Dad ist kein bisschen wie Indiana Jones. Das weiß ich, weil ich ein Gespräch zwischen meinem Dad und ihrem Onkel mit angehört habe, und in Wahrheit ist ihr Dad nämlich ein König, versteht ihr? Der König von Genovien.«

Annabelle war anscheinend komplett übergeschnappt, sodass sie nur noch irres Zeug redete. Ich war nicht die Einzige, die das dachte. Alle starrten sie fassungslos an, dann bogen sie sich praktisch vor Lachen.

»Ja, klar«, hörte ich einen der Jungs sagen. Einige von ihnen waren frustriert, dass der Kampf noch nicht begonnen hatte, und johlten lauthals: »Los, tritt sie in den Arsch, Annabelle!«

Was Annabelle gesagt hatte, war definitiv nicht wahr und schon gar kein Grund, mich zu verprügeln.

Aber ich hatte trotzdem das Gefühl, mich verteidigen zu müssen, damit ich nicht »in den Arsch getreten« wurde.

»Annabelle«, sagte ich. »Das ist doch verrückt.«

»Was? Willst du behaupten, dass mein Dad verrückt ist?«, fauchte sie und stieß mich mit einer Hand gegen die Schulter, so wie sie es schon morgens im Flur gemacht hatte.

»Nein, natürlich nicht«, sagte ich und diesmal schaffte ich es, aufrecht zu bleiben. »Ich sage nur, dass dein Dad falsch informiert sein muss. Wenn mein Dad der König von Genovien wäre, müsste ich es doch wissen.«

Ich warf einen Blick zu Justin hinüber, der das Gesicht verzog, als wollte er sagen: »Ihr Dad ein Prinz? Haha!«, während Sara nur dumm aus der Wäsche guckte.

»Siehst du?«, sagte ich zu Annabelle.

Sie verdrehte nur die Augen und sagte: »Woher sollen *die* das denn wissen? Deine Mom wollte nicht, dass es jemand erfährt, nicht mal du. Weil sie Angst hatte, dass du entführt wirst oder so was Bescheuertes. Und weil du wie ein normales Mädchen aufwachsen solltest. Als ob *du* je normal sein könntest!«

Annabelle stieß wieder ihr gehässiges Lachen aus und boxte mich erneut gegen die Schulter.

Aber diesmal spürte ich es kaum, weil mir plötzlich ein

Licht aufging. Ja, klar, das machte Sinn: Deshalb wollte Tante Catherine nie mit mir über meinen Dad reden!

Und deshalb durfte ich meinen Dad nicht am Wochenende oder in den Sommerferien besuchen, so wie andere Kinder.

Es passte alles zusammen: Auch dass die Unterhaltsschecks, die er für mich schickte, so hoch waren (also für einen Archäologen) und ich trotzdem kein eigenes Handy und keinen eigenen Computer von Tante Catherine und Onkel Rick bekam.

Weil sie Angst hatten, ich würde meinen Dad googeln, wenn ich unbegrenzt Zugang zum Internet hatte, und dann herausfinden, dass er …

»He, warte mal«, platzte ich heraus. »Das kann unmöglich stimmen. Mein Dad kann nicht der König von Genovien sein. Weil ich dann nämlich eine …«

»Weil du eine Prinzessin wärst?«, schnaubte Annabelle höhnisch.

Alle um uns herum sogen die Luft ein.

»Nein«, schrie ich und taumelte zurück. »Unmöglich!«

»Oh doch, *Prinzessin Olivia*! Genau das bist du! Sollen wir jetzt alle einen Hofknicks vor dir machen oder uns vor dir verbeugen? Wo hast du denn deine Krone, *Königliche Hoheit?* Hast du sie vielleicht in deinem *Palast* vergessen?«

»Nein!« Ich konnte es immer noch nicht fassen. »Nein!«

»Oh, was ist denn, Königliche Hoheit?«, giftete Annabelle weiter. »Die Prinzessin wird doch wohl nicht weinen?«

»Nein!« Aber ich muss zugeben, dass ich wirklich den Tränen nahe war. Weil ich begriff, dass Annabelle die Wahrheit sagte. Es stimmte alles. Es musste so sein. Auf eine total verdrehte Art machte es Sinn.

Zum Glück kam Nishi mir wieder zu Hilfe.

»Hör auf mit dem Quatsch, Annabelle«, rief sie. »Olivia ist keine Prinzessin!«

»Oh doch, ist sie wohl«, sagte Annabelle. »Aber das spielt keine Rolle – ich trete sie trotzdem in den Arsch.«

Damit ging sie auf mich los und alle um uns herum – außer meinen Freundinnen natürlich – kreischten wie verrückt: »GIB'S IHR! GIB'S IHR! GIB'S IHR!«

Ich war so gut wie tot.

Ich kenne Faustkämpfe nur vom Kino oder vom Fernsehen. Und bei ausgebildeten Schauspielern und Stuntleuten sieht es immer ganz leicht aus.

Aber wenn im wirklichen Leben jemand auf dich losgeht – kein ausgebildeter Schauspieler, sondern das beliebteste Mädchen an der Schule (keine Ahnung, warum, weil Annabelle ja nicht gerade nett ist) –, ein Mädchen, das noch dazu eine durchtrainierte Sportlerin ist, dann ist das was ganz anderes. Ich hatte keine Chance. Ich meine, was willst du machen, wenn dich so jemand an den Zöpfen packt und mit aller Kraft daran zieht?

Ich dachte wirklich, dass es aus mit mir wäre, bis plötzlich von der anderen Hofseite eine glockenhelle Stimme herüberschallte:

»Oliva? Olivia Grace Harrison?!«

Erschrocken drehte ich mich um – soweit mir das möglich war, denn Annabelle hatte meine Zöpfe fest im Griff –, und dann fielen mir fast die Augen aus dem Kopf.

Denn vor mir stand Ihre Königliche Hoheit, Prinzessin Mia Thermopolis von Genovien.

Mittwoch, 6. Mai

16.15 Uhr

Immer noch in der königlichen Limousine

Tut mir leid, an dieser Stelle musste ich mal kurz unterbrechen. Als Prinzessin kann man sich nämlich so viel Limo aus der Softdrink-Minibar nehmen, wie man nur will.

GRATIS!

Und Chips und Kekse auch.

Okay, ich weiß, es ist irgendwie absurd, dass mir in so einem Moment nichts Besseres einfällt, als *darüber* zu schreiben (und ehrlich gesagt darf ich auch nur so aus dem Vollen schöpfen, weil ich erwähnt habe, dass es bei Tante Catherine nie zuckerhaltige Getränke gibt, geschweige denn glutenverseuchte Chips und Kekse).

Aber es ist so toll!

Ich hoffe nur, dass sie mich nicht aus Mitleid so verwöhnen. Das wäre schrecklich. Ich hasse es, wenn die Leute Mitleid mit mir haben (weil ich Halbwaise bin und so).

Aber wo war ich noch mal stehen geblieben? Ach ja, auf dem Schulhof.

Ich brauche wohl kaum zu erklären, wie ich sie erkannt habe. Jeder weiß, wie Prinzessin Mia aussieht. Es gibt Filme und Bücher über sie, die auf ihren Tagebüchern beruhen, und neulich war sie auf dem Cover der Zeitschrift »People«. Außerdem waren Fotos in »Stars hautnah« in »Us Weekly« von ihr, wie sie Toilettenpapier einkauft (obwohl man sich nur schwer vorstellen kann, dass eine Prinzessin aufs Klo muss).

Außerdem erkannte ich sie schon daran, dass sie vor einer riesigen schwarzen Stretchlimousine mit wehenden Flaggen stand, einen Mann an ihrer Seite, der fast genau so riesig wie der Wagen war (nur nicht schwarz, obwohl er einen schwarzen Anzug trug und eine schwarze Son-

nenbrille aufhatte, durch die er Annabelle bitterböse anfunkelte).

Man musste kein Genie sein, um zu erraten, dass er Prinzessin Mias Bodyguard war.

»Olivia?«, rief Prinzessin Mia und winkte, als wäre sie nicht sicher, ob ich sie auch gesehen hatte.

Was natürlich undenkbar war. Wie hätte ich sie übersehen sollen in ihrem cremefarbenen Mantel, dem langen, wehenden roten Schal und den passenden roten High Heels dazu?

Annabelle hatte sie offenbar auch gesehen, denn ihre Hand an meinem Zopf erstarrte mitten in der Bewegung.

Auch die anderen Schüler auf dem Hof erstarrten, genau wie die meisten Erwachsenen, einschließlich Ms Feinstein, der Parkplatz-Aufsicht, die gerade noch mit ihrer Trillerpfeife die Busse dirigiert hatte. Alle standen da wie angewurzelt und staunten Prinzessin Mia von Genovien und ihren langen roten Schal an, der fröhlich im Frühlingswind flatterte.

»Ähm«, sagte ich zu Annabelle und brach damit die plötzliche Stille. »Ich glaube, die Frau da drüben bei der Limo will mit mir sprechen.«

Ich hörte, wie Annabelle schluckte. Vielleicht bildete ich es mir nur ein, aber sie sah irgendwie eingeschüchtert aus, so als hätte sie Angst – vor allem vor Prinzessin Mias Bodyguard, der sie weiter anfunkelte. Selbst Justin und seine Kumpel starrten den Bodyguard an. Niemand brüllte jetzt noch: »Gib's ihr! Gib's ihr! Gib's ihr!« Stattdessen herrschte Totenstille auf dem Schulhof. Sogar die Busmotoren waren verstummt.

»Okay«, wisperte Annabelle und ließ meinen Zopf fallen.

Als Prinzessin Mia uns erreichte, bürstete ich meine Uniform ab, die ein bisschen staubig von meiner Beinahe-Ermordung war, und sagte: »Hi, ja, das bin ich. Ich bin Olivia.«

»Oh.« Prinzessin Mia lächelte mich an. Von Nahem sah sie noch mehr wie im Fernsehen aus. Das klingt verrückt, ich weiß, aber so kam es mir vor. Als wäre sie im Fernsehen, nur ohne den Bildschirmrahmen um sie herum. Sie sah sehr schön und sehr nett aus.

Vielleicht auch deshalb, weil sie genau im richtigen Moment wie ein Engel vom Himmel heruntergekommen war, um mich vor Annabelle Jenkins zu retten.

»Hallo. Ich bin Mia Thermopolis«, fuhr sie fort. »Deine Tante Catherine hat mir erlaubt, dich heute von der Schule abzuholen.«

Ich wusste nicht, was ich darauf antworten sollte. Warum, in aller Welt, schickte Tante Catherine die Prinzessin von Genovien in meine Schule, um mich abzuholen? Das ergab keinen Sinn, aber ich hatte natürlich nichts dagegen.

Prinzessin Mia schien meine stumme Frage gehört zu haben, denn sie sagte: »Ach ja, hier ist eine Nachricht von deiner Tante«, und reichte mir einen Zettel.

Ich spürte, wie alle mich anstarrten, als ich Tante Catherines Nachricht auseinanderfaltete. Und nicht nur das, ein paar von ihnen filmten mich sogar mit ihren Handykameras. Niemand hatte mich je gefilmt, außer Sara, die sich eines Nachts in mein Zimmer geschlichen hatte und mir die Hand in eine Schüssel heißes Wasser tauchte, während ich schlief, nur um zu sehen, ob ich vor Schreck ins Bett pinkelte (was zu ihrer Enttäuschung nicht der Fall war.).

Diese ganzen Kameras machten mich nervös. Ich bin definitiv kein Mädchen, das gefilmt wird. Ich bin Künstlerin! Und wer will schon Fernsehshows mit dem Titel »Amerikas Topzeichner« oder »Zeichne mit den Stars« sehen? Ist ja auch nicht gerade spannend, einem Künstler bei der Arbeit zuzusehen, selbst wenn die fertige Zeichnung noch so toll ist.

Die Nachricht mit der Unterschrift meiner Tante war auf königlich genovischem Briefpapier geschrieben, mit einer aufgedruckten goldenen Krone am oberen Rand. Das meiste davon war nur schwer zu verstehen, aber im Prinzip stand dort, dass Prinzessin Amelia »Mia« Mignonette Grimaldi Thermopolis die Erlaubnis hatte, mich an einen »Bestimmungsort meiner Wahl« mitzunehmen.

Ein Bestimmungsort meiner Wahl?

Kein Mensch hat mich je zu einem Bestimmungsort meiner Wahl mitgenommen! Sonst hätte ich mir das *Cheesecake Factory* ausgesucht, und zwar JEDES EINZELNE MAL. Wir gehen nie dorthin, weil die O'Tooles das *Olive Garden* vorziehen, wo es jede Menge glutenfreie Kuchen gibt.

Ich faltete die Nachricht sorgfältig zusammen und steckte sie in meinen Rucksack, damit sie nicht verloren ging. Dieses Schriftstück würde ich sorgfältig aufbewahren, so wie alle Briefe von meinem Dad.

»Also, kommst du mit mir?«, fragte Prinzessin Mia.

»Ja, gern«, sagte ich so würdevoll wie möglich, weil ich ja wusste, dass der ganze Schulhof zuhörte. »Vielen Dank.«

»Super.« Prinzessin Mia lächelte. »Dann lass uns jetzt gehen.«

Ich weiß, es ist nicht nett, über andere zu triumphieren, aber ich fühlte mich *sooo* gut, als ich über den Schulhof zu meiner WARTENDEN LIMOUSINE schwebte, während Annabelle sich für ihren Bus anstellen musste. Aber schließlich wollte sie mich gerade verprügeln, nur weil es ihr nicht passt, dass ich angeblich eine Prinzessin bin.

(Was allerdings die Wahrheit zu sein scheint.)

Und ich fühlte mich noch viel besser, als Annabelle hinter uns herlief und in extrem hochnäsigem Ton zu Mia sagte: »Entschuldigung? Entschuldigung? Stimmt es, dass Sie Olivias Schwester sind?«

Schwester?

Das war vielleicht das Beste von allem, was mir bisher passiert war.

Prinzessin Mia schaute Annabelle mit hochgezogenen Augenbrauen an und sagte: »Wer bist du denn?«

Das war ein schwerer Schock für Annabelle. Sie glaubt nämlich, jeder müsste sie kennen, weil sie schon so viele Trophäen im Turnen gewonnen hat.

In Wahrheit weiß kein Mensch außerhalb der Cranbrook Middle School, wer Annabelle Jenkins ist.

Arme Annabelle. Und ich dachte, dass *ich* heute einen schlechten Tag hätte.

»I-i-ich bin Annabelle Jenkins!«, stotterte Annabelle. »Mein Dad ist Bill Jenkins, der Anwalt von Olivias Stiefonkel. Er ist der bekannteste Rechtsanwalt für Schadensersatzklagen in ganz Cranbrook, New Jersey. Und er sagt, dass …«

»Tja, tut mir leid, Annabelle«, unterbrach Prinzessin Mia sie mit seidenglatter Stimme. »Aber ich fürchte, das hier ist eine reine Familienangelegenheit, absolut privat. Und ich habe heute leider keine Zeit, mit dir zu plaudern. Auf Wiedersehen.«

Familienangelegenheit? Absolut privat? Ohne es direkt auszusprechen, hatte Prinzessin Mia gerade alles bestätigt, was Annabelle an der Fahnenstange drüben gesagt hatte.

Ich bin eine Prinzessin! Und Mia ist meine Schwester.

Wenn ich in diesem Moment Annabelles Gesicht hätte zeichnen können, wäre ein Smiley mit leeren Augen und einem verwunderten O als Mund daraus geworden. Ungefähr so:

0 0
O

Dann machte Prinzessin Mia eine kleine Geste – sie nahm meine Hand – und plötzlich drehten alle total durch. Die halbe Schule stürzte auf uns zu und brüllte: »Olivia, Olivia, kann ich ein Selfie mit dir machen?«

In all der Zeit, seit ich an der Cranbrook bin, hat mich nie jemand um ein Selfie mit mir gebeten, außer Nishi, die

Selfies mit mir überall auf ihren Facebook- und anderen Social-Media-Seiten verteilt hat. Ich habe es allerdings noch nie gesehen, weil Tante Catherine mir ja nicht erlaubt, mich bei Facebook anzumelden.

Jetzt weiß ich, warum.

Aber dann schaltete sich Prinzessin Mias Bodyguard ein (er heißt Lars, wie ich inzwischen weiß) und sagte »NEIN« zu allen – mit einer Stimme, die keinen Widerspruch duldete. Er brüllte sogar Dr. Bushy an, der ein Selfie mit mir und Prinzessin Mia machen wollte und sich noch aufdringlicher benahm als alle anderen (er quetschte sich erstaunlich schnell durch die Menge, indem er seinen dicken Bauch als Rammbock einsetzte).

Dr. Bushy war sichtlich geschockt, als Lars ihn anschrie – vermutlich weil *er* sonst immer auf dem Schulhof herumbrüllt (und Verweise erteilt). Als Lars ihn abgewimmelt hatte, stand er mitten auf dem Parkplatz, sein Smartphone in der Hand, und schaute ziemlich verwirrt drein.

Und ehe ich mich versah, stiegen *meine Schwester* und ich in die Limo ein, die Tür wurde hinter uns zugeknallt und alle hämmerten auf die Fenster ein und kreischten: »Olivia! Olivia! Warte doch mal!«, weil sie kein Foto mit mir bekommen hatten ... *Meine Schwester* sah mich erschrocken an und fragte mich: »Ach, du liebe Güte, was ist denn hier los?«

»Ach, nichts«, sagte ich. »Die sind nur total aufgeregt. So viele Promis kommen schließlich nicht in die Cranbrook Middle School. Eigentlich gar keine – das hier ist das erste Mal.«

Was Prinzessin Mia nicht zu beruhigen schien, erst recht nicht, als der Chauffeur – ja, wirklich, es gibt einen Chauffeur namens François, der die Limo fährt – wie verrückt zu hupen anfing, um die Leute aus dem Weg zu scheuchen, damit wir endlich aus dem Parkplatz auf die Straße hinausfahren konnten.

Das Letzte, was ich sah, als ich aus dem Fenster schaute, war Nishi, die etwas abseits von der Menge auf dem Gehsteig stand und mir zuwinkte.

Ich winkte zurück, aber ich weiß nicht, ob sie mich sehen konnte, denn die Scheiben der Limo sind dunkel getönt, damit die Leute, die drinsitzen, hinaussehen können, aber von außen niemand hereinstarren kann.

Und die ganze Zeit entschuldigte sich Prinzessin Mia bei mir. Immer und immer wieder:

»Es tut mir so leid, Olivia, aber bis vor ein paar Tagen hatte ich keine Ahnung, dass ich eine Schwester habe. Und du hättest auch weiß Gott nicht auf diese Weise erfahren sollen, dass … dass wir …«

Sie war richtig zerknirscht, das konnte ich sehen – was irgendwie komisch war: eine Prinzessin, die sich tausendmal bei mir entschuldigte und mir kaum in die Augen sehen konnte vor Verlegenheit.

Aber das ist der Knackpunkt bei königlichen Hoheiten: Sie haben einen harten Job. Sie müssen immer versuchen, ein gutes Beispiel zu geben und alle zufriedenzustellen, und außerdem sollen sie auch noch tapfer sein und schön oder was auch immer.

Ich weiß das alles, weil Nishi voll auf Prinzessinnenfilme abfährt, und bei ihr zu Hause muss ich immer welche mit ihr anschauen (was allerdings kein großes Opfer für mich bedeutet).

Nishi macht es nichts, dass Annabelle Prinzessinnenfilme schon in der ersten Klasse als Babykram abgestempelt hat. Nishi sagt immer: Mir gefällt es, und was andere davon halten, kann mir doch egal sein.

Deshalb tat mir Prinzessin Mia fast ein bisschen leid. Im Kino werden Prinzessinnen immer entführt und in einem Verlies festgehalten, bis sie sich dank ihrer magischen Kräfte (oder ihrer Laserpistolen) daraus befreien können.

Aber im wahren Leben haben Prinzessinnen weder magische Kräfte noch Laserpistolen. Sie haben nur ihren Kopf (und Bodyguards und Limousinen natürlich), den sie gebrauchen müssen, um die Welt zu einem besseren Ort zu machen. Nichts davon ist so einfach, wie manche Leute glauben. Zum Beispiel Annabelle: In ihrer Vorstellung sitzt eine Prinzessin den ganzen Tag nur in schönen Kleidern herum, was natürlich Quatsch ist.

»Das ist okay«, sagte ich zu Mia. »Annabelle hat es mir schon gesagt. Nur nicht so nett wie du. Sie kann ziemlich gemein sein.«

»Aber genau deshalb tut es mir ja so leid«, stieß Prinzessin Mia verzweifelt hervor. »Du kannst doch nichts dafür!«

»Ich weiß. Meine Mom – und mein Dad – wollten mich nur beschützen. Und jetzt ist mir auch klar, warum, nach allem, was da gerade abgelaufen ist.« Ich deutete mit meinem Daumen in Richtung Cranbrook Middle School.

Prinzessin Mia wechselte einen Blick mit ein paar anderen Frauen, die auch in der Limo saßen – vielleicht waren es ihre Hofdamen oder so –, und sagte: »Ja, und das tut mir auch leid. Ich hätte es besser wissen und im Wagen bleiben müssen. Es tut mir so leid ...«

Ich schüttelte den Kopf. Es war immer noch komisch, dass eine Prinzessin sich mir gegenüber schuldig fühlte. »Ist schon gut. Dann stimmt es also?«

»Dass wir Schwestern sind? Ja, natürlich.«

»Nein, dass du mich zu einem Bestimmungsort meiner Wahl mitnimmst.«

Prinzessin Mias Gesicht hellte sich ein bisschen auf und genau das hatte ich gewollt. Ich konnte es kaum mit ansehen, wie aufgeregt und ängstlich sie war, noch viel mehr als ich, und das war echt ein Kunststück nach allem, was ich an diesem Tag schon durchgemacht hatte.

»Ja«, sagte sie lachend. »Das stimmt auch. Warum? Hast du was Bestimmtes im Kopf?«

Also, jetzt mal ehrlich: Das musste sie doch erraten haben, oder nicht?

»Ja, klar!«, rief ich. »Ich will zu meinem Dad!«

Prinzessin Mia lächelte. »Ich hatte gehofft, dass du das sagen würdest.«

Mittwoch, 6. Mai

16.45 Uhr
Limousine

ICH BESUCHE MEINEN DAD!
IN NEW YORK CITY!

Tut mir leid, dass ich es so groß ankündige – in fetten Blockbuchstaben –, aber ich bin total aufgeregt.

In einer guten Stunde sind wir da. Cranbrook, New Jersey, ist nur vierundsechzig Meilen von New York City entfernt und trotzdem war ich noch nie dort. Nishi war schon viele Male mit ihrer Familie in New York und Tante Catherine und Onkel Rick fahren auch oft hin – zu Broadwaystücken oder Baseballspielen oder um schick essen zu gehen und so.

Nur ich nicht. Ich muss immer zu Hause bei Mrs Tucker bleiben, unserer Nachbarin, der die Katzen gehören, oder bei Nishi, weil Tante Catherine meint, die Stadt sei zu schmutzig und gefährlich für Kinder. Obwohl ich nicht wirklich ein Kind bin und Sara schon lange mitdarf, was ich ziemlich merkwürdig finde, weil sie ja auch nicht viel älter ist als ich.

Aber vermutlich hat es damit zu tun, dass ich eine Prinzessin bin. Das wird mir langsam klar.

Darüber hat Tante Catherine natürlich kein Wort verloren. Stattdessen sagte sie immer wieder: »Oh, Olivia, die Stadt ist so schmutzig«, oder: »Du hättest dich in dem Stück, das wir angeschaut haben, sowieso nur gelangweilt.«

Meiner Mom war es offenbar sehr ernst damit, diese Prinzessinnengeschichte geheim zu halten. Mein Dad musste ihr versprechen, es niemand zu erzählen, nicht einmal seiner eigenen Mom (also meiner Granny. Mia sagt, sie möchte Grandmère genannt werden, das französische Wort für »Großmutter«).

»Aber *mir* hätte er es doch erzählen können«, sagte Mia immer wieder. »Ich versteh das nicht. Wenn ich es doch nur früher gewusst hätte – ich wollte immer so gern eine Schwester haben.«

»Ich auch!«

Das Einzige, was ich mir von ganzem Herzen gewünscht habe, und jetzt ist es wahr geworden!

Und Prinzessin Mia und ich haben eine Menge gemeinsam, wie sich bald herausstellte.

Mia führt auch Tagebuch. Sie hat natürlich gesehen, dass ich in meines schreibe, und wollte wissen, ob ich Hausaufgaben mache. Ich sagte Nein und dass Dad mir den Tipp gegeben hatte, meine Gefühle einfach aufzuschreiben, wenn mir mal alles über den Kopf wächst.

Mia warf mir einen seltsamen Blick zu und sagte: »Hmmm, ich glaube, ich weiß, woher er diesen Tipp hat.«

»Wieso? Woher?«, fragte ich verwundert.

»Meine Mom hat mir dasselbe geraten, als ich ungefähr in deinem Alter war.«

»Wirklich?«, sagte ich.

»Ja.« Mia lächelte. »Und was machst du sonst noch gern außer Tagebuch schreiben?«

»Zeichnen.« Ich zeigte ihr ein paar von meinen Tierbildern.

»Wow, die sind richtig gut! Du musst das Talent von deiner Mutter geerbt haben. Ich kann überhaupt nicht zeichnen.«

»Ach, das glaube ich nicht«, sagte ich. »Ms Dakota, meine Kunstlehrerin, sagt immer, jeder kann zeichnen, wenn er sich nur Mühe gibt und täglich ein bisschen übt. Zur Zeit arbeite ich an meiner Perspektive. Ms Dakota meint, es ist ganz leicht, wenn man Übung darin hat. Aber ich krieg's immer noch nicht richtig hin, obwohl ich die ganze Zeit geübt habe.«

Prinzessin Mia schaute wieder auf meine Zeichnungen. »Die Perspektive in deinen Zeichnungen ist okay, soweit ich es beurteilen kann. Jedenfalls besser als meine.«

»Ähm, nein«, sagte ich und wurde rot. »Nicht wirklich.«

Mia lächelte. »Als Prinzessin musst du zuallererst lernen, wie man ein Kompliment entgegennimmt, Olivia. Wenn dir jemand was Nettes sagt, darfst du dich nicht heruntermachen. Du sagst einfach ›Danke‹, und fertig. Versuch's mal.«

Ich wurde noch röter. »Danke.«

»Immer gern«, lachte sie. »Siehst du, so schwer war es doch gar nicht? Das ist genau wie bei deiner Perspektive: je mehr du übst, desto leichter fällt es dir.«

Ich runzelte die Stirn. »So hab ich das noch nie gesehen.«

Ich hatte nur »nicht wirklich« gesagt, weil ich nicht wollte, dass Mia mich für eingebildet hielt.

Aber wahrscheinlich klingt es nicht eingebildet, einfach »Danke« zu sagen, wenn man ein Kompliment bekommt. Es ist wohl nur höflich.

Um das Thema zu wechseln, zeigte ich Prinzessin Mia mein »Wer bin ich?«-Arbeitsblatt (nicht dass ich so wild auf Hausaufgaben bin, aber ich muss es bis morgen fertig haben). Sie half mir beim Ausfüllen und sagte, dass sie mir gerne alle Fragen beantworten würde, die ich über unsere genovischen Vorfahren habe.

Aber dann klingelte ihr Telefon und sie entschuldigte

sich (schon wieder!), dass sie den Anruf leider beantworten müsse.

Ich verstand das, klar. Prinzessinnen haben es wirklich nicht leicht.

Außerdem hatte ich auch ein paar Fragen, die nicht mal Prinzessin Mia beantworten konnte, zum Beispiel:

Wenn meine Mutter wirklich nicht wollte, dass meine königliche Herkunft bekannt wird, warum hat sie mich dann ausgerechnet Olivia genannt? So heißen nämlich viele genovische Prinzessinnen.

Vielleicht aus demselben Grund, warum sie unbedingt wollte, dass ich Französisch lerne, wie Tante Catherine immer behauptet? (Ich musste in der Schule Französisch nehmen, während alle anderen Spanisch lernten. In Genovien wird nämlich Französisch gesprochen.)

Ich denke, meine Mom wollte, dass ich eines Tages die Wahrheit erfahre und mit ihr nach Genovien komme. Anders kann ich es mir nicht erklären. Aber leider ist sie dann gestorben, bevor ihr Wunsch in Erfüllung gehen konnte.

Dass sie mich Französisch lernen ließ, zahlte sich in diesem Moment bereits aus. Ich wollte nicht lauschen, Ehrenwort, aber ich verstand, was Prinzessin Mia in ihr Smartphone sprach (auf Französisch).

Eine der Hofdamen (Tina) lieh mir ihr Ersatzhandy (in königlichen Kreisen ist man man wahrscheinlich reich genug, um sich zwei zu leisten).

»Damit du Spiele machen kannst und dich auf der Fahrt nicht so langweilst«, sagte sie freundlich, aber ich glaube, in Wahrheit hat sie mir das Telefon nur gegeben, damit sie ungestört mit den anderen Hofdamen tratschen konnte.

Statt Spiele zu machen, werde ich Nishi schreiben (sie hat mir gezeigt, wie es geht, falls ich je ein eigenes Handy bekommen sollte, und natürlich habe ich ihre Nummer auswendig gelernt, weil ich sie nur von unserem Wandtelefon in der Küche aus anrufen kann).

Nishi fällt garantiert tot um vor Schreck, wenn sie das hört.

< NishiGirl

Olivia >

Hi, Nish, ich bin's, Olivia! Ich schreibe dir vom Handy einer der königlichen Hofdamen ;-)

OMG! Ich bin so froh, dass du okay bist! Hab mir solche Sorgen gemacht! Die Polizei ist gekommen, nachdem du fort warst!

Die Polizei? Warum? Wollten sie Annabelle verhaften? HAHAHA.

Haha, nein, leider nicht. Ich dachte, ich spinne, als sie auf dich losgegangen ist.

< NishiGirl Olivia >

Danke, dass du zu mir gehalten hast.

Ist doch klar. Die Polizei war da, weil niemand in die Busse einsteigen wollte!

Echt jetzt?

Ja, echt. Dr. Bushy war stocksauer. Ich glaube, er hat sie gerufen, aber Quetta meint, das war Annabelle. Die ist so was von unreif. Sag mal, stimmt das jetzt????

Stimmt was?

Na, was Annabelle gesagt hat. Dass du eine Prinzessin bist!!!

Ach so. Ja.

Hey, und wie kannst du da so ruhig bleiben?

Bin ich doch gar nicht, glaub mir! Ich bekomme schon Prinzessinnenunterricht.

Wo?

< NishiGirl

Olivia >

In der Limo!

Und wie ist es so?

Cool. Stell dir vor, ich kann mir so viele Softdrinks nehmen, wie ich will! Und die Decke leuchtet ganz rosa und lila und grün, wenn man einen Knopf drückt.

Cool.

Ja, hey. Aber meine Schwester sagt, ich soll aufhören, damit herumzuspielen, weil ihr schlecht davon wird.

Und wie ist deine Schwester so?

Supernett. Nur ist sie wohl nicht sehr oft mit Zwölfjährigen zusammen. Sie hat mich gefragt, ob ich im American Girl Doll Store essen gehen will!

HA, HA, HA! Hast du ihr gesagt, dass du keine American-Girl-Puppe hast? Und dass du zwölf bist und nicht sieben?

< NishiGirl Olivia >

Nein! Das sind ROYALS, Mann! Da muss ich doch höflich sein.

Ich würde wahnsinnig gern dahin gehen.

Ja, ich weiß. Du bist die Einzige, die letzte Weihnachten in Disney World im Palast der Schönen und des Biests gegessen hat. Du hast dich ja sogar mit dem Biest fotografieren lassen!

Das ist mein Profilfoto!

Weiß ich doch. Hör mal, Nishi, meine Schwester redet auf ihrem Handy und ich versteh nicht alles, was sie sagt, weil sie Französisch spricht, aber ich glaube, ich hab das Wort »gestohlen« gehört.

Dann solltest du nicht so viele Chips essen.

Nein, sie meint doch nicht mich! Ich glaube, es geht um Tante Catherine und Onkel Rick.

NA BITTE! Ich fand es ja schon immer komisch, dass sie zwei Ferraris fahren. Die meisten Leute haben nur einen.

< NishiGirl Olivia >

Sie sind doch keine Diebe.

Woher weißt du das? Sie haben jede Menge Werkzeug.

Ja, aber doch nur für ihr Inneneinrichtungs- und Baugeschäft.

Ich hab mir gleich gedacht, dass da was nicht stimmen kann, wenn sie dich an einen Ort verschleppen, wo alle ihre Gesichter bedecken müssen! Die sind auf der Flucht, verstehst du?

Ich liebe Nishi, aber sie kann so theatralisch sein! Vielleicht liegt es daran, dass sie bei ihrer Großmutter wohnt, die jede Menge Bollywoodfilme anschaut – und die sind super, aber nicht sehr realistisch. Ich hab jedenfalls noch nie erlebt, dass ein ganzer Raum voller Leute wie ein Mann aufsteht und zu tanzen anfängt.

Die Männer in Qualif müssen ihre Gesichter nicht bedecken, Nishi, nur die Frauen. Vergiss einfach, dass ich je was davon gesagt habe.

< NishiGirl Olivia >

Okay, aber ich habe dich gewarnt. Wo fährst du denn jetzt hin? Essen im American Doll Café?

Haha. Nein. Zu meinem Dad! Nach NEW YORK CITY!

☺☺☺☺☺☺☺☺☺☺ !!!!!!!
Ich freu mich so für dich!

Danke! ENDLICH LERNE ICH MEINEN DAD KENNEN.

OMG, das ist so cool! Das Coolste, was ich je gehört habe! Darf ich es den anderen erzählen?

Ich glaube, das mit der Prinzessin wissen schon alle.

Nein, ich meine doch das mit deinem Dad. Und außerdem wissen sie nicht, ob es wirklich stimmt, dass du eine Prinzessin bist. Du hast es mir doch gerade erst bestätigt!

Also, eigentlich war es Bestätigung genug, als Prinzessin Mia in ihrer Limousine in der Schule aufgetaucht ist. Aber okay, du kannst es ihnen erzählen, wenn du willst.

< NishiGirl Olivia >

Yippie! Kann’s kaum erwarten, Annabelles dummes Gesicht zu sehen, wenn ich ihr das morgen unter die Nase reibe!

Warum?

Weil du jetzt offiziell eine Prinzessin bist! Die wird platzen vor Neid!

Nishi, Annabelle hasst Prinzessinnen, schon vergessen? Sie ist NICHT neidisch auf mich.

Pah! Sie hasst Prinzessinnen, weil sie weiß, dass sie nie eine sein wird, nicht mal innerlich. Leute, die so gemein und hochnäsig sind wie Annabelle, sind meistens superunsicher. Deshalb wollte sie dich auch verprügeln.

Ähm, ich bin mir ziemlich sicher, dass das nicht der Grund ist.

Oh doch, glaub mir. Ich meine, wer ist hier die Prinzessinnenexpertin? Mir kann sie nichts vormachen – ich sehe den Hass in ihren Augen.

Ich weiß, dass Nishi sich für eine Prinzessinnenexpertin hält, aber in diesem Fall täuscht sie sich. Warum sollte Annabelle Jenkins, die beliebteste Sechstklässlerin an der Cranbrook Middle School, neidisch auf mich sein? Nie im Leben …

Ups!

Wir sind da.

Mittwoch, 6. Mai

18.30 Uhr
Plaza Hotel

Wenn mein Dad sich nicht in Genovien aufhält, um seinen Königsjob zu machen, wohnt er im Plaza Hotel in der Fifth Avenue, der teuersten Adresse von ganz New York, wie Tante Catherine mir mal erzählt hat, vielleicht sogar der ganzen Welt.

Und das sieht man auch! Alles hier ist superelegant. Ehrlich, ich fühle mich total underdressed in meiner Schuluniform, noch dazu mit diesem hässlichen Faltenrock, der inzwischen sicher berühmt ist, weil mich so viele Leute darin fotografiert haben, als ich aus der Limo gestiegen bin.

Und warum das alles? Weil jemand Fotos von mir mit

Prinzessin Mia vor der Cranbrook Middle School ins Internet gestellt und daruntergeschrieben hat, dass sie meine Schwester sei.

Hmmm, wer kann das nur gewesen sein? Aber ich will nicht sarkastisch werden ... Ich bin mir fast sicher, dass Annabelle dahintersteckt, so wütend wie sie auf mich ist.

Auf jeden Fall hat das die Medien auf den Plan gerufen und prompt sind alle vor dem Plaza Hotel aufgetaucht, aber wirklich alle (zumindest kam es mir so vor).

»Oh nein, das wird schlimm«, sagte Prinzessin Mia, als wir vor dem roten Teppich anhielten, der zum Eingang des Hotels hinaufführte.

Ich musste ihr recht geben. Ehrlich, ich hab noch nie so viele Leute mit Kameras in den Händen gesehen wie hier vor dem Hotel – IN MEINEM GANZEN LEBEN NICHT! Zuerst dachte ich, dass sie wegen einer Filmpremiere da waren, oder etwas in der Art ....

Aber dann hielt die Limo an und ein Mann in grüner Uniform mit goldenen Tressen kam an die Tür und öffnete sie und ich hörte die Reporter meinen Namen brüllen. Da wusste ich: Das war keine Filmpremiere. Diese Leute waren meinetwegen da. Wegen *mir*!

Und sie brüllten nicht nur meinen Namen, sondern jede Menge Fragen, einige davon nicht besonders nett, zum Beispiel:

1. Wie ich mich dabei fühle, dass mein reicher weißer Dad mich im Stich gelassen hat?
2. Und warum er das gemacht hat? Vielleicht weil ich dunkelhäutig bin?
3. Ob es schlimm für mich ist, dass meine Eltern nie geheiratet haben?
4. Wen ich als Erstes verklagen will?
5. Was ich jetzt vorhabe, nachdem ich plötzlich Prinzessin bin? Nach Disneyland gehen? (Okay, das war ja noch ganz witzig. Nicht alle Fragen waren gemein.)

Prinzessin Mia hörte diese unhöflichen Fragen natürlich auch. Ihr Mund wurde ganz klein vor Zorn und ihre Augen verengten sich zu schmalen Schlitzen.

»Ähm«, sagte ich und schaute auf die ganzen Paparazzi hinaus. »Vielleicht sollten wir lieber ein anderes Mal herkommen.«

»Nein.« Prinzessin Mia streckte die Hand aus und rückte meine Schulkrawatte zurecht. »Das ist immer so. Ich fürchte, du wirst dich dran gewöhnen müssen. Du brauchst ihnen nicht zu antworten, wenn du nicht willst. Ich würde es dir sogar empfehlen. Lächeln und Winken genügt.«

»Lächeln und Winken?«, fragte ich entgeistert. War das ihr Ernst? Ich sollte diesen Leuten, die mir so gemeine und total an den Haaren herbeigezogene Fragen stellten, auch noch zuwinken und zulächeln? »Wirklich?«

»Ja, wirklich.« Sie zeigte mir, wie man ein strahlendes Lächeln aufsetzt und mit einer Hand winkt, ohne den ganzen Arm einzusetzen, weil das weniger anstrengend ist. »Ja, so ist es richtig«, sagte sie, als ich es versuchte. »Und jetzt lächeln. So.« Sie setzte ein breites Lächeln auf.

Ich versuchte es, obwohl ich mir ganz schön bescheuert dabei vorkam. So gekünstelt. Das konnte doch niemand für ein echtes Lächeln halten, oder? »So.«

»Noch breiter«, sagte Mia, die immer weiterwinkte und lächelte, ohne beim Sprechen die Lippen zu bewegen. »Na also, jetzt hast du's. Du bist ein Naturtalent.«

Ich sagte ihr, dass ich mich nicht wie eines fühlte, deshalb ließ mich *meine Schwester* noch eine Minute länger üben. Außer François und Lars war niemand in der Limousine, an dem wir Lächeln und Winken üben konnten, weil wir die Hofdamen vor ihren Apartments abgesetzt hatten. Also lächelten und winkten wir den beiden Männern zu. Lars war am meisten beeindruckt, soweit ich es beurteilen konnte, und er gab uns noch ein paar andere Tipps.

»Also, können wir?«, fragte er schließlich und Prinzessin Mia sah mich an.

Ich zuckte die Schultern, obwohl ein ganzer Schmetterlingsschwarm in meinem Magen aufflatterte. Dann streifte ich meinen Rucksack über und wünschte mir, es wäre ein magischer Schutzschild, so wie ihn einige der

Kriegerprinzessinnen in Nishis Filmen haben. Aber es gibt keine Zauberschilde. »Ja, okay.«

»Gut«, sagte Lars. »Eins, zwei, *drei.*«

Auf »drei« waren wir aus der Limo und liefen über den roten Teppich die Treppe zum Eingang des Hotels hinauf. Ich konnte praktisch kaum sehen, wo ich hintrat, vor lauter Blitzlichtgeflacker. Wenn Prinzessin Mia mich nicht am Arm gefasst hätte, wäre ich garantiert gestolpert und der Länge nach hingeknallt.

Zum Glück wurden die Paparazzi von den Türstehern in Schach gehalten (und sogar von einigen Polizisten). »Olivia! Hier drüben!« Ich hörte nichts anderes mehr.

Fast hätte ich hingesehen, obwohl Lars mir ausdrücklich geraten hatte, das nicht zu tun. Er hatte mir folgende Anweisungen in der Limousine gegeben:

1. Nicht hinsehen.
2. Keine Fragen beantworten.
3. Auf keinen Fall Geschenke annehmen, die mir hingehalten werden.
4. Nie in die Menge gehen, selbst wenn ich dort meine beste Freundin stehen sehe.

Ich musste an Nishi denken und wie sehr ich sie vermisste (obwohl wir uns ja gerade geschrieben hatten), und fragte ihn, warum.

»Weil dich dann alle umringen und anzufassen versuchen, bis der Ansturm so groß ist, dass die Schranken niedergerissen werden und deine Freundin zertrampelt wird«, sagte er. »Also, wenn du sehen willst, wie deine Freundin zertrampelt wird, dann geh nur rein.«

»Ähm ... nein, natürlich nicht«, sagte ich.

»Wenn deine Freundin dich unbedingt sehen will, sollte sie einen Termin mit dir ausmachen, das ist am besten.«

So ist das also, wenn man Prinzessin ist. Die Leute stellen einem gemeine Fragen und erwarten auch noch eine Antwort darauf. Du kannst nicht mehr einfach auf dein Rad springen und zu deiner Freundin nach Hause fahren, sonst wirst du gejagt (oder gekidnappt). Stattdessen musst du »einen Termin mit ihr ausmachen«, wenn du sie sehen willst.

Trotzdem konnte ich es kaum erwarten, Nishi alles zu erzählen, was passiert war (gemeine Fragen hin oder her).

Und als ich auf dem Treppenabsatz oben angekommen war, drehte ich mich um und machte schnell ein Foto von der kreischenden Meute.

Bin gespannt, was Nishi sagt, wenn ich ihr das schicke.

Wir gingen hinein, und ehrlich, so was Irres wie das Plaza habe ich in meinem GANZEN Leben noch nie gesehen. Die Decken sind ungefähr hundert Meter hoch und die Kronleuchter aus echtem Kristall und GOLD. Wahrscheinlich hundert Prozent. Ich fühlte mich so was von fehl am Platz. Eine Frau spielte sogar HARFE im Palmenhof, wie Prinzessin Mia das nannte (es fällt mir irgendwie immer noch schwer, sie »meine Schwester« zu nennen).

»Sei froh, dass wir nicht da reingehen«, sagte sie auf dem Weg zu den Aufzügen. »Sonst müsstest du Eiersalat-Sandwiches essen.«

»Ich mag Eiersalat-Sandwiches«, sagte ich. »Und überhaupt jede Art von Sandwich, solange Gluten drin ist.«

»Oh«, sagte Mia. »Gut, dann gehen wir später hin und du kannst so viele Eiersalat-Sandwiches essen, wie du nur willst.«

Abgesehen von den gemeinen Reportern ist es hier wie im Himmel – als wäre ich gestorben und im Paradies wieder aufgewacht.

Im Aufzug war ein Mann, dessen einziger Job darin besteht, den Lift in Gang zu setzen. Er fährt den ganzen Tag rauf und runter, damit die reichen Leute, die hier wohnen, sich nicht die Mühe machen müssen, selbst auf die Knöpfe zu drücken.

Wahnsinn – davon muss ihm doch irgendwann schlecht werden, so wie manchen Leuten vom Autofahren. Ich blickte mich verstohlen im Lift um, sah aber nichts Erbrochenes. Wahrscheinlich nehmen sie den Eimer weg, wenn niemand hinguckt.

»Hallo, Lyle«, sagte Prinzessin Mia zu dem Liftboy. »Darf ich dir meine Schwester Olivia vorstellen?«

»Hallo, Prinzessin Olivia«, sagte Lyle. Er nickte und drückte auf den Knopf mit den Buchstaben PE. Im ersten

Moment dachte ich, dass PE für »Physcial Education« steht, also Schulsport. Aber er würde mich doch nicht in eine Sporthalle bringen? Die Schule war seit Stunden aus! Dann wurde mir klar, dass PE etwas anderes bedeuten musste.

»Ich hoffe, Sie genießen Ihren Besuch hier«, sagte Lyle noch zu mir.

»Danke«, erwiderte ich höflich. »Das hoffe ich auch.«

Der Aufzug fuhr sehr lange zu diesem »PE« hinauf, und als die Tür endlich aufglitt, war weit und breit keine Sporthalle zu sehen. Stattdessen betraten wir einen Flur mit rotem Teppichbelag und goldverzierten weißen Wänden. Auf einem Schild an der Wand stand in goldenen Buchstaben: PENTHOUSE EAST. Jetzt wusste ich, was PE bedeutete: Penthouse East.

Ich war noch nie in einem Penthouse gewesen, aber ich wusste von den vielen Fernsehserien, die ich bei Nishi zu Hause angeschaut hatte, dass es die schickste Wohnung in einem Apartmenthaus war. Und natürlich auch die teuerste, weil PE ganz oben war. Na klar, Könige müssen steinreich sein, weil sie das ganze Geld ihrer Familie jahrhundertelang angespart haben. Noch ein Grund mehr, warum ich so wütend auf die Reporter unten war, die mich gefragt hatten, ob Dad mich im Stich gelassen hatte, obwohl er mir doch jeden Monat großzügige Unterhaltsschecks (und persönliche Briefe) schickte. Und obwohl es nicht seine Idee war, meine königliche Herkunft geheim zu halten, sondern die meiner Mom.

Wir gingen den stillen Gang entlang, wo überall Vasen mit echten weißen Rosen verteilt waren, und plötzlich sah ich, dass ganz am anderen Ende eine Tür offen stand, in der eine hellhäutige alte Frau wartete. Ich kannte sie von den Zeitschriften, in denen ich Prinzessin Mia gesehen hatte.

Komisch war nur, dass Prinzessin Mia irgendwie Angst vor ihr zu haben schien: Sie ging plötzlich aufrechter und umklammerte ihre Handtasche fester.

»Das ist sie also?«, fragte die alte Frau, noch bevor wir ganz den Gang hinunter waren.

»Ja, das ist sie, Grandmère«, antwortete Prinzessin Mia leise und höflich.

Ich konnte es nicht fassen! Das hier war meine Großmutter, Königin Clarisse Renaldi? Sie sah völlig anders aus als die Großmütter, die ich bisher gesehen hatte. Nicht warmherzig und kuschelig wie Nishis Granny, die gern kocht und Geschichten über ihr Leben in Indien erzählt, wo Nishis Familie ursprünglich herkommt.

Dads Mom war groß und hager und trug ein dunkelviolettes Kostüm mit einem noch dunkleren Pelzbesatz an den Ärmeln (und das war kein Kunstpelz, was nicht sehr tier- und umweltfreundlich ist, wie wir in der Schule gelernt hatten). Ihre Fingernägel waren lang und spitz und ihr langes weißes Haar war zu einem dicken hohen Knoten aufgesteckt.

Ich kann es nicht beschwören, aber ich glaube, ihre Augenbrauen waren mit einem schwarzen Stift nachgezogen und an ihren Fingern funkelten ungefähr eine Million riesige Ringe mit echten Diamanten und Rubinen und Perlen und Smaragden. Jedenfalls nahm ich an, dass sie echt waren, oder nein, sie *mussten* ja echt sein, weil sie schließlich eine Königin war!

Mia stieß mich in den Rücken, um mich daran zu erinnern, wie ich meine Großmutter zu begrüßen hatte. Sie hatte es mir unterwegs extra beigebracht.

»Ich freue mich sehr, dich kennenzulernen, Großmutt ... hey, ist das ein Miniaturpudel?«

Letzteres rutschte mir einfach so heraus, ehe ich mich bremsen konnte. Während ich meinen Knicks machte, hatte ich plötzlich ein kleines weißes Plüschknäuel mit einer winzigen schwarzen Knopfnase entdeckt, das hinter Grandmères Füßen hervorschaute.

»Ich liebe Pudel!«, schrie ich. »Das ist die intelligenteste Hunderasse, die es gibt. Und super schwimmen können sie auch.«

Oh nein, wie peinlich! Es war sicher nicht die feine Art, ungefragt mein ganzes Hundewissen vor meiner neuen königlichen Großmutter hinauszuposaunen.

Aber ich konnte nicht anders. Ich liebe Hunde – fast so sehr wie Kängurus. Tante Catherine hat uns nie welche erlaubt (Hunde natürlich, keine Kängurus), nicht mal eine Katze oder ein Meerschweinchen.

»Ja«, sagte meine Großmutter steif. »Pudel sind wirklich intelligent. Wusstest du, dass sie im Zweiten Weltkrieg als Militärhunde an der Heimatfront eingesetzt wurden?«

»Ja«, sprudelte ich hervor. »Ich hab alles darüber gelesen. Und Pudel haaren auch nicht.« Mit diesem Argument hatte ich x-mal versucht, Tante Catherine herumzukriegen, aber es hatte nichts bewirkt.

»Interessant. Meine *andere* Enkelin mag nur Katzen.«

Grandmère sah meine Schwester an und Mia sagte: »Nicht *nur*. Ich mag Katzen, weil ich immer eine hatte. Das ist alles. Können wir jetzt bitte hereinkommen, Grandmère …?«

Grandmère zog die Tür weiter auf, um uns hereinzulassen, und was ich dort sah, warf mich beinahe um.

Der Fußboden war aus schwarz-weißem Marmor, wie im Museum, und überall waren kostbare Antiquitäten verteilt! Nicht nur irgendwelche tollen Gemälde an den Wänden – obwohl es davon auch jede Menge gab, Bilder mit Segelschiffen oder Früchten oder schönen Frauen mit Perücken auf dem Kopf, alle in riesigen goldenen Rahmen –, sondern auch das hier:

1. eine echte Falkenmumie in einem ägyptischen Sarkophag
2. Stoßzähne von Narwalen, die heute praktisch ausgestorben sind. Und ehrlich gesagt bin ich mir sicher, dass Narwalstoßzähne illegal sind, außer in Museen.

3. ein großer weißer Konzertflügel
4. eine Ritterrüstung

Selbst die Möbel, auf denen man sitzen durfte, waren antik und viel vornehmer als alles, was Tante Catherine zu Hause herumstehen hat, obwohl sie ihre Möbel direkt aus einem Designer-Ausstellungsraum in Manhattan bezieht.

Ich starrte durch die deckenhohen Fenster auf den Central Park unten (in Wahrheit waren es Türen, die auf den Balkon hinausgingen) und konnte es nicht fassen, dass meine Grandma in so einer luxuriösen Umgebung mit Türstehern und sogar einem Liftboy wohnte. Plötzlich schoss ein zweiter Hund aus einem anderen Teil der Wohnung ins Zimmer. Noch ein Pudel, das sah ich sofort, obwohl er viel älter als der kleine weiße Flauschball war – so alt, dass er überhaupt kein Fell mehr hatte und wie ein runzliger alter Mann aussah. Aber süß war er trotzdem.

Der alte Pudel bellte und knurrte wie ein Wachhund, als er auf mich zuraste, aber ich lächelte nur und kauerte mich auf Augenhöhe zu ihm hinunter und da blieb er wie angewurzelt stehen und starrte mich an.

»Hey, hallo«, sagte ich und musste mir das Lachen über diesen runzligen kleinen Winzling verkneifen, der sich wie ein großer böser Wachhund aufführte.

Dann legte er seine Pfoten auf meine Knie, leckte mir das Gesicht und sein kleiner Schwanz wedelte so schnell, dass er zu einem wilden Wirbel verschwamm.

»Hi«, sagte ich. Dann nahm ich ihn auf den Arm, damit er mich noch besser abschlecken konnte. »Wie geht's dir denn, Süßer?« Obwohl er so runzlig und kahl ohne sein Fell war, fühlte er sich trotzdem weich und warm an.

»Rommel?« Grandma klang schockiert. »Was ist denn nur in diesen Hund gefahren?«

»Gar nichts«, sagte ich. »Was soll mit ihm sein?«

»Das hat er noch nie gemacht – sich einfach von fremden Leuten auf den Arm nehmen lassen.«

»Oh, tut mir leid.« Ich wollte Rommel absetzen, aber Grandma sagte: »Nein, nein, ist schon gut. Wenn er dich mag, umso besser. Möchtest du einen Cocktail?«

»Grandmère«, hörte ich meine Schwester im Nebenzimmer sagen. »Sie ist erst zwölf!«

»Ich meine natürlich einen Aperitiv.«

Wahnsinn. Ich war das glücklichste Mädchen der Welt. Ich hatte an diesem einen Tag

1. eine Schwester
2. eine Großmutter
3. zwei Pudel

bekommen.

Besser kann es nicht mehr kommen, dachte ich, während ich hinter Schneeball herrannte (dem kleinen Pudelmädchen, das noch sein Fell hatte. Grandma ließ mich einen Namen für sie aussuchen und ich nannte sie

Schneeball), aber dann landete ich in einem Raum voller Bücher, in dem ein hellhäutiger Mann stand und in sein Telefon redete. Das war mein Dad – ich wusste es einfach.

(Okay, ich hatte natürlich Fotos vom genovischen König in den Zeitschriften gesehen, in denen Prinzessin Mia und Grandmère abgebildet waren. Und der Mann am Schreibtisch sah genau wie der auf den Fotos aus. Nur nicht so böse irgendwie, weil er seinen Schnurrbart abrasiert hatte.)

Als er mich sah, stand er auf, einen seltsamen Ausdruck im Gesicht, und sagte: »Barry, ich rufe Sie später zurück«, dann steckte er sein Telefon in die Tasche und fragte: »Olivia?«

Ich hielt keine Sekunde lang inne, um nachzudenken. Warum auch? Wenn man seinen Vater zum ersten Mal sieht, muss man nicht nachdenken. Man rennt einfach zu ihm, schlingt seine Arme um ihn und drückt ihn ganz fest, auch wenn er ein König ist und die Brust voller Militärabzeichen hat.

»Uff«, stöhnte er, als ich ihm meinen Kopf in den Bauch rammte, ziemlich hart, fürchte ich.

Aber dann umarmte er mich und sagte: »Wie schön, dass ich dich endlich kennenlerne.«

»Du hast ja keine Ahnung.« Ich schmiegte meine Wange an seinen weichen Bauch und sog seinen Daddygeruch ein, eine Mischung aus Zahnpasta, dem Leder von seinem Gürtel (in dem sein Schwert steckte) und dem Desinfektionsmittel, das im Hotel benutzt wurde.

»Ja«, sagte Dad. »Es tut mir sehr leid, dass es so lange gedauert hat. Aber deine Mutter wollte es so, verstehst du? Du solltest nicht die Wahrheit über deine Herkunft erfahren und keinen persönlichen Kontakt zu mir haben, damit du nicht im Rampenlicht aufwachsen musst, immer unter den Augen der Öffentlichkeit.«

»Ich weiß«, sagte ich, ohne ihn loszulassen. »Ich habe die Reporter unten schon gesehen.«

»Das tut mir alles sehr leid ...«

Ich hörte, wie seine Magensäfte gluckerten, um alles zu verdauen, was er zu Mittag gegessen hatte. Es war ein tröstliches Geräusch, aber er tat mir irgendwie trotzdem sehr leid. Nach so vielen Jahren ist er immer noch nicht über den Verlust meiner schönen Mutter hinweg.

Aber klar, sie war ja auch eine tolle Frau.

Hoffentlich war mein Anblick nicht allzu schmerzlich für ihn.

»Ein weiterer Grund übrigens, warum deine Mutter

nicht wollte, dass deine Herkunft bekannt wird«, fuhr Dad fort. »Die Presse kann so aufdringlich sein. Du hast ein Recht darauf, unbeschwert aufzuwachsen, ohne ständig von Reportern verfolgt zu werden. Und wie ich höre, wurdest du bereits in der Schule gemobbt, noch bevor sie es herausgefunden hatten …«

Ich ließ ihn endlich los.

»Ja«, sagte ich und schaute in sein Gesicht auf. »Aber wollte Prinzessin Mias Mom nicht dasselbe für ihre Tochter? Und bei Mia ist es doch gut gegangen. Warum soll es bei mir anders sein?«

Dad legte seine Hände auf meine Schultern und sagte seufzend: »Ja, Olivia. Du hast recht. Du scheinst ein ganz besonderes Mädchen zu sein. Aber glaub mir, leicht war es nicht für Mia und für dich wird es auch nicht leicht sein.«

»Ja, klar«, sagte ich. »Aber ich bin taffer, als ich aussehe. Und ich habe schon lächeln und winken gelernt. Hier, schau mal.«

Ich lächelte und winkte, wie Prinzessin Mia es mir gezeigt hatte, obwohl mir Schneeball ein bisschen die Schau stahl, weil sie genau in diesem Moment an mir hochsprang. Sie ist eben noch ein Welpe und nicht richtig erzogen.

»Nein, Schneeball«, sagte ich, packte ihre Vorderpfoten und drückte sie sanft. »Runter.« Ich setzte ihre Vorderpfoten wieder auf den Fußboden, damit sie begriff, dass

»Runter« bedeutete, ihre Pfoten am Boden zu lassen. So trainiert man junge Hunde. Ich habe es in einer Fernsehsendung gesehen.

»Es muss wohl sehr schwer für dich gewesen sein, bei den O'Tooles zu leben, ohne einen eigenen Hund ...«, sagte Dad nachdenklich. Es war keine Frage.

»Ach, na ja«, sagte ich, weil ich ihn nicht noch trauriger machen wollte, indem ich ihm erzählte, wie schlimm es in letzter Zeit gewesen war, vor allem wegen Annabelle und so. Also schaufelte ich Schneeball in meine Arme und vergrub mein Gesicht in ihrem weichen, flauschigen Fell, um meinen Kummer zu verbergen. »Es war schon okay. Und jetzt hab ich ja Schneeball.«

»Ich bin froh, dass es dir hier gefällt«, sagte Dad. »Denn in Zukunft wirst du uns sicher viel öfter besuchen. Und wer weiß, vielleicht willst du sogar ganz bei uns leben?«

Mittwoch, 6. Mai

21.45 Uhr
Plaza Hotel

Ich war nicht nur geschockt (das wäre die Untertreibung des Jahrhunderts!) – nein, ich war so überwältigt, dass ich Schneeball praktisch fallen ließ (na ja, nicht richtig, aber ich ließ sie aus meinen Armen rutschen, bis sie als weiches Flauschknäuel auf dem Marmorboden landete und ziemlich verwirrt dreinschaute).

Dad muss gemerkt haben, dass mir die Knie zitterten, denn er fasste mich am Arm und führte mich zu der braunen Ledercouch. Er drückte mich sanft hinunter und setzte sich neben mich.

Die Couch war superweich und überraschend bequem. Schneeball fand das definitiv auch, weil sie begeistert zu mir heraufstrampelte und auf ein Kissen neben mich plumpste.

»Du musst keine Angst haben, dass ich gekränkt bin, wenn du Nein sagst«, fügte Dad schnell hinzu. »Bitte mach dir deshalb keine Sorgen. Ich kann es verstehen, wenn du lieber bei Tante Catherine bleiben willst. Schließlich warst du dein ganzes Leben dort.«

Ich sagte nichts darauf, aber nur aus Angst, dass mir die Stimme versagen würde, weil ich immer noch total überwältigt war.

Und glücklich.

»Natürlich wollte ich schon lange, dass du bei uns lebst«, fuhr Dad fort. »Aber damit hätte ich den ausdrücklichen Wunsch deiner Mutter missachtet, wie deine Tante mir oft genug vorhielt. Ein Kind braucht eine stabile Umgebung und eine Mutter, und leider war ich nie in der Lage, dir beides zu bieten. Aber ich denke, deine Tante und selbst deine Mom würden mir recht geben, dass sich in letzter Zeit einiges geändert hat … und bald noch viel mehr ändern wird …«

Ich schaute erwartungsvoll zu ihm auf. »Wirklich? Und wie?«

»Nun, erstens ist mir zu Ohren gekommen, dass deine Tante und dein Onkel dich nach Qualif mitnehmen wollen. Und das ist inakzeptabel, ich werde es ganz einfach nicht zulassen. Zweitens ist das Geheimnis jetzt ohnehin aufgeflogen und alle wissen, dass du die Prinzessin von

Genovien bist, ob es uns passt oder nicht. Daran lässt sich nichts mehr ändern. Und drittens heiratet deine Schwester bald und …«

»Was? Sie heiratet?« Ich wollte ihm nicht ins Wort fallen, aber das waren aufregende Neuigkeiten!

»Ja. Und Mia wird mit ihrem Mann in Genovien leben. Damit ist der Einwand deiner Tante hinfällig, dass dir bei mir eine feste weibliche Bezugsperson fehlt.«

»Willst du wirklich, dass ich zu euch nach Genovien ziehe?«, fragte ich.

»Ja«, sagte Dad. »Weißt du denn, wo das ist?«

Ich nickte. Ich hatte es im Zweithandy von Mias Hofdame gegoogelt. »Es liegt zwischen Frankreich und Italien.«

»Na ja, mehr oder weniger«, sagte Dad. »Es ist sehr klein, hat aber das angenehmste Klima in ganz Europa, weil es so idyllisch an der Riviera liegt.«

Bevor ich ihn weiter ausfragen konnte, ging die Tür auf und Grandma kam herein, gefolgt von einem Kellner mit einem riesigen silbernen Tablett.

»Ich will gar nicht wissen, wie lange dieses Kind nichts mehr zu essen bekommen hat«, sagte sie. »Deshalb habe ich den Roomservice gebeten, einen kleinen Imbiss für sie zusammenzustellen. So wie ich Amelia kenne, hat sie dir höchstens irgendwelche Snacks aus der Minibar in der Limousine vorgesetzt, Olivia.«

Ich wusste nicht, was daran schlimm sein sollte, aber

ich war immer noch sehr aufgeregt, als der Kellner das Silbertablett auf den großen antiken Couchtisch vor uns stellte. Und als ich den »kleinen Imbiss« sah, den der Roomservice zusammengestellt hatte, fielen mir fast die Augen aus dem Kopf.

- mehrere Schalen mit frisch gepflückten Erdbeeren, feinen Plätzchen, Schokoladentrüffeln und Nüssen
- ein Teller mit bunten Minitörtchen
- eine Platte mit drei verschiedenen Käsesorten, darunter auch ein ganz weicher, cremiger
- eine kalte Platte mit Schinken, Salami, Roastbeef, Truthahn und sogar Räucherlachs
- winzige silberne Tässchen mit Senf, Mayonnaise, Meerrettich und Frischkäse, mit passenden winzigen Silberlöffeln dazu
- ein ganzer Korb voller Brot – helles und dunkles Brot, Pumpernickel, Baguette und verschiedene Bagels

Für jemand, der in einem glutenfreien Haushalt aufgewachsen ist, so wie ich, war es das Paradies. Ich schrie fast vor Begeisterung.

»Königliche Hoheit«, sagte der Kellner und reichte mir ein elegantes Kelchglas, das bis zum Rand mit einer schaumigen braunen Flüssigkeit gefüllt war. »Schokoladenmilch.«

Mit einem Strohhalm darin. Die biegsame Sorte!

»Danke«, quiekte ich. Ich glaube nicht, dass ich noch einen einzigen Ton herausgebracht hätte, selbst wenn ich gewusst hätte, was ich sagen soll.

»Danke, George«, sagte Grandma. »Das wäre vorläufig alles.«

Der Kellner verbeugte sich und ging hinaus.

»Also«, sagte Grandma und setzte sich anmutig auf die Couch neben Dad, dann nahm sie einen kleinen Teller und häufte Schinkenscheiben darauf. »Hast du sie schon gefragt, Phillipe?«

»Ja«, sagte Dad. »Das habe ich.«

»Und?« Grandma stellte den Schinkenteller für die beiden Hunde auf den Boden. »Was hat sie gesagt?«

»Sie war noch nicht fähig, darauf zu antworten, Mutter. Ich glaube, sie steht unter Schock. Wo ist Mia?«

»Wo wird sie schon sein? Hängt am Telefon und redet mit ihrem Freund.«

»Er ist jetzt ihr Verlobter, Mutter.«

Ich nahm einen Schluck von der Schokoladenmilch. Sie war eiskalt. Als ich getrunken hatte, sagte ich: »Es stimmt, ich stehe wirklich unter Schock. Das ist die beste Schokoladenmilch, die ich je getrunken habe.«

»Tatsächlich?« Großmutter warf mir einen neugierigen Blick zu. Sie nahm einen zweiten Teller, den sie mit Roastbeef vollhäufte. »Liegt es an dem Getränk oder vielleicht an deinem Vater? Er wollte immer, dass du bei uns lebst, weißt du das? Deine Mutter hat es einfach nicht zugelassen. Wegen mir, natürlich.«

»Mutter«, sagte Dad warnend.

»Was?« Grandmère zuckte die Schultern. »Es ist doch wahr. Weil ich so einen schlechten Einfluss ausübe. Amelias Mutter findet das auch. Aber Olivia ist jetzt alt genug, um sich nicht von meinen skandalösen Sitten verderben zu lassen ...«

»Mutter!« Dad warf ihr einen strengen Blick zu. Er streckte die Hand aus und nahm Grandmère den Teller mit dem Roastbeef weg, das sie ihrem neuen Hund fütterte.

»Siehst du?«, sagte sie zu mir, während Schneeball die Raostbeefscheibe hinunterschlang, die sie bereits im Maul hatte. »Ich bin unverbesserlich.«

»Na ja«, sagte ich. »Das stimmt schon irgendwie. Man soll Hunden kein Menschenessen geben, besonders nicht vom Tisch. Das weiß jeder. Vielleicht ist Rommel deshalb das ganze Fell ausgefallen.«

Grandmas Augen weiteten sich. Sie waren leuchtend blau, wie die von meinem Dad. »Im Ernst? Nein, das glaube ich nicht. Weißt du, an dem Tag, als ich deinen Großvater kennengelernt habe, bin ich mit einem Hund, der so ähnlich wie Rommel war, spazieren gegangen. Ich schlenderte die Champs-Élysées entlang, in einem raffinierten kleinen Cocktailkleid, das ich extra für so eine Gelegenheit aufgespart hatte – es war pinkfarben, Seide natürlich –, und in Schuhen, die ich passend dazu eingefärbt hatte, und auf dem Kopf trug ich so einen hinreißenden kleinen …«

»Mutter.« Dads Stimme wurde immer strenger.

Grandmère schreckte aus ihren Erinnerungen hoch. »Na ja«, sagte sie. »Das Mädchen hat doch gefragt. Und ich wollte doch nur …«

»Sie hat nicht gefragt, Mutter. – Das Problem ist, Olivia«, fügte Dad zu mir gewandt hinzu, während er mir einen Teller reichte, auf dem er einen einfachen Bagel mit Frischkäse und Räucherlachs, eine dicke, saftige Erdbeere und ein Plätzchen angerichtet hatte, »wir haben über all das noch gar nicht mit deiner Tante Catherine gesprochen. Ehrlich gesagt weiß sie nicht mal, dass du hier bist, nur dass Mia dich abgeholt hat …«

Wahnsinn! Ich wusste etwas, das Tante Catherine nicht wusste!

Aber natürlich würde es nicht lange dauern, bis sie dahinterkam. Sie musste nur die Nachrichten anschauen – oder ins Internet gehen. Sobald die Reporter ihre Fotos von mir ins Netz gestellt hatten, würde Tante Catherine ihr blaues Wunder erleben (und natürlich auch Onkel Rick, Sara und Justin).

»Wir hielten es für besser, ihr nichts zu sagen«, fuhr Dad fort. »Jedenfalls nicht, bevor wir wissen, ob du mit unserem Vorschlag einverstanden …«

»Genovien ist das schönste Land der Welt«, fiel Grandma ihm ins Wort und schnippte sich ein Petit Four in den Mund. »Erstens kann man nirgends so schön segeln. Und zweitens ist das Essen zum Niederknien. Du hast nicht gelebt, ma Chère, wenn du noch nie einen Choux à la crème bei Alberto gekostet hast.«

»Es wäre eine große Veränderung für dich«, fuhr Dad fort, ohne auf seine Mutter zu achten. »Du würdest in einem Palast wohnen statt in einem Haus ...«

»Aber das Leben in einem Palast ist doch viel schöner«, wandte Grandma ein. »Du kannst deinen Müll einem Diener geben, statt ihn selbst den ganzen Weg zur Einfahrt hinunterzuschleppen ...«

Dad starrte Grandma an. »Wann hast du je deinen Müll selbst hinuntergebracht, Mutter?«

»Und natürlich bekommst du ein eigenes Pony, wenn du bei uns lebst, Olivia«, fuhr Grandma fort. »Ach, was hatte ich für ein süßes kleines Pony, als ich in deinem Alter war! Es hieß Zip und fraß mir die Äpfel direkt aus der Hand. Du musst wissen, ich bin hochallergisch gegen Pferdehaar und habe eimerweise Tränen vergossen, wenn er in meiner Nähe war, aber das war es mir wert. Ich liebte ihn so sehr.«

»Du müsstest die Schule wechseln«, fuhr Dad fort, als hätte Grandma nie etwas gesagt. »Aber ...«

»Aber die Königliche Akademie von Genovien liegt gleich beim Palast – nur ein kleines Stück die Straße hinunter«, unterbrach Grandma ihn erneut. »Es ist eine hervorragende Schule, mit eigenen Stallungen, wo du reiten lernen kannst, und sehr hohen Standards. Die nehmen dort nicht einfach jeden, so wie die staatlichen Schulen in Amerika.«

»Ich weiß nicht, ob ich in eine Schule mit hohen Standards reinkomme«, sagte ich verlegen, weil ich sie natürlich nicht enttäuschen wollte. »Tante Catherine hat mich mal testen lassen und dabei ist herausgekommen, dass ich nur durchschnittlich intelligent bin.«

Dad und Grandma wechselten einen Blick miteinander.

»Hat deine Tante dir das gesagt, Olivia?«, fragte Dad. »Dass du nur durchschnittlich intelligent seist?«

»Nein«, sagte ich. »Das war meine Stiefcousine Sara. Sie hat ihre Eltern belauscht, als sie darüber geredet haben. Aber ich weiß, dass es stimmt, weil ich in keinem einzigen Fortgeschrittenenkurs bin. Obwohl ich gute Noten habe, das schon. Aber ich muss hart dafür arbeiten. Also, ehrlich gesagt bin ich ziemlich … durchschnittlich. An mir ist nichts Besonderes. Absolut nichts.«

Es fiel mir schwer, das zuzugeben, klar, aber ich musste es ihnen sagen, weil sie es irgendwann sowieso herausfinden würden.

»Außer im Zeichnen …«, fügte ich hinzu. Das war mir zum Glück gerade noch eingefallen. »Ich kann gut zeichnen, sagt Ms Dakota, meine Kunstlehrerin, ich muss nur noch an der Perspektive arbeiten. Ich habe sogar ein Stipendium für eine Kunstschule bekommen. Aber Tante Catherine sagt, ich sei noch zu jung.«

Grandmas Gesicht hellte sich auf. »Das hast du zweifellos von mir geerbt, mein Kind. Ich war auch immer sehr gut im Zeichnen. Und die Königliche Akademie von Genovien bietet ein erstklassiges Kunstprogramm an. Ich will ja nicht angeben, aber Picasso hat mich eines Tages in der Rue de Rivoli in Paris zeichnen sehen – ich trug eine maßgeschneiderte Chino, die ich in einem reizenden kleinen Geschäft auf Capri hatte anfertigen lassen … Wenn du älter bist, muss ich mal mit dir dorthin fahren – jetzt hast du natürlich noch nicht die richtige Figur dafür …

Also, wo war ich stehen geblieben? Ach ja, und der Meister höchstpersönlich hat mir angeboten …«

Dad schnitt ihr abrupt das Wort ab. »Nein, hat er nicht, Mutter.« Zu mir sagte er: »Ich glaube nicht, dass du durchschnittlich bist, Olivia. An dir ist gar nichts Mittelmäßiges, da bin ich mir sicher.«

»Ich habe dich gerade erst kennengelernt«, plapperte Grandma weiter, »und ich kann dir versichern, dass du ganz und gar nicht mittelmäßig bist. Sonst hättest du Rommel nie dazu gebracht, das hier zu machen.« Sie zeigte auf den haarlosen Pudel, der sich an meiner Hüfte zuammengerollt hatte und selig schlief, den Kopf auf meinen Schenkel gestützt. »Rommel hasst alle Leute.«

»Sogar mich«, sagte Dad.

»Ja, sogar Phillipe«, stimmte Grandma zu.

»Mia findet auch, dass du etwas Besonderes bist, Olivia«, fuhr Dad fort. »Wir alle halten dich für etwas Besonderes und wir würden uns sehr geehrt fühlen, wenn du zu uns kommen würdest, zumindest einen Teil des Jahres. Aber wir würden es natürlich auch verstehen, wenn du lieber bei deiner Tante bleibst.«

»Sprich für dich selbst«, sagte Grandma und nippte an ihrem Drink, was immer es auch sein mochte. »Ich für meinen Teil würde es überhaupt nicht verstehen. In meinen Augen wäre es die reine Verschwendung und eine absolute Katastrophe.«

»Deine Großmutter neigt zu Übertreibungen«, sagte

Dad, »wie du sehr bald feststellen wirst, wenn du sie näher kennenlernst.«

»Nun ja, wir könnten natürlich auch nach New Jersey kommen, um dich zu besuchen«, fuhr Grandma fort, aber es klang nicht gerade begeistert. Das Wort »New Jersey« sagte sie in einem Ton, als wäre es eine ansteckende Krankheit, die sie sich auf keinen Fall zuziehen wollte. »Aber nicht nach Qualif. Rommel verträgt die Hitze nicht so gut.«

»Rommel verträgt überhaupt kein Wetter«, sagte Dad grimmig und zu mir gewandt fügte er hinzu: »Lass es dir einfach mal durch den Kopf gehen, ja? Willst du noch Schokoladenmilch?«

Ich schüttelte den Kopf. Ich stand immer noch unter Schock und wusste nicht, was ich denken sollte.

Also hörte ich auf zu denken, nahm stattdessen den Bagel, den Dad mir gegeben hatte, und biss genüsslich hinein. Ich hatte schon so lange kein Brot mehr zwischen den Zähnen gehabt, dass ich beinahe vergessen hatte, wie es schmeckte.

Dann fiel mir etwas ein, und nachdem ich den Bissen hinuntergeschluckt hatte, sagte ich: »Dad?«

Er hatte gerade ein großes Stück von seinem Bagel genommen. »Hmmm?«, machte er.

»Woher wusstest du, dass ich Frischkäse mit Räucherlachs auf meinem Bagel mag?«, fragte ich.

»Ach, ganz einfach«, sagte Grandma, während Dad

hastig seinen Bissen hinunterzuschlucken versuchte. »Er mag das auch am liebsten.«

Offenbar erbt man von der Familie mehr als nur die Augenfarbe oder das Zeichentalent. Manchmal ist es auch ein Fürstenthron und eine Vorliebe für Räucherlachs.

Mittwoch, den 6. Mai

23.00 Uhr

Plaza Hotel

Ich müsste längst im Bett liegen (21.30 Uhr in Cranbrook), aber ich kann jetzt nicht schlafen. Ich bin viel zu aufgeregt.

Schon weil ich an einem fremden Ort übernachte – im Gästezimmer in Grandmères Penthousesuite in New York City!

Ich habe noch nie in so einem riesigen, luxuriösen Himmelbett geschlafen, in so wunderbar kühler Bettwäsche und in so einem edlen Pyjama (den mir Grandmère geliehen hat. Er ist aus Seide, mit einem gestickten G darauf – G für Genovien. Ein richtiger Prinzessinnenpyjama! Nishi würde tot umfallen vor Begeisterung.)

Aber das alles hat nichts mit der Entscheidung zu tun, die ich getroffen habe:

Ich ziehe nach Genovien.

Obwohl es natürlich toll ist, in einem Seidenpyjama im Himmelbett zu schlafen (mit einem süßen, fluffigen weißen Pudelbaby neben mir).

Und es ist auch super, dass ich eines Tages vielleicht ein eigenes Pony haben werde oder in eine Kunstschule gehen kann, ohne ein Stipendium dafür zu brauchen.

Aber was ist das schon alles im Vergleich zu der Tatsache, dass ich einen Vater, eine Großmutter und eine Schwester bekomme, die mich auch noch mögen? Das kann nichts und niemand toppen!

Tut mir leid – keine Chance.

Ich will nicht, dass Tante Catherine gekränkt ist, wenn ich zu Dad, Grandma und Mia ziehe (die sich als begeisterte Umarmerin entpuppt. Sie hat mich so wild an sich gedrückt, bevor sie heute Abend in ihre eigene Wohnung gegangen ist, dass ich meine Rippen krachen hörte. Aber hey, war das toll!)

Na ja, Tante Catherine wird mich schon verstehen. Außerdem hat sie ihr Einrichtungsgeschäft, um das sie sich kümmern muss, und Onkel Rick und Sara und Justin und die ganzen tollen neuen Chancen, die in Qualif auf sie warten. Vielleicht ist sie sogar froh, wenn sie hört, dass ich nicht mitkomme!

Nishi werde ich definitiv vermissen. Aber Dad sagt, sie darf mich besuchen kommen, sooft sie will.

Und natürlich ist es nicht leicht, in einer neuen Schule anzufangen, wo mich niemand kennt, in einem ganz neuen Land mit einer völlig anderen Sprache (und wo ich noch dazu eine Prinzessin bin).

Aber EINES gibt es in Genovien nicht – und das werde

ich an New Jersey am allerwenigstens vermissen: Annabelle Jenkins.

Heute war wirklich der schönste Tag meines Lebens.

Vielleicht kann ich deshalb nicht einschlafen! Ich will, dass er nie endet!

Donnerstag, 7. Mai

11.24 Uhr
Bergdorf Goodman

Normalerweise würde ich um diese Zeit in meiner Französischstunde in der Cranbrook Middle School sitzen.

Stattdessen bin ich jetzt in einem vornehmen Kleidergeschäft, wo ich eine ganz neue Garderobe bekommen soll. Grandma sagt, die Augen der ganzen Welt ruhen ab jetzt auf mir und es sei meine Pflicht zu »glänzen« (was mir kein bisschen Angst macht, haha).

(Klar macht es mir Angst. Wir mussten uns durch die Küche und den Lieferanteneingang aus dem Hotel schleichen, nur um den Paparazzi zu entgehen, die immer noch vorne warten! Es ist der Wahnsinn.)

In den letzten paar Stunden hab ich viel mehr über das

Leben einer Prinzessin gelernt als in den ganzen fünf Jahren, seit ich Französisch lerne.

Zum Beispiel darf eine Prinzessin niemals »Was?« sagen, wenn sie etwas nicht versteht.

Nein, das ist viel zu direkt. Sie muss »Wie bitte?« sagen, oder »Entschuldigen Sie bitte?« oder etwas in der Art.

Und als Prinzessin darf man auch nicht einfach Ketchup auf sein Essen kippen, ehe man es zumindest gekostet hat. Das wäre eine Beleidigung für den Küchenchef. Man muss erst probieren und dann kann man feststellen, dass es einem nicht »würzig genug« ist.

In diesem Fall darf man um Ketchup bitten, das der Zimmerservice aber von ganz unten heraufbringen muss, sodass es eine Ewigkeit dauert, wenn man wie wir im Penthouse wohnt.

Ich weiß nicht, wie ich mir dieses ganze Zeug jemals merken soll, weshalb es gut ist, dass ich es in mein Notizbuch schreibe, vor allem, weil ich heute Morgen beim Aufwachen noch nicht mal wusste, wo ich bin.

Als ich mich umschaute, sah ich Schneeball, die sich neben meinem Kopfkissen zusammengerollt hatte, und Rommel, der zu meinen Füßen lag, und die Sonne, die durch die hohen Balkonfenster über dem Central Park schien – dem Central Park in New York! –, und da fiel mir alles wieder ein, was passiert war, und ich sagte mir:

Wahnsinn! Ich bin bei meinem Dad! Bei meiner Grandma! Und das hier ist ihr Hund und das hier ihr anderer

Hund, der ohne Haare, und ich soll zu ihnen nach Genovien kommen, in das Land, in dem ich eine Prinzessin bin!

Im nächsten Moment fiel ich fast tot um vor Glück, aber da ich ja noch im Bett saß, konnte ich nicht besonders tief fallen.

Es roch nach Toast (richtigem Toast!) und ich hechtete aus dem Bett, putzte mir die Zähne, zog mich an und ging ins Esszimmer hinüber. Dort saß Grandma im Morgenmantel und las die Zeitung. Der Tisch vor ihr war mit Bergen von Essen vollgetürmt, mehr, als ich je auf einmal gesehen hatte, unter anderem:

- riesige Stapel warme goldbraune Waffeln
- dicke weiße Schlagsahnehäufchen
- Schalen mit schimmernden roten Erdbeeren
- silberne Kännchen mit echtem Ahornsirup
- frisch gepresster Orangensaft in Kristallgläsern
- Eiersoldaten (das sind weich gekochte Eier mit Toaststreifen)

Letzteres hatte ich noch nie bekommen, aber Grandma zeigte mir, wie man es isst: Man klopft das weich gekochte Ei oben auf und tunkt einen Streifen Buttertoast in das warme, flüssige Eigelb. Es ist das Köstlichste der Welt (abgesehen von den Waffeln natürlich).

Am Ende stellte ich fest, dass ich gar kein Ketchup brauchte.

Also jedenfalls, während ich das größte, leckerste Frühstück meines Lebens verspeiste (mit Schneeball an meiner Seite), legte Grandma ihre Zeitung weg und sagte: »Dein Vater ist in einer Telefonkonferenz mit den Abgeordneten von Genovien und deine Schwester hat eine private Verabredung. Deshalb werde ich jetzt mit dir shoppen gehen.«

»Shoppen? Und was ist mit der Schule?«

»Schule? Was kümmert dich die Schule? Du willst doch nicht etwa in *New Jersey* bleiben?«

»Grandma«, sagte ich. »New Jersey ist mein Heimatstaat. Ich bin dort geboren. Also sag es bitte nicht immer so.«

»Wie sag ich es denn?«

»Als ob es was Unanständiges wäre.«

Grandmère zuckte die Schultern und gab Rommel, der neben ihrem Stuhl kauerte, ein Stück Schinken. »Na gut. Wenn dir dein *New Jersey* so wichtig ist, dass du dort bis ans Ende deiner Tage versauern willst, statt die Welt kennenzulernen und neue Erfahrungen zu sammeln, dann bin ich die Letzte, die dich davon abhält.«

»Das sag ich ja gar nicht, Grandmère. Ich hab mich doch schon entschieden. Ich will bei euch in Genovien leben, aber ich ...«

Meine Granny lächelte beinahe, aber nicht ganz. Ehrlich gesagt bewegen sich ihre Lippen überhaupt nicht viel. Mia sagt, das liegt daran, dass sie »so viel hat machen lassen«.

»Nun, wenn das so ist, warum machst du dir dann Sorgen wegen deiner alten Schule? Von jetzt an gehst du in die Königliche Akademie von Genovien. Aber da wir dich dort noch nicht angemeldet haben, kann dir auch niemand vorwerfen, dass du die Schule schwänzt.«

»Ja, aber ich bin doch noch in meiner alten Schule eingeschrieben, und wenn ich heute nicht im Unterricht erscheine, gilt das als unentschuldigtes Fehlen und ich bekomme einen Verweis.«

»Einen Verweis?« Grandmère schüttelte verwundert

den Kopf. »Nur weil du mal einen Tag lang mit deiner Großmutter shoppen gehst?«

»Shoppen ist kein hinreichender Entschuldigungsgrund«, erklärte ich ihr. »Man darf nur von der Schule wegbleiben, wenn zum Beispiel jemand in der Familie krank wird – so wie die Großmutter von meiner Freundin Nishi, die mit einer Blinddarmentzündung ins Krankenhaus musste. Nishi durfte einen Tag in der Schule fehlen, um sie zu besuchen, weil das ein Notfall war. Und Shoppen ist kein Notfall.«

»Aber ja – selbstverständlich ist das ein Notfall«, sagte meine Großmutter beleidigt. »Wir können dich unmöglich noch länger *darin* herumlaufen lassen!« Sie zeigte auf meine Schuluniform. »Die Presse wird sich heute zweifellos wieder auf dich stürzen und dich fotografieren wollen und dann denken die Leute noch, dass wir dich schwer vernachlässigen, weil du nur ein einziges Outfit besitzt. Und das soll kein Notfall sein?«

Dann zeigte sie mir die Titelseite der Zeitung, die sie gerade gelesen hatte.

»Das bin ja ICH!«, schrie

ich und ließ meinen Toast fallen (was okay war, weil Rommel und Schneeball ihn sofort aufschnappten, obwohl er mit der Butterseite nach unten auf dem Boden gelandet war).

»Ja«, sagte sie. »In der Tat. Und das hier auch.« Sie hob eine andere Zeitung von einem Stapel neben sich hoch und zeigte mir ebenfalls die Titelseite:

SECHSTKLÄSSLERSENSATION!
Kleine Prinzessin aus New Jersey
Zweite in der Thronfolge
des Königreichs von Genovien

Zum Glück hielt ich diesmal kein Essen in der Hand, das mir herunterfallen konnte.

»Wow«, war alles, was ich herausbrachte. Ich fragte mich unwillkürlich, ob Annabelle Jenkins diese Schlagzeile gesehen hatte. Wenn ja, platzte sie vor Wut, so viel stand fest. Es war bestimmt schrecklich für sie, dass *ich* die SECHSTKLÄSSLERSENSATION war und nicht sie.

Aber nicht alle Zeitungen brachten so schmeichelhafte Schlagzeilen über mich (und ich konnte nur hoffen, dass Annabelle sie nicht zu sehen bekam!). Manche Reporter schrieben immer noch Gemeinheiten über uns, zum Beispiel, dass Dad mich die ganze Zeit absichtlich in Cranbrook »versteckt gehalten hatte«, damit niemand von seinem »schändlichen kleinen Geheimnis« erfuhr, weder seine Mutter noch die Einwohner von Genovien noch die Presse.

Das war so was von unwahr! Ich meine, okay, ich war tatsächlich in Cranbrook versteckt gewesen, aber nicht weil ich das »schändliche kleine Geheimnis« von wem auch immer war.

Grandma musste gemerkt haben, wie empört ich war, denn sie sagte: »Ein Teil deines Jobs als Mitglied des Königshauses besteht darin, die Aufmerksamkeit der Presse über dich ergehen zu lassen. Dein Gesicht auf der Titelseite einer Zeitung oder Zeitschrift steigert die Verkaufszahlen. Und du kannst nicht erwarten, dass immer nur positiv über dich berichtet wird.«

»Aber einiges davon ist doch überhaupt nicht wahr!«, protestierte ich.

Grandmère schaute mich belustigt an. »Meine Liebe, da du selbst zur Hälfte Amerikanerin bist, müsstest du doch wissen, dass im ersten Zusatzartikel der Verfassung jedem amerikanischen Bürger das Recht auf freie Meinungsäußerung garantiert wird, wie sie das hier nennen. Solange eine solche Meinung nicht als sachlich falsch widerlegt werden kann, darf der Betreffende sie äußern, sooft und solange er will.«

Ich wusste das natürlich, aber ich fand es trotzdem ungerecht. »Ja, gut, aber können wir ihre Meinungen dann nicht als sachlich falsch widerlegen?«

»Ja, natürlich. Zu gegebener Zeit werden wir eine

Richtigstellung veröffentlichen. Aber im Augenblick ist es wichtiger, dass wir eine neue Garderobe für dich aussuchen. Wenn du gut aussiehst, fühlst du dich auch gut, und in *dem da* …« Sie zeigte anklagend auf meinen Faltenrock, »… kann sich kein Mensch gut fühlen.«

»Okay, Grandma«, sagte ich seufzend. »Aber ich bin mir ziemlich sicher, dass Dr. Bushy Kleider kaufen nicht als Entschuldigungsgrund akzeptieren wird.«

»Bushy? Was, bitte schön, ist Bushy?«

»Das ist kein Was, Grandma, sondern ein Wer. Der Direktor meiner Schule. Und ich möchte die Gemeinheiten der Paparazzi gern als sachlich falsch entlarven, indem ich ohne Verweis von der Cranbrook Middle School abgehe, falls du nichts dagegen hast.«

»Nenn mich bitte Grandmère und nicht Grandma, und mach dich nicht lächerlich, mein Kind. Eine Prinzessin bekommt keine Verweise. Aber ich werde mit diesem Bushy telefonieren, wenn es dir so viel Kopfzerbrechen bereitet, und ihm die Situation erklären.«

Grandma – ich meine, Grandmère – im Gespräch mit dem Schulsekretariat der Cranbrook Middle School war echt das Verrückteste, was ich je erlebt habe, und ich hatte in den letzten vierundzwanzig Stunden einiges durchgemacht.

»Hallo, ist hier die Cranbrook Middle School?«, fragte Grandmère, nachdem ich die Nummer für sie gewählt hatte (weil sie nicht mit Telefonen umgehen kann, nicht mal mit ganz normalen). »Oh ja, danke, sehr gut, und Ihnen? Ich bin Clarisse Renaldo, Königin von Genovien, und ich rufe wegen meiner Enkelin an, Prinzessin Olivia Grace Clarisse Mignonette Harrison. Ich würde gern Dr. Bushy sprechen. Wie bitte? Er ist in einer Konferenz? Nun, dann richten Sie ihm doch bitte aus, dass meine Enkelin heute leider nicht am Unterricht teilnehmen kann, da sie dringend eine neue Garderobe braucht. Danke schön.«

Mrs Singh, die Schulsekretärin, hielt diesen Anruf wahrscheinlich für einen schlechten Witz, aber meine Großmutter legte schnell auf, bevor sie noch weiter nachfragen konnte.

Dann verschwand Grandmère, um ihr »Gesicht zu machen« (womit sie Schminken meint) und sich anzukleiden.

Und jetzt waren wir in diesem »Modehaus«, um »meine Garderobe zusammenzustellen«, unterstützt von Grandmères »persönlicher Stylistin« (was sich als hochtrabende Bezeichnung für eine Verkäuferin entpuppte, die nur für eine einzige Kundin zuständig war – meine Grandma, und jetzt auch mich).

Brigitte, Grandmères »persönliche Stylistin«, ist supernett, schon weil sie Hunde in ihrem Laden akzeptiert (ich durfte Schneeball mitnehmen, weil Grandmère Rommel dabeihatte). Aber uff!, ich weiß echt nicht, was toll daran sein soll, über vier Stunden lang Klamotten anzuprobieren. Das würde vielleicht solchen Modefreaks wie Annabelle oder Sara Spaß machen, aber mir nicht.

Aber Grandmère sagt, Kleider sind wichtig, weil sie anderen Menschen auf den ersten Blick verraten, dass man Stil hat (den ich bisher nicht kultivieren konnte, weil ich ja die meiste Zeit in meiner Schuluniform herumlaufen musste). Außerdem stärkt es die Selbstachtung.

Aber ich fühle mich nicht wirklich in meiner Selbstachtung gestärkt, nur weil ich in den letzten zwei Stunden diese ganzen Sachen anprobieren musste (die Grandmère dann auch gekauft hat):

- zehn Hosen (die ganze Bandbreite von Jeans bis »casual Slacks«, wie Brigitte das nennt)
- elf Röcke (von glockig bis hauteng)
- dreißig Kleider (Laut Grandma brauchen Prinzessinnen jede Menge Kleider, da sie ständig bei offiziellen Anlässen repräsentieren müssen, seien es Polospiele, Bälle oder Benefizveranstaltungen, um die Weltöffentlichkeit auf die »bedrohlich schrumpfenden Eisplatten« aufmerksam zu machen.)
- mehr Schuhe, als ich zählen kann, von Boots über Loafers und Tanzslippers bis hin zu »Trainingsschuhen«, wie meine Großmutter sagte (Sie meint Sneakers, das weiß ich jetzt. Keine Ahnung, wofür ich in ihren Augen trainieren soll, außer für meinen Job als Prinzessin.)
- Unterwäsche (zwanzig Sets, die Brigitte mich zum Glück NICHT anprobieren ließ, obwohl Grand-

mère des Langen und Breiten von »atmungsaktiv« und »hundert Prozent Baumwolle« redete, bis ich am liebsten gestorben wäre)

- etwas, das Grandmère als »Miederware« bezeichnete und das sich schließlich als BHs entpuppte. Meine neue Grandma ließ mich allen Ernstes BHs anprobieren! *Vor ihren Augen*! Als hätte ich was zum Reinfüllen! Brigitte erkannte das zum Glück und beschränkte ihre Auswahl auf »Sport-BHs« (Nishis Ausdruck) – oder »Trainings-BHs«, wie Brigitte es nennt. Ich wäre trotzdem fast gestorben.
- Socken (zwanzig Paar)
- Lagen-T-Shirts (zehn)
- Pullis (zehn – in Genovien ist es immer warm, sagt Grandmère, aber ich muss offenbar auch Ski fahren lernen)
- langärmlige Blusen und Shirts (zwanzig. Und Grandmère ließ mich keine Shirts mit coolen Sprüchen aussuchen, zum Beispiel: WER HAT HIER GEFURZT? in Glitzerbuchstaben, was ich witzig fand, aber sie leider nicht.)

- »Oberbekleidung« (Grandmères Wort dafür) – Mäntel und Jacken
- Und schließlich Accessoires – Mützen, Hüte, Handschuhe und Taschen, aber keinen Schmuck, weil Grandmère meinte: »Das brauchst du nicht. Dir stehen schließlich die prächtigsten Kronjuwelen von ganz Europa zur Verfügung.«

Im Ernst, mir war das einfach alles zu viel und nach einer Weile hätte ich am liebsten »Stopp!« geschrien. Ich besitze sowieso kaum Kleider außer meiner Schuluniform, was ich okay finde, weil es mich nur verrückt macht, wenn die Auswahl zu groß ist.

Ich sagte also, dass ich eine Pause brauchte. Brigitte warf mir einen besorgten Blick zu und fragte, ob ich ein Glas Wasser wollte, was ich bejahte. Daraufhin brachte sie mir ein Glas auf einem Silbertablett und nun sitze ich allein hier drin, trinke und schreibe in mein Tagebuch.

Es ist toll, eine eigene Familie zu haben und Prinzessin zu sein, klar, aber einiges davon ist extrem anstrengend und verwirrend und sogar ein bisschen peinlich.

Donnerstag, 7. Mai

15.45 Uhr
Limousine

< NishiGirl   Olivia Grace >

Hey, ich bins's. Ich hab endlich ein Smartphone!

Wahnsinn!!!! Freu mich so für dich! Du warst heute nicht in der Schule??? Alle reden über dich.

LOL! War shoppen mit meiner Großmutter.

DAS IST KEIN HINREICHENDER ENTSCHULDIGUNGSGRUND!

< NishiGirl

Olivia Grace >

Ich weiß. Ich hatte Angst, dass ich einen Verweis bekomme.

Sie können dir keinen Verweis geben. Du bist eine Prinzessin!

Sagt meine Granny auch.

LOLOLOLOL! Wir haben dich gestern Abend im Fernsehen gesehen! Du bist ÜBERALL!

Ähm, ich weiß. Die verbreiten grässliche Sachen über mich. Nichts davon ist wahr.

LOL. Weiß ich doch! Deine Mom wollte nicht, dass die Leute es erfahren.

Woher weißt du das???

Weil Annabelle es gestern gesagt hat. Schon vergessen?

Ach so, ja. Hab ich tatsächlich vergessen. Seit gestern ist so viel passiert!

< NishiGirl Olivia Grace >

Und außerdem hat es deine Schwester gerade im Fernsehen gesagt.

Was???? Wann????

Gerade eben. Wieso weißt du das nicht? Ihr Royals müsst besser miteinander kommunizieren.

Im Ernst? Bin gerade mit ihr in der Limo!

Echt jetzt? Dann muss es eine Aufzeichnung gewesen sein. Was machst du?

Meine Grandma hat mich gerade in einen superedlen Schönheitssalon geschleppt: Sie wollte mir das perfekte Make-up verpassen lassen! Aber Mia hat es irgendwie gemerkt und ist sofort hergerast, um das Schlimmste zu verhindern, bevor die Leute dort mehr mit mir anstellen konnten, als mir Locken zu verpassen.

WARUM???

Sie sagt, ich brauche keine Schminke. Ich bin schön genug, so wie ich bin.

< NishiGirl Olivia Grace >

Hey, das stimmt!

Danke. Du aber auch.

Danke. Ich weiß. Aber Aufstylen finde ich trotzdem gut. Ich will mir die Nase piercen und meine Haare lila färben lassen.

Na klar – du siehst bestimmt super aus mit einer gepiercten Nase und lila Haaren. Aber deine Großmutter würde dich umbringen.

Deine auch, wetten, besonders wo sie doch eine Royal ist, und du auch. Aber du müsstest ihr einfach klarmachen, dass eine Prinzessin sich die Nase piercen und die Haare lila färben kann, ohne dass ihr gleich ein Zacken aus der Krone fällt.

Ja, stimmt. Und was sagen die Leute in der Schule?

Meistens nur, wie cool es ist, dass du eine Prinzessin bist. Außer Sara. Die sagt, du bist undankbar.

Undankbar? Wofür sollte ich denn dankbar sein????

< NishiGirl Olivia Grace >

Für alles, was ihr Dad für dich getan hat.

Wie bitte? Was, in aller Welt, hat ihr Dad jemals für mich getan?

Ja eben! Ich zu ihr: »Du meinst wohl, sie muss ihm auf Knien danken, weil er ihr kein Handy und keinen Computer gekauft hat, so wie dir und Justin? Oder dass er sie nicht zu den Spritztouren in euren geklauten Ferraris mitgenommen hat?«

Nein, das hast du nicht gesagt!

Doch, hab ich!

Und was hat Sara gesagt?

Nichts. Die war so sauer, dass sie aufgestanden ist und sich zu Annabelle an den Tisch gesetzt hat.

NEIIIN!!!

Doch! Und Annabelle hat sie DABLEIBEN LASSEN!

< NishiGirl Olivia Grace >

Na toll. Dann gibt es jetzt den offiziellen »Ich-hasse-Olivia«-Tisch in der Cafeteria.

Na und? Kann dir doch egal sein. Du bist die Prinzessin von Genovien!

Ja, stimmt. Und weißt du was? Meine Schwester heiratet diesen Sommer und hat mich gefragt, ob ich Brautmädchen auf ihrer königlichen Hochzeit sein will!

☺☺☺☺☺☺☺☺☺☺ !!!!

Und jetzt kommt das Beste: Du bist auch eingeladen!

❤☺☺☺❤☺☺☺❤☺☺☺❤ !!!!!!

Und weißt du was noch? Dad hat mich gefragt, ob ich bei ihm in Genovien leben will!

X_X. ← Das bin ich. Ich bin jetzt tot. Du hast mich gerade umgebracht vor lauter Glück. Ehrlich, ich freu mich so für dich.

< NishiGirl Olivia Grace >

Neeeeeiiiin! Bitte stirb nicht! Ich brauch dich doch! Du bist schließlich die Prinzessinnenexpertin!

Ja, stimmt. Und es ist super, dass ich dir jetzt schreiben kann, aber ich werde dich trotzdem vermissen.

Ich dich auch. Aber mein Dad sagt, du kannst mich jederzeit besuchen! Und deine Familie auch. Er lässt euch mit seinem königlichen Privatjet einfliegen, dann kostet es nichts!

❤☺❤☺❤☺❤☺❤☺❤☺❤☺❤☺❤☺❤ !!!!!!!

Dann kommst du also?

Ja klar! Wollte schon immer mal einen Palast von innen sehen! Einen richtigen, nicht den der Schönen und des Biests in Disney World.

Also, dann geht dein Wunsch jetzt in Erfüllung. Wir werden BEIDE einen Palast von innen sehen!

< NishiGirl Olivia Grace >

Das ist so SUPER! Ich frag meine Mom, aber sie sagt bestimmt Ja, weil es in Genovien keine Menschenrechtsverletzungen gibt und Frauen nicht wie Menschen zweiter Klasse behandelt werden (so wie in Qualif!).

Na, da kann ich ja froh sein! Ups, muss aufhören, wir sind wieder beim Hotel. Bis später.

Bis später, Königliche Hoheit!

Donnerstag, 7. Mai

20.45 Uhr

Mein altes Zimmer
Cranbrook, New Jersey

Ich sitze in meinem alten Zimmer und weine, während ich das hier schreibe. Wenn ihr also irgendwelche Kleckse auf der Seite entdeckt, wisst ihr, was los ist. Ach, und Schneeball leckt die ganze Zeit meine Tränen auf – die verrunzelten Stellen stammen von ihren Pfoten.

Aber das meiste sind Tränenspuren.

Ich weine, weil etwas Schreckliches passiert ist, als wir ins Hotel zurückgekommen sind.

Es ist nicht Dads Schuld. Er hat getan, was er konnte.

Aber manchmal läuft eben nicht alles, wie man es gern hätte, selbst bei einem König nicht.

Manchmal hilft leider gar nichts – weder der eigene Verstand noch schöne Kleider noch die königlichen Bodyguards.

Als ich mit Grandmère und Mia ins Wohnzimmer kam, fielen mir fast die Augen aus dem Kopf vor Überraschung, weil Tante Catherine und Onkel Rick bei meinem Dad saßen.

In irgendeinem Winkel meines Gehirns hoffte ich, dass sie gekommen waren, um mir zu sagen, wie sehr sie sich freuten, dass ich endlich bei meinem Dad sein durfte und mich in eine Prinzessin verwandelt hatte.

Bis ich Mr Jenkins sah, Annabelles Dad, der auch dabeisaß. Da wusste ich, dass sie garantiert nicht hergekommen waren, um mir zu gratulieren.

Und ich sollte recht behalten.

Onkel Rick stand auf und sagte in extrem gehässigem Ton: »Na endlich. Da ist sie ja. Olivia, pack deine Sachen, du kommst jetzt sofort mit nach Hause.«

Kein »Hallo, Olivia, wie geht's dir?« oder »Hey, Olivia, schön, dich zu sehen!«. Einfach nur: »Pack deine Sachen, du kommst jetzt sofort mit nach Hause.«

»Ähm«, sagte ich. »Ich weiß, ich hab heute die Schule versäumt, aber es war ein entschuldigtes Fehlen. Grandmère hat gleich angerufen und …«

»Das ist mir egal«, sagte Onkel Rick. »Geh und hol deine Sachen.«

»Rick«, sagte Tante Catherine. Sie sah aus, als hätte sie geweint. »Muss das sein …?«

Aber mein Stiefonkel schnauzte sie an, dass sie gefälligst den Mund halten sollte und dass das alles nur ihre Schuld sei, weil sie Prinzessin Mia erlaubt hatte, mich aus der Schule abzuholen.

In diesem Moment stand Dad auf und sagte etwas richtig Böses zu Onkel Rick, weil er meine Tante angeschrien hatte, und Prinzessin Mia nahm meine Hand und sagte: »Lass uns rausgehen, Olivia.« Sie führte mich auf den

Balkon hinaus und zeigte auf ein paar markante Punkte im Central Park, aber ich merkte, dass sie mich nur ablenken wollte, damit ich nicht hörte, was im Wohnzimmer drinnen gesprochen wurde.

»Hab ich euch irgendwie Ärger gemacht?«, fragte ich sie zerknirscht.

»Du?« Mia sah mich überrascht an. »Nein, natürlich nicht! Das betrifft nur die Erwachsenen. Mach dir deshalb keine Sorgen.«

Ich hasse solche Sprüche – als wäre ich nicht alt genug, um etwas zu begreifen. Denn hier ging es doch eindeutig um mich, also hatte ich auch das Recht, zu erfahren, was los war.

»Aber warum ist Onkel Rick dann so wütend?«, fragte ich. »Und warum ist Mr Jenkins hier? Ich dachte, Tante Catherine hat dir die Erlaubnis erteilt, mich nach New York mitzunehmen?«

»Ja, das hat sie auch.« Mia seufzte und fügte zögernd hinzu: »»Aber das ist jetzt alles ein bisschen komplizierter geworden …«

Und dann erzählte sie mir etwas, das so schrecklich war, dass ich fast mein ganzes Mittagessen wieder herausgewürgt hätte. (Wir hatten in Grandmas Lieblingsrestaurant, dem *Four Seasons,* »gespeist«, allerdings kein Menü aus allen vier Jahreszeiten – zum Beispiel Wassermelone, Kürbissoufflé, Rinderschmorbraten und Schokoladen-Osterhasen –, wie ich es mir erhofft hatte.)

Und jetzt stellte sich heraus, dass Nishi die ganze Zeit recht gehabt hatte, nicht nur, was die zwei geklauten Ferraris betrifft.

Die ganzen Ausflüge nach New York City, auf die ich nicht mitdurfte. Die Handys und Laptops und Flachbildfernseher für alle außer für mich. Ganz zu schweigen von den teuren Teppichböden, die von Haustieren nur ruiniert worden wären, sodass ich nie eines bekommen habe, auch wenn ich es mir noch so sehr wünschte.

Das alles hatten die O'Tooles gestohlen. *Mir*.

»Bis jetzt ist nichts bewiesen«, fügte Mia vorsichtig hinzu. »Die königlich genovische Sicherheitsbehörde prüft den Fall derzeit noch. Wir wurden ja erst misstrauisch, als du in einem deiner Briefe an Dad erwähnt hast, dass ihr nach Qualif zieht, verstehst du? Aber wir sind ziemlich sicher, dass deine Tante und dein Onkel einen guten Teil der Geldbeträge, die für deinen Unterhalt bestimmt waren, in ihre Firma gesteckt haben, was nicht in Ordnung ist …«

In diesem Moment verlagerte sich etwas in mir und ich hatte das Gefühl, endlich zu begreifen, was Ms Dakota mir die ganze Zeit über die Perspektive zu erklären versucht hatte. Diese neue Information, die Mia mir gegeben hatte, war wie eine Art Fluchtpunkt, sodass sich plötzlich alles zusammenfügte, was ich über Tante Catherine und Onkel Rick wusste, und ich konnte endlich die Wahrheit über sie erkennen. Keine schöne Wahrheit, sondern eine, die ich mit aller Kraft vor mir zu verbergen versucht hatte.

»Und deshalb wollen sie mich zurückhaben, stimmt's?«, sagte ich und schaute zu Mia auf. »Sie wollen nicht auf das viele Geld verzichten, das Dad ihnen jeden Monat geschickt hat.«

»Nein«, sagte Mia schnell. »So ist es nicht, Olivia, da bin ich mir sicher. Deine Tante liebt dich sehr ...«

Ich schüttelte den Kopf. Tante Catherine und mich lieben? Kann sein, dass sie versucht hat, nach außen hin den Anschein zu erwecken – sie hat mir Essen und Kleider gegeben und mich in ihrem Haus wohnen lassen, das so schön eingerichtet ist.

Aber warum hat sie mich nie in den Arm genommen, wenn sie mich doch angeblich liebt? An diesem einen Tag mit Dad und Prinzessin Mia war ich viel öfter umarmt worden als in meinem ganzen bisherigen Leben bei Tante Catherine. Ganz zu schweigen von den Unmengen an Gluten, die ich an einem einzigen Tag bekommen hatte!

Aber davon sagte ich nichts. Stattdessen fragte ich: »Warum haben sie dann Mr Jenkins mitgebracht?«

»Sie haben Mr Jenkins schon vor ein paar Tagen konsultiert, weil wir Einwände dagegen erhoben haben, dass sie dich nach Qualif mitnehmen«, sagte sie.

Das erklärte eine ganze Menge – zum Beispiel, warum Annabelle von ihrem Vater gehört hatte, dass ich in Wahrheit eine Prinzessin bin.

»Aber deine Tante hat immer noch das offizielle Sorgerecht für dich«, fuhr Mia mit einem ängstlichen Blick zur

Balkontür fort. »Und wenn sie es sich anders überlegt und plötzlich nicht mehr will, dass du noch länger bei uns bleibst, können wir nichts dagegen tun, fürchte ich … jedenfalls im Moment. Aber ich verspreche dir, Dad wird nicht ruhen, bis er das ständige Sorgerecht für dich bekommt. Es kann nur sein, dass …«

Weiter kam sie nicht, denn da brach eine Stimme aus mir hervor, die ich selbst kaum erkannte. »Neeeeeein!«, schrie ich. »Neeeeiiiin!«

Ich rannte ins Zimmer zurück, schlang meine Arme um die Taille meines Vaters und brüllte: »Ich geh nicht mit ihnen nach New Jersey zurück!«

Dad drückte mich an sich und tätschelte mir meinen frisch gestylten Kopf, dann beugte er sich herunter und wisperte mir ins Ohr: »Sei tapfer, Olivia. Wir werden diese ganze Sache klären und in Ordnung bringen, auch wenn es eine Weile dauern kann.«

Tapfer sein? Immer wird von Prinzessinnen erwartet, dass sie tapfer sind, und im Film oder in Büchern wird am Ende auch alles gut. Aber nur, weil meistens Laserpistolen und Magie mit im Spiel sind.

Aber im wirklichen Leben gibt es keine Magie und keine Laserpistolen. Und man kann noch so intelligent sein, es hilft nichts gegen das Gesetz, wenn man zum Beispiel einen Vormund hat, der über einen bestimmen kann, so wie Tante Catherine.

Wie lange ist eine Weile? Das kann mir niemand sagen.

Es gibt nur einen Lichtblick: Als Grandma mich zum Abschied umarmte, sagte sie: »Vergiss das hier nicht«, und reichte mir Schneeball an der Leine.

Ich hatte sowieso schon angefangen zu weinen, aber jetzt schluchzte ich erst RICHTIG los.

»Aber Grandmère«, sagte ich, »sie ist doch dein Hund, und nicht meiner!«

»Ach, Unsinn«, erwiderte Grandmère. »Jetzt ist sie deiner. Sie vergöttert dich, das ist ja offensichtlich. Und sie wäre todunglücklich ohne dich.«

Onkel Rick fing prompt von seinen Allergien an, aber Grandmère warf ihm einen Blick zu, der ihn sofort zum Schweigen brachte. Er redete tatsächlich kein Wort mehr, bis wir im Auto saßen und nach Cranbrook zurückfuhren, und dann auch nur, um sich zu beschweren, dass uns jemand folgte.

Ich drehte mich um, konnte aber nichts sehen. Tante Catherine schimpfte, dass er mit dem Unsinn aufhören sollte und dass wir das Hotel extra durch den Lieferanteneingang verlassen hatten, um den Paparazzi zu entgehen, und vier ganze Blocks zu Fuß zum Auto gegangen waren, weil Onkel Rick den Parkservice im Hotel nicht bezahlen wollte. Also konnte mich niemand erkannt haben, fügte sie noch hinzu, und dass sie schreckliche Kopfschmerzen habe.

Und jetzt sitze ich hier in meinem alten Zimmer und

frage mich, ob vielleicht alles nur ein Traum war. Der einzige Beweis, dass überhaupt etwas passiert ist, ist mein Notizbuch, in dem ich blättern und nachlesen kann, was ich geschrieben (und gezeichnet) habe. Und natürlich Schneeball, die auf meinem Schoß schläft.

Na ja, und Sara, die ständig in mein Zimmer kommt und mir Paparazzi-Fotos von mir auf ihrem Handy zeigt. (Onkel Rick hat mir mein Telefon weggenommen – er sagt, es ist zu gefährlich für mich, weil ich keine Erfahrung damit habe und mein Account vielleicht gehackt wird, und deshalb behält er es vorläufig.)

Justin wollte wissen, was es für ein Gefühl ist, in einer Stretchlimo zu fahren – das war alles, was ihm dazu einfiel.

»Gut«, sagte ich. »Ich durfte mir so viele Softdrinks nehmen, wie ich wollte.«

»Softdrinks machen fett«, sagte Justin.

Und ich: »Du musst es ja wissen.«

»Willst du vielleicht behaupten, dass ich fett bin?«, sagte Justin.

»Also, jedenfalls ist dein Gesicht fett.«

»Du kommst dir so toll vor, was?«, zischte Justin. »Nur weil du eine Prinzessin bist.«

»Nein«, sagte ich. »Ich komme mir so toll vor, weil ich es *bin.*«

»Pass bloß auf«, drohte Justin. »Sonst kriegst du sie morgen.«

»Nein, pass *du* auf«, schoss ich zurück. »Sonst werfe ich dich eines Tages in den Kerker und dort bleibst du, bis du vermodert bist und irgendwann deine Knochen gefunden werden.«

Justin sah nicht sehr eingeschüchtert aus. Er schaute zu, wie Schneeball ein paar von meinen Tränen ableckte, und sagte: »Hunde haben mehr Keime im Maul als im Arschloch«, und dann ging er weg.

Ich weiß, man soll andere Menschen nicht hassen. Aber ich hasse Justin.

Sara hasse ich nicht, weil sie meine neue Lockenfrisur gut findet, die Paolo – Grandmères Stylist – mir mit Prinzessin Mias Erlaubnis gemacht hatte.

»Sieht eigentlich nicht viel anders aus als deine alte Frisur – nur nicht so unordentlich.«

Vielleicht ist das alles hier ein Albtraum und ich wache morgen früh im Gästezimmer des Plaza Hotels bei Dad, Grandma und Mia auf.

Schön wär's …

Freitag, 8. Mai

9.00 Uhr

Biologiestunde

Leider war es doch kein Albtraum. Bin immer noch in Cranbrook.

Und ich fühle mich total fehl am Platz. Alle starren mich an.

Was ich ihnen nicht wirklich übel nehmen kann, nach allem, was heute Morgen passiert ist, als ich zu meinem Schließfach gekommen bin.

Natürlich wartete dort Annabelle auf mich und sie war echt die Letzte, die ich in diesem Moment sehen wollte. Ihre Augen knisterten vor Gemeinheit.

Ich wollte mich umdrehen und schnurstracks wieder hinausmarschieren, aber leider war Nishi an meiner Seite. Sie muss gemerkt haben, was ich vorhatte, weil sie mich am Arm packte und mir zuzischte: »Keine Angst, das ist schon okay.«

Aber von wegen – nichts war okay.

»Oh, sieh mal an, wer da in die Cranbrook zurückgeschlichen kommt«, sagte Annabelle. »Ihre Königliche Hoheit, Prinzessin Olivia von Genovien höchstpersönlich.«

Falls irgendwelche Leute im Raum mich bis zu diesem Moment noch NICHT angestarrt hatten, holten sie das jetzt schleunigst nach.

Und es wurde nur noch schlimmer, klar.

»Hör mal, Annabelle«, sagte ich nervös, während ich an meinem Schloss herumfummelte. »Warum können wir nicht einfach miteinander auskommen? Lass es uns doch wenigstens versuchen.«

»Soll das etwa die berühmte genovische Diplomatie sein?«, fragte Annabelle giftig.

»Nein. War nur eine ehrliche Frage.«

»Eine ehrliche Frage«, wiederholte sie und lachte extra laut, um sich vor ihrer Clique aufzuspielen, die um uns herumstand und zuschaute. »Ist sie nicht süß, unsre kleine Prinzessin mit ihrer *niedlichen* neuen Prinzessinnenfrisur?«

Zum Glück hatte Mia mir beigebracht, wie man ein Kompliment entgegennimmt (selbst wenn es ein vergiftetes ist), und so antwortete ich zuckersüß: »Oh, vielen Dank, Annabelle.«

Annabelle blieb das Lachen im Hals stecken. »Das war ein Witz, du dumme Kuh. Deine Frisur ist grässlich!«

Aber damit machte sie sich nur lächerlich. Meine Haare sahen toll aus und das wusste sie auch.

»Ach komm, Annabelle«, sagte Nishi, die wie immer für mich einzutreten versuchte. »Jetzt sei nicht so.«

»Du hältst dich da raus, *Fischi*«, zischte Annabelle. »Das ist eine Sache zwischen mir und der *Prinzessin*.«

»Annabelle«, sagte ich. »Ich will nicht mit dir streiten.«

»Zu spät«, triumphierte Annabelle. »Nach der Schule bist du dran. Wir treffen uns an der Fahnenstange, klar? Und diesmal kommt keine große Schwester um die Ecke und rettet dir den Arsch, so wie letztes Mal.«

»Also ehrlich, Annabelle«, sagte ich erschöpft, weil ich in den letzten achtundvierzig Stunden ziemlich viel durchgemacht hatte. »Was, in aller Welt, hab ich dir nur getan?«

»Oh, das weißt du genau.« Annabelles Augen wurden schmal. »Tu nur nicht so.«

»Nein«, sagte ich. »Ich hab ehrlich keine Ahnung, wovon du redest.«

»Ach ja, *Prinzessin?*«, stieß Annabelle hervor. »Du denkst, du bist was Besseres als ich!«

Und dann stieß sie mich – richtig brutal – gegen mein Schließfach.

Zum zweiten Mal in dieser Woche dachte ich, dass mein letztes Stündchen geschlagen hätte.

… bis ein weiblicher genovischer Bodyguard wie aus dem Nichts auftauchte, Annabelle gegen die Wand knallte und in ihr Walkie-Talkie sagte: »Krisensituation in Gang A. Krisensituation mit der Prinzessin in Gang A.«

»Wo, in aller Welt, kommt *die* denn her?«, dachte ich verblüfft, aber da stürmte schon eine Abordnung der Königlichen Garde von Genovien herein und führte die weinende Annabelle – in Handschellen! – zum Büro des Direktors ab.

»Aber das wollte ich doch gar nicht!«, schrie Annabelle. »Ich wollte ihr nichts tun! Olivia und ich sind Freundinnen! Fragen Sie sie doch! Wir sind sogar *beste* Freundinnen! Wir haben nur ein bisschen rumgeblödelt …«

Die Leibwächterin riss den Kopf zu mir herum, sodass ihr langer Pferdeschwanz hin- und herschwang. »Seid ihr wirklich Freundinnen?«

Trotz allem tat mir Annabelle leid, weil sie in Wahrheit super unsicher ist, genau wie Nishi gesagt hat. Und ich weiß, dass Tiere nur aggressiv werden, wenn sie sich bedroht fühlen (oder auf Beute aus sind). Das habe ich für meine Zeichnungen gegoogelt.

Und Annabelle sah total erschrocken aus, als sie plötzlich in Handschellen dastand.

Aber immerhin hatte sie mich voll gegen mein Schließfach geknallt, was auch nicht besonders witzig war.

Also schüttelte ich den Kopf. »Nein«, sagte ich. »Wir sind nicht befreundet.«

Die Leibwächterin nickte. »Das dachte ich mir«, sagte sie und nickte ihren Kollegen zu, die mit der schluchzenden Annabelle verschwanden.

Nishi half mir, die ganzen Sachen einzusammeln, die aus meinem Ordner gefallen waren, als Annabelle mich gestoßen hatte.

»Wow«, sagte Nishi. »Das war das Coolste, was ich je gesehen habe, ehrlich.«

»Du meinst das eben?« Ich schüttelte den Kopf. »Nein, das war überhaupt nicht cool.«

»Okay«, stimmte Nishi zu. »Was Annabelle gemacht hat, war vielleicht nicht cool. Aber du darfst es nicht persönlich nehmen. Ich schätze, das gehört einfach zu deinem Prinzessinnenstatus, also jedenfalls wenn du in derselben Schule bist wie Annabelle. Aber diese Bodyguards eben? Die waren megacool. Ich dachte, dein Onkel und deine Tante lassen dich nicht mehr Prinzessin sein?«

»Ja, das stimmt«, sagte ich. »Aber Onkel Rick hatte

gestern Abend auf der Heimfahrt das Gefühl, dass uns jemand folgt.«

»Hey, das ist ja der reinste Thriller! Königliche Spionageaffäre!« Nishi blickte sich begeistert um. »Mann, ist das cool! Schade, dass *ich* keine Prinzessin bin, die von coolen royalen Bodyguards beschattet und beschützt wird.«

»Na ja …«, sagte ich und drückte meinen Ordner an meine Brust. »Für andere ist es wahrscheinlich viel cooler als für einen selbst.«

Aber ich kann nur hoffen, dass die königlichen Bodyguards heute Nachmittag um drei noch in der Nähe sind. Sonst schlägt Annabelle wieder zu.

Freitag, 8. Mai

14.25 Uhr
Sozialkunde

Alle rissen sich darum, beim Mittagessen an meinem Tisch sitzen zu dürfen. Ich will nicht behaupten, dass direkt Blut floss, das wäre ein bisschen übertrieben, aber es herrschte ein schreckliches Gedränge und Geschubse um mich herum.

Das klingt viel cooler, als es war, so wie die royalen Ninjas, die plötzlich aus dem Nichts aufgetaucht waren. In Wahrheit wollte ich einfach nur mit meiner üblichen Clique zusammen sein – mit Nishi, Netta und Quetta und Beth Chandler.

Aber alle, die sonst NIE mit uns zusammensitzen wollten (zum Beispiel Justin und seine Freunde), stießen jetzt die anderen mit den Ellbogen weg, um einen freien Platz an unserem Tisch zu ergattern.

Und der Hammer war, dass Justin TICKETS an die Schüler verkaufte, die neben mir sitzen wollten!

Ein Platz an meinem Tisch (ungefähr fünfzehn Zentimeter breit) ging für sage und schreibe ACHT DOLLAR weg.

Mir blieb echt die Spucke weg: Mein Stiefcousin, der mir immer verboten hatte, ihn in der Schule auch nur *anzusprechen*, verkaufte jetzt Tickets für einen Platz an meinem Tisch!

Andererseits hat er mir nie auch nur einen einzigen Penny abgegeben, also ist es gar nicht so verwunderlich.

Er ist genau wie sein Vater.

Aber das ist okay, weil Dr. Bushy ihn erwischte. (Das Gerangel um die Plätze an meinem Tisch konnte auf Dauer nicht unbemerkt bleiben. Sabine – so heißt meine persönliche Leibwächterin, die mit dem Pferdeschwanz – musste immer wieder eingreifen.)

Wenn ich die schönsten Momente in meinem Leben aufzählen müsste (bis jetzt), würde die Liste so aussehen:

1. Als ich meinen Dad zum ersten Mal gesehen habe.
2. Als Dad mich fragte, ob ich zu ihm ziehen will.
3. Als die Kunstschule anrief und mir ein Stipendium anbot, weil ich »Tippy die Schildkröte« so gut gezeichnet hatte.

4. Als Annabelle Jenkins mich nicht verprügeln konnte, weil praktisch in letzter Sekunde Prinzessin Mia aus der schwarzen Limo stieg, um mich zu retten.
5. Als Dr. Bushy heute zu uns herüberstürmte, Justin am Genick packte und ihn vor der ganzen Schule anschnauzte: »Was, in aller Welt, fällt dir ein, Junge?«, während Justin links und rechts das Geld aus den Taschen fiel und Beth Chandler alles auf Video aufnahm, um es im YouTube-Channel ihrer Schwester zu posten, wie sie triumphierend verkündete.

Justin wurde sofort in Dr. Bushys Büro geschickt – fantastisch!

Das war die gute Nachricht.

Die schlechte Nachricht war, dass Annabelles Vater angedroht hatte, die Schule wegen Misshandlung seiner Tochter zu verklagen, sodass Dr. Bushy Annabelle aus seinem Büro entlassen musste und sie mit einem Verweis davonkam.

Außerdem sagte Dr. Bushy, dass Sabine und der restliche königlich genovische Wachtrupp innerhalb des Schulgeländes mindestens fünfzehn Meter Abstand von Annabelle halten mussten, bis »die Angelegenheit geregelt war«.

Ich glaube, Dr. Bushy ist immer noch sauer auf Lars,

weil er ihn neulich daran gehindert hat, ein Selfie mit mir auf dem Parkplatz der Schule zu machen.

Mir bleibt also nichts anderes übrig, als Dads Rat zu befolgen und tapfer zu sein, wenn um drei die Schule aus ist und ich auf den Hof hinuntermuss, um den Bus nach Hause zu nehmen. Und ich kann nur hoffen, dass meine Fäuste schneller sind als Annabelles.

Freitag, 8. Mai

15.45 Uhr

Mein Zimmer, Cranbrook, New Jersey

Waren sie aber nicht.

Ich sah es leider nicht kommen. Als Annabelles Faust mir zwischen die Augen knallte, fiel ich einfach um.

Da lag ich, blinzelte zum Himmel hinauf und wunderte mich, was all die Sterne da oben zu suchen hatten, jetzt am helllichten Tag, und das Nächste, was ich nach Annabelles wutverzerrter Grimasse sah, war Sabines Gesicht. Sie stand über mich gebeugt und rief: »Prinzessin? Prinzessin Olivia? Wie viele Finger halte ich hoch?«

»Zwei«, sagte ich. Meine Stimme klang irgendwie komisch.

Sabine nickte so heftig, dass ihr Pferdeschwanz herumwippte. »Du wirst es überleben«, stellte sie fest. »Aber mit deiner Selbstverteidigung ist es nicht weit her. Daran müssen wir noch arbeiten.«

»Das können Sie laut sagen.«

Sabine lächelte – zum ersten Mal, seit sie in der Schule aufgetaucht war –, dann entfernte sie sich ein Stück und sagte in ihr Headset: »Die Prinzessin ist okay. Bringt die Wagen her.«

Als Nächstes erschien das Gesicht meines Stiefcousins Justin über mir.

»Du kannst jetzt aufstehen«, sagte er. »Annabelle ist weg.«

Aber ich hatte inzwischen festgestellt, dass ich hier unten am Boden viel besser aufgehoben war. Also blieb ich liegen und fixierte die Sterne, die weiter um mich herumwirbelten.

»Sie blutet!«, hörte ich eine vertraute Stimme rufen. Es war Ms Dakota, meine Kunstlehrerin. Von wem redete sie? Wer blutete?

»Einer der Wächter ist gerade losgelaufen, um ein Erste-Hilfe-Set zu holen.« Das war Nishi. »Olivia, kannst du aufstehen? Na kommt schon, Leute, wir helfen ihr auf.«

Dann zogen mich Nishi, Beth Chandler und die Zwillinge auf die Füße. Als mein Kopf endlich nicht mehr Karussell fuhr, sah ich, dass jede Menge Leute um mich versammelt waren und mich anstarrten, darunter auch

Ms Dakota. Sie hielt ein Wattepad, das sie aus ihrer Handtasche genommen hatte, an meine Nase, die offenbar lief. Und wie!

»Du musst deinen Kopf nach vorne beugen, Olivia«, sagte Ms Dakota sanft, »und deine Nase zukneifen.«

Ich beugte meinen Kopf nach vorne und kniff meine Nase zu. Die Sterne waren endlich verschwunden und der Himmel war wieder blau, wie immer.

»Hey«, sagte Justin. »Das war eine super Strategie, dass du einfach liegen geblieben bist, als ob du tot wärst. Annabelle hat solche Angst gekriegt, dass sie abgehauen ist. Deine Gorillas haben sie eingefangen, als sie schon halb den Block runter war. Wahrscheinlich sitzt sie jetzt im Jugendknast.«

»Sei du bloß still!«, brüllte Nishi ihn an. »Du hast einfach nur dagestanden und nichts gemacht! Warum hast du nicht versucht, sie aufzuhalten?«

»Wieso? Ist doch nicht meine Sache«, sagte Justin ehrlich erstaunt.

»Mom bringt dich um«, sagte Sara und zeigte auf mein T-Shirt. »Du bist total vollgeblutet.«

Ich schaute an mir herunter. Das T-Shirt war heute Morgen noch weiß gewesen. Jetzt war es mit lauter roten Flecken gesprenkelt.

»Ach, hör nicht auf sie«, sagte Nishi und warf Sara einen vernichtenden Blick zu. »Kneif lieber deine Nase zu, wie Ms Dakota gesagt hat.«

»Ja«, warf Ms Dakota ein. »Deine Nase blutet immer noch ein bisschen, Olivia.«

Also deshalb das Gefühl, dass mir die Nase lief. Das war kein Rotz, wie ich gedacht hatte, sondern Blut.

Dann krachte die Schultür auf und im selben Moment hörte ich Dr. Bushy donnern: »Was ist denn hier passiert? Warum steht ihr hier alle herum, anstatt in eure Busse einzusteigen?«

»Und warum gebrauchen Sie Ihre Augen nicht, Paul«, fauchte Ms Dakota ihn an. »Wonach sieht es denn aus?«

Ich konnte meinen Kopf nicht bewegen, um in Dr. Bushys Richtung zu linsen, weil Ms Dakota mir immer noch das Wattepad an die Nase hielt, aber ich hörte an seiner veränderten Stimme – die plötzlich viel sanfter wurde –, dass Dr. Bushy jetzt das ganze Blut auf meinem T-Shirt entdeckt hatte.

»Ach, du liebe Güte«, stöhnte er. »War das …?«

»Wer denn sonst?«, sagte Ms Dakota.

»Olivia«, sagte Dr. Bushy. »Ich meine … Königliche Hoheit … also wenn du – nein, Sie – mir die Bemerkung … Ähm … also, es tut mir wirklich sehr leid. Ich hätte nie gedacht, dass sie so weit gehen würde.«

Ich versuchte mich zu erinnern, wie sich eine Prinzessin in einer solchen Situation zu verhalten hatte, und dachte an alles, was Mia, Grandmère, Dad oder sogar Nishi mir dazu gesagt hatten. Eine Prinzessin darf nie unhöflich oder nachtragend sein und muss Entschuldigungen akzeptieren, wenn sie ehrlich gemeint sind.

Also nickte ich Dr. Bushy zu – so anmutig, wie es mir in dieser Haltung möglich war, weil ich mir ja immer noch die Nase zukniff – und sagte: »Ist schon gut.«

Vielleicht habe ich eine Gehirnerschütterung oder so (was ich allerdings nicht glaube), aber jedenfalls sah Dr. Bushy richtig erleichtert aus und Ms Dakota lächelte mich an, so stolz, als wäre ich die beste Schülerin, die sie je gehabt hatte.

Na ja, in Kunst hat sie mich heute auch gelobt, weil ich große Fortschritte bei der Perspektive gemacht hätte.

»Ähm, Olivia?«, sagte Sara leicht nervös. Ich glaube, ihr wurde langsam klar, dass sie sich für den falschen Tisch in der Cafeteria entschieden hatte. »Wir sollten jetzt gehen. Der Bus fährt gleich los.«

»Bus?« Sabine warf ihr einen angewiderten Blick zu. »Prinzessin Olivia fährt natürlich nicht mit dem Bus.«

Dann fasste sie mich am Arm und führte mich vor die Schule hinaus. Zu meiner Überraschung warteten dort nicht nur drei schwarze Stadtautos – alle drei mit dunkel getönten Scheiben und mit winzigen genovischen Wimpeln –, sondern auch ganze Scharen von Paparazzi. Die Paparazzi standen hinter einem Satz Holzbarrikaden, die jemand aufgestellt hatte, um sie vom Schulgelände fernzuhalten.

Aber niemand konnte sie daran hindern, ihre Teleobjektive zu benutzen.

Na toll. Jeder einzelne von ihnen hatte vermutlich Nahaufnahmen von der Szene gemacht, wie Annabelle Jenkins mir die Nase einschlug.

»Sind die Autos für mich da?«, fragte ich Sabine, in der Hoffnung, dass wir in eins davon reinspringen und so schnell wie möglich losfahren konnten, ehe die Reporter noch mehr peinliche Fotos von mir machten.

»Und für deinen Security-Stab«, sagte sie.

»Oh, gut.«

Wir gingen zum mittleren Wagen, und als Sabine mir die Fondtür öffnete, drehte ich mich ein letztes Mal zur Cranbrook Middle School um. Mir blieb fast die Luft weg: Alle, die davorstanden, starrten mich an – immer noch. Es war eine gute Gelegenheit, eine weitere Lektion anzuwenden, die ich bei Prinzessin Mia gelernt hatte.

Meine Nase tat höllisch weh, aber die Reporter sollten nicht denken, dass ich mich von Annabelle Jenkins unterkriegen ließ. Deshalb lächelte und winkte ich so strahlend, wie ich nur konnte, während ich mir weiter die Nase zuhielt und das Wattepad dagegenpresste, das Ms Dakota mir gegeben hatte. Auf jeden Fall wussten sie jetzt, dass ich nicht nachtragend war …

Alle starrten mich einen Moment lang verwirrt an, aber dann winkten ein paar von ihnen zurück (und machten Fotos mit ihren Handys, klar).

Nur Nishi nicht, die immer noch besorgt aussah.

»Ähm«, sagte ich zu Sabine hinter meinem aufgesetzten Lächeln, »haben wir noch Platz für meine Freundin Nishi im Auto?«

»Ja, sicher«, sagte Sabine und redete in ihr Headset.

Und so fuhr Nishi mit mir im Stadtauto nach Hause. Natürlich machte es längst nicht so viel Spaß wie eine Fahrt in der Limousine (keine Minibar, keine Discolichter), aber es war immer noch besser, als im Bus nach Hause zu zuckeln.

Nishi löcherte Sabine, bis sie uns die vielen coolen Sachen zeigte, die es in einem königlich genovischen Stadtauto zu bewundern gibt, zum Beispiel Polizeifunk und kugelsichere Scheiben (die nicht aufgingen, sodass Sabine aussteigen musste, um mir meinen Wunsch zu erfüllen, als wir an einem Drive-thru-Fenster anhielten – meine Nase tat nämlich so weh, dass Nishi und ich unbedingt einen Schoko-Milchshake brauchten). Nishi wollte gar nicht aussteigen, als wir sie vor ihrem Haus absetzten.

»Bist du sicher, dass du okay bist?«, fragte sie, bevor sie endlich aus dem Wagen kletterte.

»Ja«, sagte ich.

»Okay, aber sag deiner Tante, sie soll dir einen Eisbeutel machen oder am besten gleich mit dir zum Arzt gehen«, drängte Nishi. »Oder willst du mit mir reinkommen? Meine Mom kümmert sich um dich.«

»Ist schon gut«, sagte ich. Meine Stimme klang immer noch komisch, vielleicht weil ich mir weiter die Nase zuhielt. »Wir haben Eis zu Hause. Und ich hab Sabine und die anderen Bodyguards. Die bringen mich schon zum Arzt, wenn es nötig ist.«

Sabine warf Nishi einen Blick vom Vordersitz zu. »Keine Angst, Miss Patel, wir haben die Situation voll unter Kontrolle«, sagte sie beruhigend.

»Okay.« Nishi wirkte immer noch besorgt. »Aber ruf mich später an, Olivia, ja?«

»Klar, mach ich«, sagte ich.

Nishi verschwand im Haus und die königlich genovische Garde fuhr mich zu Tante Catherine. Justin und Sara waren auch gerade gekommen, wie ich feststellte, als ich ausstieg. Der Bus hatte genauso lange gebraucht wie der kugelsichere viertürige Sedan, der zweimal anhalten musste, um Schoko-Milchshakes für Nishi und mich an Bord zu nehmen und meine beste Freundin zu Hause abzusetzen.

»Oh Mann«, sagte Sara, als sie mich sah. »Du bist immer noch ganz blutig.«

»Krass«, sagte Justin.

Ich weiß nicht, wer von uns verblüffter war – Justin und Sara oder ich –, als wir ins Haus kamen und meinen Dad und Prinzessin Mia im Wohnzimmer bei Tante Catherine und Onkel Rick vorfanden.

»Oh, Olivia, da bist du ja«, rief Tante Catherine, und Schneeball stürzte sich auf mich, um mich zur Begrüßung abzulecken. »Dein Vater möchte …«

Im selben Moment stand Mia auf, so abrupt, dass die

Kaffeetasse, die sie auf dem Unterteller auf ihrem Knie balanciert hatte, auf den Boden knallte und einen hässlichen braunen Fleck auf Catherines schneeweißem Teppichboden hinterließ.

»Oh, mein Gott!«, schrie Mia, stürzte zu mir herüber und riss mich in ihre Arme. »Was ist denn mit dir passiert? Wo kommt das ganze Blut her, um Himmels willen?«

»Olivia!« Blitzschnell war Dad neben ihr und ließ seine Finger an meinen Armen auf- und abgleiten, als tastete er sie nach gebrochenen Knochen ab. »Wo bist du verletzt? Wer hat dir das angetan?«

»Sie ist okay«, versicherte Sara den Erwachsenen und nahm sich einen glutenfreien Keks von der Platte auf dem Couchtisch vor Onkel Rick und Tante Catherine.

»Annabelle Jenkins hat sie ins Gesicht geboxt, das ist alles.«

»Oh, mein Gott!«, schrie Mia. Sie wollte das Wattepad von meiner Nase wegnehmen, aber ich hielt es fest, weil ich nicht wollte, dass Blut auf Tante Catherines wei-

ßen Teppich tropfte. Sie kauerte bereits auf Händen und Knien am Boden und versuchte Prinzessin Mias Kaffeefleck wegzurubbeln. »Warum hat die königlich genovische Garde sie nicht aufgehalten?«

»Dr. Bushy hat verlangt, dass sie mindestens fünfzehn Meter Abstand von ihr halten müssen«, sagte ich durch mein Wattepad. »Annabelles Vater hat damit gedroht, den ganzen Schuldistrikt von Cranbrook zu verklagen. Sabine hat Lars beauftragt, euch zu informieren, aber ihr wart in einem Meeting. Ich hatte ja keine Ahnung, dass das Meeting *hier* ist.«

Dad und Mia wirbelten wie ein Mann zu Lars herum, der an der Wohnzimmerwand lehnte, und starrten ihn vorwurfsvoll an. Er hob die Hand und tippte an sein Headset.

»Mir wurde gesagt, dass Sie nicht gestört werden wollen, Königliche Hoheit«, sagte er mit einem verlegenen Schulterzucken.

An Dads Gesichtsausdruck konnte ich ablesen, dass Lars ganz schön in der Tinte saß.

Aber mein Mitleid mit ihm hielt sich in Grenzen. Außerdem hatte ich sowieso keine Zeit, mir Sorgen um was auch immer zu machen. Stattdessen stieg eine wilde Hoffnung in mir auf. Mein Dad war hier! Was hatte das zu bedeuten? Etwas Gutes. Definitiv. Oder?

Aber warum fing Onkel Rick auf seiner Couch dann plötzlich zu lachen an? Das war kein gutes Zeichen.

»Jenkins.« Onkel Rick schüttelte den Kopf. »Der Bursche ist verdammt gut, das muss man ihm lassen.«

Dad sah aus, als hätte er ihm am liebsten den Kopf abgebissen.

»Ach, du liebe Güte«, seufzte Tante Catherine auf dem Teppich unten, wo sie noch immer an dem Fleck herumrieb, den Mias Kaffee hinterlassen hatte. »Das ist dieses grässliche präpubertäre weibliche Aggressionspotenzial. Die Mädchen sind jetzt in einem Alter, in dem sich das bemerkbar macht.«

»Bei manchen vielleicht«, sagte Justin grinsend. Er lehnte im Durchgang zur Küche und mampfte ebenfalls einen glutenfreien Keks. »Aber nicht bei Olivia. Ihr hättet sie mal sehen sollen. Die ist umgekippt wie ein gefällter Baum.«

»Dann warst du also dabei?« Dad wirbelte zu Justin herum.

»Ja, klar«, sagte Justin und starrte ihn überrascht an. »Alle waren dabei. Jede Menge Handyfotografen. Und sie haben alle Bilder gemacht.«

»Bilder?« Jetzt lachte Onkel Rick nicht mehr.

»Und du hast nichts dagegen unternommen?«, bellte Dad Justin an.

»Also, ich … ähm …« Justin sah erschrocken aus. »Ich meine, das ging mich doch nichts an.«

»Heißt das, du hast einfach dabeigestanden und zugesehen, wie Olivia ins Gesicht geboxt wurde?«, brüllte Dad.

»Also wirklich, Phillipe.« Onkel Rick stand auf und stellte sich neben seinen Sohn. »Was kann denn mein Sohn dafür, wenn deine Tochter nicht in der Lage ist, einen …«

»Aber er hat gerade zugegeben, dass er direkt danebengestanden und das Ganze mit angesehen hat«, rief Dad. »Kein anständiger Junge würde doch zulassen, dass seine …«

»Also bitte!«, schrie Tante Catherine. »Was sollte Justin denn tun? Er hat Asthma!«

»Ich bringe Olivia jetzt sofort zum Arzt«, schnitt Mia ihr das Wort ab. Ihre Stimme war so kalt, dass der Kaffeefleck, an dem Schneeball schnupperte, beinahe zu Eis erstarrte.

»Ach, das ist doch nicht nötig.« Tante Catherine sah irgendwie verlegen aus, obwohl ich nicht wusste, warum. »Ich bin sicher, unser Kinderarzt …«

»Sie können Ihrem Kinderarzt mitteilen, dass Olivias Arzt in Genovien ihre Krankenakte anfordern wird«, sagte Mia und nahm meine Hand. »Ich bin nämlich der Meinung, dass dieser Zwischenfall alles voll bestätigt, worüber wir gerade gesprochen haben. Das hier ist keine stabile – und erst recht keine sichere – Umgebung für Olivia. Wenn Sie anderer Meinung sind, dann können Sie sich an unsere Anwälte wenden. Habe ich recht, Dad? Komm, Olivia«, fügte sie zu mir gewandt hinzu. »Wir holen deine Sachen.«

Sie versuchte mich zur Tür zu ziehen, aber ich blieb stehen, weil ich wissen wollte, was als Nächstes passierte. Auch wenn meine Nase immer noch pochte.

Dad, der die ganze Zeit Justin und Rick angefunkelt hatte, drehte sich zu Mia um. »Ja. Ja, natürlich, Mia, du hast recht«, sagte er. »Lasst uns gehen.« Er bückte sich, um Schneeball hochzunehmen.

»Wie bitte? Keine stabile Umgebung ... Das ist doch ...« Tante Catherine sah jetzt überhaupt nicht mehr verlegen aus. Sie platzte fast vor Wut. »Und das nach allem, was wir für sie getan haben!«

»Vielleicht sollten eure Anwälte mal die Dokumente in dem Ordner prüfen, den ich auf dem Couchtisch gelassen habe, Catherine«, sagte Dad mit der zappelnden Schneeball im Arm, »bevor du noch weiter herumschreist, was du alles für meine Tochter getan hast. Besonders nach dem Zwischenfall heute.«

»Aber das ... das war doch nur ein kleiner Streit«, stotterte Tante Catherine. »Ein Streit zwischen pubertierenden Mädchen! Das war nichts!«

»Ach ja?« Dads Stimme war eisig. »Das sehe ich völlig anders. Nach allem, was wir über deine und Ricks Finanzen wissen, und über eure Mauscheleien mit diesem Jenkins, könnt ihr froh sein, wenn wir die Angelegenheit fallen lassen, statt euch vor Gericht zu bringen. Habe ich recht oder nicht?«

Tante Catherine und Onkel Rick wechselten einen

Blick. Sie sahen jetzt genauso kleinlaut aus wie Lars vorher.

Doch so leicht gab Tante Catherine nicht auf. »Aber ich musste doch meiner Schwester versprechen, dass ich ihre Tochter so normal wie möglich aufziehen werde …«, protestierte sie.

»Normal«, sagte Dad schneidend, »oder *mittelmäßig*?«

Tante Catherine senkte den Blick, als er das letzte Wort ausspuckte. Aber sie starrte nicht auf Mias Kaffeefleck, sondern auf ihre Füße. Ich sah, wie sie rot wurde.

»Elizabeth hätte nie gewollt, dass Olivia zu einem Durchschnittsmenschen heranwächst, das weißt du so gut wie ich, Catherine. Sie wollte, dass du sie dazu erziehst, sie selbst zu sein, was alles andere als mittelmäßig ist. Aber davon kann hier nicht die Rede sein.«

Tante Catherine schaute auf. Und plötzlich packte sie mich am Arm und sagte mit tränenerstickter Stimme. »Wir wollten nie, dass du dich mittelmäßig fühlst, Olivia. Wir haben dich nicht verwöhnt, das ist wahr, aber nur, weil meine Schwester wollte, dass du wie ein normales Mädchen aufwächst, damit du weißt, wie es ist, unter gewöhnlichen Menschen zu leben. Du solltest keine hochnäsige, verwöhnte Prinzessin werden, die sich nur für ihr Aussehen interessiert oder wie oft sie auf den Titelseiten irgendwelcher Modezeitschriften erscheint.« Ihre Augen verengten sich und sie funkelte Mia an, die wütend zurückstarrte. »Das willst du doch auch nicht, Olivia, oder?«

»Nein«, schrie ich entsetzt. »Natürlich nicht.«

Tante Catherine lächelte und ihr Griff um meinen Arm lockerte sich. »Na, Gott sei Dank«, sagte sie. »Ich hatte schon das Schlimmste befürchtet.«

»Ich will eine kluge, tapfere, starke Prinzessin sein«, verkündete ich und schüttelte ihre Hand ab. »Eine, die andere Leute nicht nach ihrem Aussehen beurteilt und der Menschen wichtiger sind als irgendwelche Besitztümer. Deshalb will ich bei ihnen leben«, fügte ich hinzu und zeigte auf meinen Dad und meine Schwester.

Tante Catherines Lächeln erlosch, als sie das hörte. Sie schaute Hilfe suchend zu Onkel Rick, der genauso verwirrt aussah wie sie.

»Olivia«, sagte sie. »Was … wovon redest du, um Himmels willen? Du weißt doch, wie sehr ich dich mag.«

»Nein, das stimmt nicht. Du magst mich kein bisschen. Dad und Mia sind sofort zu mir gestürzt, als ich gerade zur Tür reingekommen bin. Sie wollten wissen, ob ich okay bin. Dir dagegen war dieser blöde Fleck im Teppich wichtiger als ich. Aber ich habe jetzt endlich so etwas wie eine Perspektive und deshalb will ich bei den Menschen leben, die mich wirklich lieben. – So, und kann mir vielleicht mal jemand ein bisschen Eis geben? Meine Nase tut nämlich richtig weh.«

Und da sitze ich nun und halte den Eisbeutel, den Sabine mir gegeben hat, an meine Nase, während ich das hier schreibe. Prinzessin Mia packt meine Sachen zusammen (viel ist es ja nicht) und Dad lässt Tante Catherine die Papiere unterschreiben, mit denen sie endgültig auf jegliches Sorgerecht für mich verzichtet.

Wenn das alles erledigt ist, steigen wir in die Limo und verlassen Cranbrook für immer.

Aber Mia hat versprochen, dass wir vorher noch mal haltmachen (nach dem Arztbesuch wegen meiner Nase, auf den sie besteht). Wir gehen nämlich in mein Traumrestaurant, wo ich schon immer so gern hinwollte, um mich mit glutenreichem Kuchen vollzustopfen.

Ins Cheesecake Factory!

Samstag, 9. Mai

15.25 Uhr

Irgendwo über dem Atlantischen Ozean

Ich schreibe das hier im Flugzeug!

Wahnsinn – zum ersten Mal in meinem Leben sitze ich in einem Flugzeug!

Und nicht nur in einem x-beliebigen Flugzeug, sondern im königlichen Jet von Genovien, einer Privatmaschine wie die, die meine Mom immer geflogen hat.

Dad hat mir erlaubt, nach vorne ins Cockpit zu gehen, und ich durfte auf dem Platz der Copilotin sitzen, die mir ihr Headset gegeben hat, sodass ich mit dem Kontrollturm reden konnte. Und der Pilot hat mir alle Bedienelemente gezeigt und mich sogar eine Weile steuern lassen (bis Grandmère mir durch eine Flugbegleiterin ausrichten ließ, dass es Rommel schon ganz schlecht von meiner Fliegerei sei und ich gefälligst mit dem Unsinn aufhören sollte).

Aber das hier kommt definitiv auf meine Liste der schönsten Momente, die ich je erlebt habe.

Und meine Nase? Tut kaum noch weh. Na ja, außer wenn ich hinfasse. Der nette Arzt, bei dem wir waren, hat gesagt, dass sie nur geprellt sei und nicht gebrochen.

Und jetzt der Hammer: Der souveräne Stadtstaat Genovien wird Annabelles Dad verklagen. Ist doch ein toller Perspektivwechsel für Mr Jenkins, wenn er selber mal verklagt wird, statt immer nur andere zu verklagen! Dass Annabelle mir in der Schule die Faust ins Gesicht geknallt hat, ist zur absoluten Topsensation in den Medien geworden. Aber es hat auch sein Gutes: Seit diesem Skandal und Prinzessin Mias Erklärung, dass meine verstorbene Mutter meine Herkunft geheim halten wollte und nicht mein Dad, stellt die Presse mir keine gemeinen Fragen mehr.

Grandmère sagt, ich soll mich nicht zu sehr dran gewöhnen. »Skandale sind das Salz in der Suppe«, behauptet sie.

Ich habe versprochen, mein Bestes zu tun, um welche zu produzieren.

Die Frage ist nur, wie? Im Moment bin ich auf dem Weg in mein neues Zuhause in Genovien, zusammen mit meiner neuen Familie und meinem Hundebaby Schneeball. Denn das hier ist ein Privatjet, sodass außer mir nur mein Dad, Grandmère, Rommel, meine Schwester und ihr Verlobter an Bord sind (Michael ist sehr nett und hat gesagt, ich würde eines Tages bestimmt eine super Tante abgeben). Ich darf Schneeball auf meinem Schoß schlafen lassen, statt sie in eine Hundetragtasche oder etwas Ähnliches einzusperren.

Genovien kann ich noch nicht von meinem Fenster aus sehen, aber dafür hatte ich einen tollen Blick auf den Atlantik und die Oberseite der Wolken.

Ich habe noch nie Wolken von oben gesehen, immer nur von unten. Und die Ränder natürlich. Aber die Oberseite ist so wunderschön, vor allem wenn die Sonne darauf herunterscheint – dann fühlt man sich wie im Himmel, ehrlich, und man könnte fast glauben, dass sich hinter diesen weißen Zuckerwattebergen Engel verstecken. Engel, die nur darauf warten, dass wir vorüberfliegen und die Luft wieder rein ist (weil wir nicht wissen dürfen, dass es Engel gibt, bevor wir tot sind).

Und sobald wir außer Sicht sind, hüpfen sie alle wieder hervor und spielen Harfe oder Engels-Pingpong oder was man als Engel so den ganzen Tag über macht.

Ich würde gern Mom aus dem Fenster zuwinken, aber ich will nicht, dass mich jemand sieht und fragt, wem ich winke, und mich dann für gaga hält, weil ich dem Engel meiner Mom zuwinke.

Außerdem brauche ich ihr gar nicht zu winken. Meine Mom weiß auch so, dass ich da bin. Und sie ist genauso glücklich wie ich über mein neues Leben, da bin ich mir sicher.

Sonntag, 10. Mai

17.00 Uhr

Mein Zimmer, Palast von Genovien

Ich bin gerade sehr müde, was am »Jetlag« liegt, wie Dad mir erklärte. So einen Jetlag bekommt man, wenn man in ein Land fliegt, das in einer anderen Zeitzone liegt (Genovien ist sechs Stunden hinter New Jersey zurück, sodass ich längst über meine übliche Schlafenszeit hinaus bin).

Aber ich musste mir einfach noch eine Minute Zeit nehmen, um in mein Tagebuch zu schreiben, dass Genovien der *schönste Ort ist, den ich je gesehen habe!* Obwohl es hier keine Cheesecake Factory gibt, war es definitiv die richtige Entscheidung hierherzukommen. Außerdem gibt es hier einiges, was mindestens so gut ist – wenn nicht sogar besser – als das Cheesecake Factory. Zum Beispiel die königliche Küche, *aus der ich bestellen kann, was immer ich will. Und* wann *ich will.*

Ich habe schon Waffeln und Eiersoldaten für das Frühstück morgen vorbestellt. Und auch gleich noch eine Bestellung für das Mittagessen aufgegeben.

Genovien ist nicht nur schön, es riecht auch gut – viel besser als Cranbrook. Das liegt an den Blumen, die vor dem Balkon meines Schlafzimmers blühen. Der Duft erinnert mich an Orangen.

Was kein Wunder ist, denn vor meinem Fenster wachsen tatsächlich Orangenbäume! Ich kann hinausgreifen und mir eine pflücken und essen, wenn ich will. UMSONST! Ich muss nichts dafür bezahlen.

Und auch für sonst nichts. Alles in diesem Palast hier ist gratis! So wie in der Limousine, nur in viel größerem Maßstab natürlich.

Habe ich schon erwähnt, wie groß mein Schlafzimmer ist? Und dass die Wände mit kunstvollen Gemälden von Wolken und Vögeln bedeckt sind (die sehr realistisch aussehen, obwohl sie schon so alt und nicht von einem Wildtierillustrator angefertigt sind). Und ich habe sogar einen Balkon, der auf den Palastpool hinausgeht.

Ja, wir haben hier unseren eigenen Swimmingpool – er ist voller Springbrunnen, mit einer fantastischen Aussicht auf das Meer unten.

Ich wusste natürlich, dass Genovien anders ist als

Cranbrook, aber *so* schön hatte ich es mir doch nicht vorgestellt. Ich habe gerade Nishi geschrieben, dass sie ausflippt, wenn sie hierherkommt, weil der Palast der Schönen und des Biests im Vergleich zu unserem Schloss hier der reinste Schrottplatz ist.

(Nicht dass ich je im Palast der Schönen und des Biests war, aber wie Schrottplätze aussehen, weiß ich. Ich war ein paarmal mit Tante Catherine und Onkel Rick dort, um den Müll von ihren Baustellen abzuladen.)

Nishi hat noch nicht geantwortet (wahrscheinlich wegen der Zeitverschiebung), aber ihre Eltern hatten ihr schon erlaubt, die ganzen Sommerferien bei mir zu verbringen, einschließlich Mias Hochzeit, an der wir als Brautmädchen teilnehmen werden.

ICH KANN ES KAUM ERWARTEN (auch wenn ich dann Röcke tragen muss; aber Mia hat versprochen, keinen Faltenrock für mich auszusuchen).

Und hier noch ein paar weitere Infos:

Genovien liegt direkt am Meer, aber es ist ganz anders als die Küste von New Jersey. Die Stadt ist direkt in die Klippen am Mittelmeer hineingebaut und das Wasser ist leuchtend türkisblau, der Sand an den Stränden blendend weiß und es gibt riesige Jachten und schicke Restaurants und Casinos und natürlich den PALAST mit seinem großen goldenen Tor, das wir einfach durchqueren, weil WIR HIER WOHNEN.

Vor dem Tor stehen bewaffnete Wächter in lustigen blau-weißen Kostümen, die von allen Touris fotografiert werden. Aber Mia hat gesagt, ich darf nie über sie lachen, denn sie setzen ihr Leben aufs Spiel, um uns, die königliche Familie, zu beschützen. Und das respektiere ich natürlich.

Von Dad weiß ich, dass das Tor des Palasts aus fast tausendjährigem Holz besteht, und in der Großen Halle hängen Porträts von unseren Vorfahren, die bis ins Jahr 1300 zurückgehen. Grandmère sagt, ich muss »für ein Porträt sitzen«, weil ich jetzt auch zur königlichen Familie gehöre.

Ach, da fällt mir ein, dass ich

total vergessen habe, mein »Wer-bin-ich?«-Arbeitsblatt in Bio einzureichen.

Aber das ist jetzt nicht mehr wichtig, weil ich bereits an der Königlich genovischen Akademie aufgenommen bin. Ich werde dort bald anfangen, aber »es hat keine Eile«, wie Dad meinte. »Für dich ist es jetzt wichtiger, dass du dich an die neue Zeitzone gewöhnst – und an deine neue Familie natürlich.«

Seine Worte lösten ein seltsames Gefühl in mir aus. Im ersten Moment wusste ich nicht, was es war. Dann ging mir plötzlich ein Licht auf.

Es war Glück. Familie. Ich habe eine richtige Familie, zum ersten Mal in meinem Leben.

Und *das* ist der beste Moment, den ich je erlebt habe. Noch schöner als der Tag, an dem die Kunstschule angerufen und mir ein volles Stipendium für meine Zeichnung von Tippy der Schildkröte angeboten hat. Ja, sogar noch schöner als der Moment, in dem Dad mich fragte, ob ich bei ihm leben will.

Und nicht weil ich plötzlich Prinzessin bin und in einem Märchenschloss am Meer lebe, mit Orangenbäumen direkt vor meinem Fenster und gemalten Vögeln an meinen Zimmerwänden.

Nein, es gibt wichtigere Gründe: dass ich den ganzen Sommer mit Nishi zusammen sein darf oder dass ich Schneeball habe, die auf meinem Schoß schläft und für immer MEIN Hund sein wird.

Aber vor allem natürlich, weil ich endlich eine Familie habe, die mich liebt.

Und das ist das Beste und Tollste von allem – kein bisschen langweilig oder mittelmäßig.

Ich bin dann mal Prinzessin

Chaos, Kekse und königliche Cousinen

Samstag, 13. Juni

16.00 Uhr

Königlich-Genovische Gärten High Tea

< NishiGirl

Hi, Olivia! Ist alles o.k.? Die Vorbereitungen für die Hochzeit deiner Schwester sind sicher superstressig, aber ich komme diese Woche (!!!) und du hast mir noch nicht zurückgeschrieben, wie viele Badeanzüge ich mitbringen soll.

Meine Mom sagt, fünf sind zu viel. Aber ich will nicht unstylish in Genovien sein, besonders unter diesen ganzen Royals und Promis.

< NishiGirl

Ich hoffe wirklich, dass du nicht sauer mit mir bist oder so und deshalb nicht zurückschreibst. Ist irgendwas schiefgegangen? Okay, also schreib bitte bald zurück (wenn du nicht sauer bist!!!). ☺☺☺ Nishi

Oh nein. Meine beste Freundin Nishi denkt, dass wir irgendwie Streit haben oder so.

Aber das ist nicht der Grund, warum ich ihr so lange nicht zurückgeschrieben habe. Ich war einfach so beschäftigt. Es ist echt kein Zuckerschlecken, zur Prinzessin ausgebildet zu werden. Ich habe kaum Zeit, in dieses Notizbuch zu schreiben, geschweige denn Whatsapp-Nachrichten zu verschicken.

Obwohl es natürlich auch nicht direkt grässlich war. Ich will ja nicht als Angeberin dastehen, aber hier ist alles SUPERGUT gelaufen.

Und das nicht nur, weil ich

1. in einem Palast mit einem eigenen Thronsaal, Ballsaal und einer privaten Bibliothek wohne (dort stehen über fünfzigtausend Bücher, ohne Witz)

2. eine komplett neue Garderobe bekommen habe und ein eigenes Zimmer mit Orangenbäumen vor

meinem Fenster, einem Badezimmer nur für mich allein und einem begehbaren Kleiderschrank, wo ich mich hinsetzen kann, während Francesca, meine persönliche Stylistin, sich überlegt, was ich anziehen soll (aber nur wenn ich bei einem offiziellen Anlass auftreten muss. Francesca sagt, es ist wichtig, nicht dasselbe Outfit zweimal hintereinander zu tragen, sonst »ist das Volk enttäuscht«)

3. in Genovien lebe, einem winzigen Land am Mittelmeer zwischen Italien und Frankreich, wo es weiße Sandstrände und superschönes Wetter das ganze Jahr über gibt.

Nein, halt! Obwohl das natürlich alles ziemlich toll ist. Aber der wahre Grund, warum alles so gut läuft, ist ganz einfach: Ich lebe hier mit Leuten zusammen, die *mich wirklich mögen.*

Wenn ich morgens zum Frühstück herunterkomme, fragen mich Grandmère und meine Schwester Mia und ihr Verlobter Michael, ob ich gut geschlafen habe und was ich essen möchte und was ich an diesem Tag vorhabe, und solche Sachen.

Meine Verwandten in New York (Tante, Onkel, Cousin und Cousine) haben mich das nie gefragt. Und es war ihnen egal, ob ich Cornflakes wollte oder French Toast oder Waffeln oder Pfannkuchen, geschweige denn, dass sie mich gefragt hätten, wie ich meine Eier möchte. Sie haben mir gar keine Wahl gelassen! Das Einzige, was wir in meinem früheren Zuhause zum Frühstück bekamen, war Haferbrei. Nicht weil die Familie arm war oder so, sondern weil Hafer wenig Fett hat und reich an Ballaststoffen ist.

»Hafer ist der Besen der Natur«, hatte meine Tante immer gesagt.

»Hafer?« Grandmère rümpfte die Nase, als ich ihr das erzählte. »Hafer ist was für Pferde!«

Ha! Ich weiß, dass sie recht hat, weil ich gerade reiten lerne, was auch zu meinen Prinzessinnenstunden gehört. Dad hat mir sogar ein eigenes Pony geschenkt (in meinem alten Zuhause durfte ich keine Tiere haben, weil meine Tante nicht wollte, dass ihre schönen hellen Designerteppiche schmutzig werden, aber jetzt habe ich ein Pudelbaby namens Schneeball *und* ein Pony)!

Das Pony heißt Lady Christabel de Champaigne, aber ich nenne sie einfach Chrissy. Chrissys Fell ist hellbraun, außer ihrer Mähne und ihrem Schweif, die goldfarben sind. Wenn ich Chrissy putze – ich liebe es, sie zu striegeln –, macht sie zufriedene kleine Geräusche mit ihrem Maul, ein bisschen wie ein Blubbern.

Womit ich nicht behaupten will, dass alles perfekt ist. Nichts ist vollkommen, nicht mal wenn man Prinzessin ist und unter Menschen lebt, die einen wirklich lieben, in einem Palast am Mittelmeer, wo man vom Schlafzimmer auf Orangenbäume schaut.

Jetzt zum Beispiel haben Grandmère und Mia wieder mal ~~Krach~~. Nein, sorry, ich meine natürlich eine »Auseinandersetzung«. Grandmère sagt, Royals streiten nicht. Sie haben »Unstimmigkeiten« oder Auseinandersetzungen.

Bei dieser Auseinandersetzung geht es um Mias Hochzeit, die in genau einer Woche stattfindet. Eine Woche!

»Nein, Grandmère«, sagt Mia. »Ich hab dir doch gesagt: kein Violett.«

»Aber Violett ist die Farbe der Könige, Amelia. Und es ist eine königliche Hochzeit.«

»Es ist eine Sommerhochzeit in einem Palast am Strand. Violett ist zu dunkel. Außerdem wurden die Kleider schon geliefert und sie sind cremefarben, so wie ich es angeordnet habe. Wir können das jetzt nicht mehr ändern.«

»Ach wirklich, Amelia?«, sagte Grandmère. »Hast du noch nie was von Färben gehört?«

»Grandmère«, sagt Mia. »Meine Brautjungfernkleider sind cremefarben. Und das ist endgültig.«

Oh! Mia sieht stocksauer aus. Grandmère allerdings auch.

Solche »Unstimmigkeiten« gibt es die ganze Zeit, besonders weil die Hochzeit im Fernsehen kommt und weltweit ausgestrahlt wird. Fünfhundert Gäste, darunter einige der bekanntesten Royals und Promis, sind eingeladen. Wir haben kaum noch Platz für die vielen Hochzeitsgeschenke, die schon eingetroffen sind und im Großen Saal ausgestellt werden.

Es sind ziemlich coole Sachen darunter:

- ein Straußenei aus massivem Gold aus Australien
- ein 200-teiliges Teeservice aus China
- Silberteller aus Österreich
- ein kristallbesetztes Katzenkörbchen im marokkanischen Stil für Fat Louie, Mias Katze, vom Königshaus in Katar
- und eine Spende in Mias und Michaels Namen an *Ärzte ohne Grenzen* vom Präsidenten der Vereinigten Staaten!

(Ich persönlich finde nicht, dass Spenden interessante Geschenke sind, aber Mia und Michael haben extra darum gebeten.)

Aber es gibt ein Geheimnis, das fast niemand kennt und das der wahre Grund für die vielen ~~Kräche~~, nein, Auseinandersetzungen im Palast ist.

Weil nämlich fast nichts fertig ist.

Das stimmt echt! Man sollte meinen, dass man in einem Schloss darauf eingerichtet ist, Staatsbankette für Hunderte von Gästen auf die Beine zu stellen, und dass alles wie am Schnürchen klappt.

Aber das gilt offenbar nicht, wenn eine königliche Hochzeit für 500 Gäste um mehrere Monate vorverlegt werden muss, so wie in Mias Fall, weil die Braut nämlich Zwillinge bekommt.

Ja, ehrlich: Ich werde Tante! Ist doch irre, oder? Erst hatte ich gar keine Familie und jetzt auf einmal so viel!

Ich freue mich wie ein Schneekönig darauf. Besonders, weil ich die Namen mit aussuchen darf. Hier meine Namensliste:

Mädchennamen:	Jungennamen:
Minnie	Cecil
Vivian	Roberto
Geneviève	Julian
Yvette	Steve

Mia und Michael verraten mir nicht, welche Namen sie ausgewählt haben (sie wissen ja nicht mal, ob die Zwillinge Mädchen oder Jungen sind).

Aber Michael sagt immer, wenn es Jungs sind, nennt er sie Han und Solo (das soll ein Witz sein, aber Mia findet es gar nicht komisch, und ich auch nicht. Einen Namen für Babys auszusuchen ist eine ernste Angelegenheit, besonders wenn es Thronerben sind).

Auf jeden Fall bedeutet diese ganze überstürzte Hochzeitsplanung, dass neben den unzähligen Touristen, die jeden Tag in den Palast kommen (er ist täglich von zehn bis siebzehn Uhr für den Publikumsverkehr geöffnet, außer an Sonn- und Feiertagen) auch noch scharenweise andere Leute im Palast ein und aus gehen:

Floristen, Landschaftsgärtner, Stylisten, Dekorateure,

Designer, Schneider, Bäcker, Musiker, Fotografen, Elektriker, Bauunternehmer und Handwerker, Catering-Personal und Fernsehleute, die überall herumrennen, um alles rechtzeitig für den großen Tag fertig zu kriegen.

Aber wegen ihren »Hormonschwankungen«, wie Grandmère es ausdrückt (mein Dad sagt Stress dazu), dreht Mia immer gleich durch, wenn jemand von der Hochzeit anfängt, und sagt dann total genervt: »Sucht einfach was aus, es wird schon okay sein.«

Aber manchmal (zum Beispiel bei der Farbe der Brautjungfernkleider) schaltet sie auf stur und will unbedingt ihren Kopf durchsetzen. Und dabei kommt dann meistens was ziemlich Langweiliges heraus, weil sie nur ja kein Aufsehen will.

Aber was wäre eine königliche Hochzeit ohne Aufsehen? Und wozu ist man schließlich Brautprinzessin?

»Deine Schwester ist eben ein typischer Stier«, sagt Grandmère. »Und Stiere wollen mit dem Kopf durch die Wand, sie sind treu, aber starrsinnig, sodass sie über gute Führungsqualitäten verfügen. Als Bräute sind sie allerdings eine Katastrophe.«

Ich weiß nicht, ob das stimmt. Ich bin Schütze. Schützen sind Optimisten und sehen immer das Gute an allem.

Mein Dad ist laut Grandmère auch keine Hilfe, nicht nur, weil er ein Mann ist und Männer sich vor Hochzeiten fürchten (obwohl ich nicht glaube, dass das für alle Männer gilt. Michael zum Beispiel bleibt ziemlich cool), sondern weil er Mia die Regierungsgeschäfte übertragen hat, um mehr »Qualitätszeit« mit mir verbringen zu können, nachdem er schon den Großteil meiner »prägenden Jahre« versäumt hat.

Aber im Augenblick ist er voll damit beschäftigt, den Sommerpalast renovieren zu lassen, wo ich mit ihm leben werde, wenn endlich alles fertig ist, zusammen mit Rocky, Mias kleinem Bruder, und ihrer Mom, Helen Thermopolis (die auch Rockys Mom ist). Auf diese Weise können wir »Mia die Regierungsgeschäfte überlassen« und sie kann »ihr Leben als frisch verheiratete Ehefrau und Mutter genießen«.

Aber wie es aussieht, dauern die Renovierungsarbeiten noch Monate. Der Palast ist nämlich fast fünfhundert Jahre alt und sinkt bereits in die Erde ein, weil die Fundamente so vermodert und brüchig sind, was Grandmère »irgendwie symbolisch« findet.

Aber mir ist es sowieso egal, weil ich dann weiter im Hauptpalast bei Mia, Michael, Grandmère, Fat Louie und den Zwillingen wohnen kann, wenn sie erst mal auf der Welt sind.

»Also, ehrlich gesagt weiß ich nicht, was deine Schwester ohne uns machen würde«, sagte Grandmère heute Morgen im königlichen Gewächshaus zu mir, als wir die langweiligen weißen Moosröschen abbestellten, die Mia haben wollte, und stattdessen riesige violette Iris auswählten, die ja viel, viel schöner sind. »Nachdem dein Vater jetzt zurückgetreten ist, muss sie die ganze Zeit mit dem neuen Premierminister über wichtige Staatsangelegenheiten sprechen – wo zum Beispiel die vielen Kriegsflüchtlinge untergebracht werden sollen oder wie die neue Sorte genetisch veränderter genovischer Orangen genannt werden soll –, sodass sie kaum noch eine Sekunde zur Ruhe kommt. Ich zweifle natürlich keinen Augenblick daran, dass deine Schwester das Land retten wird. Aber wir beide werden diese Hochzeit retten, Olivia.«

»Ich weiß«, sagte ich. »Im Ernst?«

»Oh ja«, sagte Grandmère, »es ist ein Segen, dass wir hier sind.«

Und sie hat ja so recht! Ich hoffe, der Sommerpalast kriegt nie ein neues Fundament.

Ich habe also kein schlechtes Gewissen, wenn ich in mein Tagebuch schreibe oder Nishi antworte, während Mia und Grandmère sich ~~streiten~~, nein, *auseinandersetzen*, weil sie mich sowieso nicht beachten und ich ja weiß, dass alles zu Mias Bestem ist.

OlivGrace>

Ich bin natürlich NICHT sauer auf dich! Hier ist nur so viel Trubel. Hoffentlich magst du Lila, weil wir die Brautjungfernkleider lila färben lassen.

OlivGrace>

5 Badeanzüge sind okay, denke ich. Vergiss nicht, dass wir hier einen Pool UND den Strand haben. Außerdem sagt Grandmère, man kann nie genug von allem haben, außer Feinde.

Und weißt du was? Laut Grandmère haben wir beide den wichtigsten Job bei der GANZEN Trauungszeremonie, weil wir Mias Schleppe halten müssen, wenn sie den Gang entlanggeht. Ich bin so aufgeregt! Kann es kaum erwarten, dir Chrissy zu zeigen!!! Und alle anderen natürlich auch.

Samstag, 13. Juni

17.00 Uhr

Königlich-Genovische Gärten
High Tea

Nishi hat endlich zurückgeschrieben, aber was in ihrer letzten Nachricht stand, war der Hammer.

<NishiGirl

Bin so froh, dass alles okay ist und du nicht sauer auf mich bist.

Okay, also fünf Badeanzüge.

Kann es kaum noch erwarten, dich wiederzusehen!

<NishiGirl

Wie toll ist das denn, dass wir die Schleppe deiner Schwester halten dürfen! Und ich freu mich wahnsinnig auf dein Pony!

Aber ehrlich, wie willst du überhaupt noch Zeit für mich haben, wenn am Montag deine Prinzessinnenschule anfängt? Dann bist du doch voll im Stress.

Schule? Wer, in aller Welt, redet denn von Schule?

Ich glaube, Nishi hat da irgendwas falsch verstanden. Grandmère und Mia geben mir jeden Tag Prinzessinnenstunden, damit ich mich (und die restliche Familie) auf der Hochzeit nicht blamiere, oder vor den Paparazzi, die sich an unsere Fersen heften, sobald wir den Palast verlassen, weil sie ein Foto von der Brautprinzessin machen wollen.

Jetzt gerade habe ich auch wieder eine Prinzessinnenstunde und das ist der einzige Grund, warum ich beim High Tea in mein Tagebuch schreiben darf. Alle denken nämlich, dass ich mir Notizen mache … was ja irgendwie auch stimmt.

Aber Prinzessinnenstunden sind nicht dasselbe wie die richtige Schule.

Obwohl es natürlich superwichtig ist. Niemand will doch, dass sein Land von einem totalen Trampel ohne Manieren repräsentiert wird, selbst ein so kleines Land wie Genovien (das nur zwei mal vier Meilen groß ist).

Allerdings will auch niemand eine Prinzessin, die nicht weiß, wie die Hauptstadt von Frankreich heißt.

So gesehen hat Nishi vielleicht recht.

Aber Dad meint, ich brauche Zeit, um mich an das Leben in meiner neuen Heimat (und mit einer neuen Familie) zu gewöhnen, bevor ich mit der neuen Schule anfange. Und ich bin zwar schon einen ganzen Monat hier, aber ich glaube nicht, dass ich mich schon komplett eingewöhnt habe. Ich kenne ja nicht mal die Namen meiner ganzen Cousins und Cousinen und verirre mich immer noch im Palast! Hier gibt es mehr Zimmer als Tage im Monat! Und ich habe längst noch nicht alle gesehen.

Nicht, dass ich was gegen Schulbildung habe. Fächer wie Mathe und Geografie sind wichtig, nicht nur knicksen und bei Tisch aus dem richtigen Glas trinken. Bei dem Galadiner im großen Speisesaal, das wir gestern Abend für alle auswärtigen Gäste gegeben haben, die bereits zur Hochzeit angereist sind, gab es so viele Gläser, dass ich nicht mehr wusste, welches Wasserglas meines war und welches meinem superdicken Tischnachbarn gehörte. Schließlich hat Mia mich unter dem Tisch angestoßen.

»Olivia«, flüsterte sie mir zu. »Mach es so!« Dann formte sie mit ihren Zeigefingern und Daumen die Buchstaben b und d. »Der Brotteller zu deiner Linken – ›b‹ – ist deiner, so wie die Gläser zu deiner Rechten – ›d‹ für Drink. Kapiert?«

Ich kapierte es, klar, aber leider zu spät. Ich hatte nämlich schon die ganze Zeit aus dem Wasserglas meines dicken Tischnachbarn getrunken!

Und er auch! *Wir haben aus demselben Glas getrunken!*

Mein Prinzessinnen-Job ist viel komplizierter, als ich es mir je hätte träumen lassen.

Und weil ich sie alle so blamiert habe, schicken sie mich jetzt vielleicht in eine Schule, wo ich bessere Manieren lernen soll.

Aber ich weiß nicht. Ausgerechnet jetzt, so kurz vor der Hochzeit und obwohl Grandmère mich so dringend braucht? Das hätten sie doch wenigstens mal erwähnt, oder nicht? Und bisher ist kein Wort darüber gefallen.

Normalerweise darf ich beim Essen (besonders beim High Tea) nicht auf mein Telefon schauen, weil Grandmère es extrem unhöflich findet, seinem Gegenüber am Tisch (oder seinem Tischnachbarn) nicht die volle Aufmerksamkeit zu schenken.

»Du weißt nie, Olivia«, sagt Grandmère immer, »ob die besagte Person nicht das Oberhaupt eines Landes ist, das viel, viel größer ist als deines.«

»Oder«, fügt Mia hinzu, »es ist einfach ein netter Mensch und du willst dich doch nicht wie ein Idiot benehmen, der nur dasitzt und auf sein Handy starrt, statt mit ihm zu sprechen.«

Aber weil das hier sehr wichtig ist und Grandmère und Mia immer noch ~~streiten~~, nein, eine Auseinandersetzung wegen der Farbe der Brautjungfernkleider haben, nützte ich die Gelegenheit, Nishi kurz zu schreiben (in der Hoffnung, dass es niemand merkt).

OlivGrace>

Was erzählst du denn da? Wer sagt dir, dass ich am Montag in die Schule muss? Also, falls du die Royal Genovian Academy meinst, das ist keine »Prinzessinnenschule«, sondern eine ganz normale Schule. Da gehen auch Jungs hin.

OlivGrace>

Bitte SOFORT antworten.

Aber inzwischen sind schon zehn Minuten vergangen und ich habe noch nichts von Nishi gehört.

Ach, und gerade fällt mir ein: Wir haben doch Juni. Und kein Mensch fängt im Juni in einer neuen Schule an. Da fangen die Sommerferien an. Bei Nishi war schon letzte Woche Schulschluss.

Also hat sie sich geirrt. Warum sollte ich ausgerechnet jetzt mit der neuen Schule anfangen, wo wir mitten in den Hochzeitsvorbereitungen stecken? Das wäre doch einfach … WAAS?

Samstag, 13. Juni

17.50 Uhr
Königlich-Genovische Gärten
High Tea

Ertappt.

Nishi hat mir geantwortet, als ich das alles gerade geschrieben hatte, aber Grandmère hörte den Klingelton und wurde böse.

»Eine Prinzessin schreibt keine Nachrichten beim Essen!«, schrie sie mich an und vor lauter Schreck ließ ich mein Handy in einen Topf mit Hortensien in der Nähe fallen. Zum Glück war das Display nicht gesprungen, als ich es wieder rausfischte – oder jedenfalls nicht mehr als sowieso schon. Es war mir nämlich vor ein paar Tagen am Pool bereits runtergefallen. Also wenigstens das.

Dann fing Rommel an zu bellen und Grandmère musste ihren haarlosen alten Pudel mit einem Schinkensandwich ablenken, obwohl ich ihr x-mal gesagt habe, dass ihm deshalb das ganze Fell ausgegangen ist. Hunde dürfen kein Menschenessen bekommen. Auf jeden Fall waren Mia und Grandmère eine Weile von ihrem Krach abgelenkt, sodass ich eine Frage dazwischenquetschen konnte. »Stimmt es, dass ich am Montag in die Schule muss?«

»Schule?« Grandmère zog theatralisch die Augenbrauen hoch. »Was ist das für ein Unsinn? Wer hat was von Schule gesagt? Wir sind bis über beide Ohren mit der Hochzeit deiner Schwester beschäftigt, für solche Banalitäten wie Schule haben wir keine Zeit.«

»Grandmère«, sagte Mia streng. »Das sind keine Banalitäten. Schule ist wichtig. Ohne eine erstklassige Schulbildung hat man keine guten Zukunftschancen, besonders als Frau … und sogar als Prinzessin …«

»Hat Nishi mir deshalb gerade das hier geschrieben?«, fragte ich und zeigte ihnen mein Handy (nachdem ich die Erde vom Display abgewischt hatte).

<NishiGirl

Da war gerade eine Schlagzeile in RateTheRoyals.com. Ihre Königliche Hoheit, Prinzessin Olivia von Genovien, wird nächsten Montag zu ihrem ersten Schultag in der Royal Genovian Academy erwartet.

»Pah!«, rief Grandmère, als sie die Nachricht gelesen hatte. Und Pah! sagt sie nur, wenn sie komplett angewidert ist. »Und so was gilt in Amerika als Nachricht? Was sind das dort für Journalisten? Haben die nichts anderes zu tun, als uns Royals hinterherzuhecheln? Gibt es denn keine Promipaare, die sich gerade scheiden lassen?«

»Grandmère, bitte!«, sagte Mia streng.

»Aber wie kann das denn sein?«, fragte ich. »Warum wissen das die Reporter und ich nicht? Das stimmt doch nicht, oder? Niemand hat mir gesagt, dass ich am Montag in die Schule muss.«

»Ach du liebe Güte.« Mia war plötzlich ganz grün im Gesicht. Laut Nishi – die viel Zeit im Internet verbringt – ist das normal, wenn man mit Zwillingen schwanger ist und unter Hormonschwankungen leidet. Ich kann nur hoffen, dass es bei mir mal nicht so schlimm wird, denn Mia muss wahnsinnig oft auf die Königliche Toilette rennen – oder sich frisch machen, wie Grandmère zu sagen pflegt. »Es tut mir so leid, Olivia, aber ich fürchte, das stimmt. Irgendwie ist es mir in dem ganzen Hochzeitstrubel entfallen.«

»Was ist dir entfallen?« Ich spürte, wie die Panik in mir aufstieg.

»Wir haben letzten Monat einen Brief von Madame Alain bekommen, der Direktorin der Royal Genovian Academy. Und in dem Brief steht, wenn du am Montagmorgen nicht zum Unterricht erscheinst, gilt das als

Schulschwänzen und du wirst von der Schülerliste gestrichen – für immer.«

WAAS?

»Wie kann sie es wagen, diese Person?«, rief Grandmère. »Dazu ist sie nicht befugt. Weiß sie denn nicht, wer wir sind?«

»Ja, natürlich weiß sie das, Grandmère«, sagte Mia. »Und Madame Alain hat recht: Wir geben der Bevölkerung ein schlechtes Beispiel, wenn wir Olivia von der Schule abhalten – es sei denn, wir lassen sie zu Hause unterrichten, was wir natürlich nicht tun.«

»Was soll das heißen?«, sagte Grandmère wütend. »Olivia erhält hier wertvolle Lebenslektionen, indem sie ihre Zeit mit mir verbringt.«

»Das stimmt«, sagte ich. »Und ich hab doch auch Fortschritte bei meiner Prinzessinnenausbildung gemacht, oder nicht?« Dann sog ich die Luft ein, weil mir die peinliche Szene bei dem Galadiner am letzten Abend einfiel. »Oder ist es vielleicht wegen dem Wasserglas?«

»Nein, natürlich nicht!«, sagte Mia. »Du hast deine Sache sehr gut gemacht, Olivia. Aber Lebenslektionen sind nicht das Gleiche wie Schulunterricht und Dad und Grandmère und ich haben einfach nicht die Zeit – und auch nicht das Wissen –, um dir alles beizubringen, was du als Staatsbürgerin von Genovien lernen musst.«

Grandmère schnaubte dezent. »Sprich bitte für dich selbst, Amelia.«

Mia warf ihr einen gequälten Blick zu. »Wir können dir natürlich Haltung und Diplomatie beibringen. Aber ich meinte Fächer wie Mathe, Literatur und Naturwissenschaften. Und ich weiß, das Timing ist nicht ideal, aber es ist auch nicht wirklich eine Katastrophe für dich, wenn du am Montag in die Schule gehen musst. Hier im Palast wird es auch ein bisschen ... hektisch mit den ganzen Gästen und Fernsehcrews und Reportern, die bereits eintreffen.«

Jetzt war *ich* wahrscheinlich etwas grün im Gesicht. Und das kam nicht von den vielen Teekuchen (obwohl ich jede Menge gegessen hatte).

»Hektisch?«, wiederholte ich. »Du meinst wohl spannend! Das macht doch irre Spaß.«

Plötzlich ertönte ein scharfes Twäng!, gefolgt von einem Kloing.

Das war Grandmère. Sie hatte einen Pfeil mit dem Bogen abgeschossen, den sie Mias kleinem Bruder geklaut hatte.

»Verflixt«, sagte Grandmère und senkte den Bogen. »Schon wieder verfehlt.«

»Grandmère, *bitte.*« Mia ließ ihren Kopf in die Hände fallen. »Bitte lass das! Es ist doch sinnlos, auf die Drohnen zu schießen!«

Was einem nie über das Leben als Royal erzählt wird (abgesehen von der Tatsache, dass gemeine Schulleiterinnen einen zwingen können, in den Unterricht zu kommen): Die Paparazzi schrecken buchstäblich vor nichts zurück und lassen sogar Drohnen über die Palastmauern fliegen, um ein Foto zu ergattern. Und das, obwohl es eindeutig gegen das Gesetz verstößt.

Klar, dass es irgendwie Spaß macht, mit Stöcken nach den Drohnen zu schlagen (oder mit Handtüchern, wenn es in der Nähe des Pools ist).

Aber Grandmère schießt gern mit Rockys Bogen darauf. Die Übung tut ihr gut, sagt sie, weil sie sich auf diese Weise ihre Augen-Hand-Koordination bewahrt.

»Ich hab dir doch gesagt, dass die königliche Garde sich um die Drohnen kümmern wird«, sagte Mia zu Grandmère. »Wir dürfen sie nicht selbst abschießen. Oder willst du, dass noch jemand verletzt wird … zum Beispiel meine Freundinnen, wenn sie vom Shoppen zurückkommen?«

»Oh, ich habe nicht auf die Drohnen geschossen«, erklärte Grandmère trocken, »sondern auf diese grässlichen Kreaturen.«

Mia riss den Kopf hoch. »Grandmère! Nein!«

»Aber was soll ich denn sonst tun, Amelia? Sie zertrampeln mir einfach meinen Hibiskus und ich will, dass der Garten bei deiner Hochzeit schön aussieht.«

Ich liebe Tiere, wirklich – ich will eines Tages mal Wildtier-Illustratorin werden (wenn ich das neben meinem wichtigen Job als Prinzessin machen kann).

Aber Leguane – die »grässlichen Kreaturen«, wie Grandmère sie nennt – sind echt nicht so süß. Außer einem niedlichen, der in der Nähe des Orangenbaums unter meinem Fenster herumhängt und leuchtend grün ist. Weil er noch ein Baby ist und Leguane keine Zitrusfrüchte fressen, stört er mich nicht. Ich habe ihn Carlos genannt.

Aber die ausgewachsenen, die in den Königlich-Genovischen Gärten umherstreifen, sind größer als Schneeball. Und sie haben lange Klauen und Stacheln auf dem Rücken und manchmal machen sie direkt neben den Pool, oder sogar *rein*, was nicht nur eklig ist, sondern auch unhygienisch und unhöflich.

Trotzdem finde ich es falsch, dass Grandmère auf sie schießt, noch dazu mit richtigen Pfeilen statt mit den Gummidingern, mit denen Rocky auf die Büsten in der Ahnengalerie geschossen hat (das ist auch der Grund, warum seine Mutter ihm den Bogen weggenommen hat).

Zum Glück für die Leguane, besonders Carlos, ist Grandmère eine miserable Schützin.

Der Pfeil, den sie gerade abgeschossen hatte, segelte auch prompt in das blau-weiß gestreifte Kissen in einer der Pool-Lounges statt auf den Leguan.

Allerdings wäre er um ein Haar im Bein eines der Diener gelandet.

»Es tut mir so leid, André«, sagte Grandmère zu dem Diener, als er mit dem Pfeil zurückkam. »Das wollte ich nicht.«

»Ich kann das gut verstehen, Hoheit«, sagte

André mit einer Verbeugung. »Ich finde die Leguane auch sehr lästig.«

»Aber dafür können doch die Leguane nichts«, erinnerte ich sie pflichtschuldig. »Dad sagt, die sind nicht mal von hier. Jemand muss ein Pärchen aus dem Käfig freigelassen haben und dann sind sie irgendwie in den königlichen Gärten gelandet, wo sie Junge gekriegt haben, und die Jungen haben dann auch Junge gekriegt und jetzt gibt es überall Hunderte von Leguanen, die sich alle weitervermehren.«

»Ja!«, rief Grandmère. »Und sie fressen meinen ganzen Hibiskus auf!«

»Das sind Pflanzenfresser, Grandmère«, sagte Mia. »Und Leguane fressen nur Blüten. Und wenn Genovien so viele Geflüchtete aufnehmen kann, müssten wir doch auch ein bisschen Platz für die Leguane haben.«

»Die Geflüchteten machen nicht in meinen Pool, Amelia«, sagte Grandmère. »Und wir können ja nicht zulassen, dass auf dem Hochzeitsempfang Echsen aus den Bäumen auf unsere Gäste herunterfallen. Sonst denken noch alle, sie wären hier im Jurassic Park.«

»Aber du kannst auch nicht mit Pfeil und Bogen auf sie schießen«, sagte Mia. »Sonst wird noch jemand ernsthaft verletzt. Willst du das etwa, Grandmère?«

»Das kommt ganz drauf an, wen ich verletze«, erwiderte Grandmère nachdenklich.

»Ich hab eine Idee«, sagte ich, bevor Mia sich noch

mehr aufregen konnte. »Ich könnte doch einfach hierbleiben und Grandmère mit den Leguanen helfen? Das ist viel besser als Schule. Ich habe von euch beiden sowieso viel mehr gelernt, als ich je in der Schule lernen würde. Und nur dadurch, dass ich mit euch zusammen war … Hier, ich kann es beweisen … Ich hab alles aufgeschrieben, was ihr mir beigebracht habt.«

Ich öffnete mein Tagebuch und las laut daraus vor, um ihnen zu zeigen, dass ich gut aufgepasst hatte.

- Royals dürfen in der Öffentlichkeit nie Kaugummi kauen, weil sie sonst wie wiederkäuende Kühe aussehen würden.
- Royals sorgen dafür, dass ihre Pudelbabys nicht die exotischen Blumenbeete in den königlichen Gärten aufbuddeln (oder etwas vergraben, das sie in der Küche stibitizt haben).

- Royals werfen keine Gegenstände vom obersten Absatz der Großen Staatstreppe im vierten Stock in den Eingang hinunter, um zu sehen, ob sie unten abprallen, denn der große Paradeeingang ist aus teurem Carrara Marmor.
- Royals nehmen nicht sechs Zuckerwürfel in ihren Tee. Drei genügen völlig.
- Royals spucken nie ihr Essen auf den Teller, nur weil es ihnen nicht schmeckt. Sie schlucken, was sie im Mund haben, dann legen sie ihre Gabel weg und bleiben still sitzen. Wenn sie gefragt werden, warum sie nichts essen, sagen sie nicht, dass ihnen das Essen nicht schmeckt (weil das eine Beleidigung für den Küchenchef wäre), sondern höchstens, dass sie »Platz für den nächsten Gang« lassen möchten, der, wie sie gehört haben, sogar noch köstlicher ist. Wenn ihnen dieser Gang auch nicht schmeckt, sollten sie den obigen Rat bis zum Ende der Mahlzeit befolgen und dann sollten sie sich höflich bei ihrem Gastgeber bedanken, nach Hause gehen und ein Sandwich essen.
- Royals rutschen in den Besichtigungszeiten nicht auf Strümpfen in der Ahnengalerie herum.
- Royals schreiben unverzüglich einen Dankesbrief, wenn sie etwas bekommen haben oder irgendwo eingeladen waren, und zwar immer handschriftlich.

- Royals dürfen Lipgloss bei Tisch auftragen und sogar Glitzer-Lippenbalsam, aber eine Prinzessin darf auf keinen Fall bei Tisch »ihre Zöpfe« richten, selbst wenn einer davon schon halb aufgelöst ist. Sie muss sich entschuldigen und die Haare auf der Toilette in Ordnung bringen.
- Royals geben sich immer selbstbewusst und optimistisch, selbst wenn ihnen gar nicht danach zumute ist.

Mia lächelte mich liebevoll an. »Das ist sehr schön, Olivia. Und ich kann verstehen, dass dir ein bisschen mulmig vor dem Schulanfang ist. Aber glaub mir, es wird dir in der RGA gefallen – und dort lernst du viel mehr, als wenn du hierbleiben würdest. Neben den regulären Schulfächern kannst du auch andere Sachen belegen, wie Fechten und Selbstverteidigung und Theater-AGs ... du kannst sogar Reitstunden nehmen! In der RGA lernt man nicht nur Tanzen und Haltung und Manieren, so wie früher mal.«

»Ah«, sagte Grandmère mit einem fernen Ausdruck in den Augen, »Tanzen und Manieren. Wie gut ich mich an meine Zeit in der RGA erinnere! Mein Walzerpartner war Prinz Wilhelm von Preußen. So ein gut aussehender Junge, aber leider ohne jedes Koordinationsvermögen. Ich habe monatelang meine Zehen nicht mehr gespürt.«

Mia sah Grandmère stirnrunzelnd an. »Das wird Olivia nicht passieren. Die RGA ist heute ganz anders. Sie bietet eine erstklassige Schulbildung für moderne junge Royals. Also, Olivia, du siehst, es gibt mehrere Gründe, warum du noch einen Punkt auf deine Liste setzen musst (aber vor allem natürlich, weil mir viel, viel wohler wäre, wenn ich dich in dieser Woche in der Schule in Sicherheit wüsste): Royals gehen in die Schule, weil sie einsehen, dass eine gute Schulbildung der Schlüssel zu einem erfolgreichen Leben ist.«

Ich konnte es nicht fassen, aber ich wollte auch nicht unkooperativ sein. Schließlich ist Mia die Braut und ich bin nur eine Junior-Brautjungfer. Junior-Brautjungfern sind zu alt, um Blumen zu streuen, aber noch nicht alt genug, um als vollgültige Brautjungfern durchzugehen … obwohl Autofahren das Einzige ist, was Brautjungfern den Junior-Brautjungfern voraushaben.

»Und außerdem ist es ja nur für eine Woche«, fügte meine Schwester hinzu. »Am Freitag fangen die Sommerferien an.«

Also sagte ich: »In Ordnung«, weil ich Mia keinen Kummer machen wollte. Als Brautjungfer ist es mein Job, die Braut moralisch zu unterstützen, selbst wenn sie was komplett Idiotisches will.

Mia musste meine Gedanken erraten haben, denn sie sagte: »Es wird nicht so schlimm, wie du denkst, Olivia, das versprech ich dir. Und du bist ja nicht allein. Rocky geht mit dir an die RGA. Madame Alain hat auch einen Brief wegen ihm geschickt.«

Falls sie glaubte, dass das ein Trost für mich wäre, hatte sie sich getäuscht.

Rein theoretisch haben Rocky und ich eine Menge gemeinsam, sodass wir im Prinzip gut miteinander auskommen müssten.

- Prinzessin Mia ist auch seine Schwester.
- Er ist gerade erst nach Genovien gezogen.
- Sein Dad ist gestorben, so wie meine Mom (na ja nicht auf dieselbe Weise, aber wir sind beide Halbwaisen).
- Seine Mom, Helen Thermopolis, und mein Dad werden irgendwann heiraten (wenn die Fundamente ausgebessert sind).

Aber es gibt auch vieles, das uns unterscheidet:

- Rocky ist nicht in der Thronfolge und muss daher auch nie zum High Tea oder zu Staatsbanketten gehen.
- Er ist erst neun und ehrlich gesagt benimmt er sich manchmal auch so.
- Er liebt die Leguane und denkt sich stundenlang irgendwelche Tricks aus, wie er sie fangen kann

(was ihm bis jetzt aber nicht gelungen ist, weil Leguane blitzschnell sein können, wenn sie wollen).

- Er redet die ganze Zeit nur von Dinosauriern, Furzen und Weltraumtrips. In dieser Reihenfolge.

Und was noch viel schlimmer ist: Rocky soll auf Mias Hochzeit der Ringträger sein. Der Ringträger hat nur *eine* Aufgabe, im Gegensatz zu den Brautjungfern: Er muss mit den Ringen zum Brautpaar vorgehen.

Und ehrlich, wenn diese Ringe es tatsächlich den ganzen Mittelgang entlang bis auf Mias und Michaels Finger schaffen, dann fresse ich einen Besen.

Ich meine, wer hatte die Idee, auf Strümpfen in der Ahnengalerie herumzuschlittern? Rocky natürlich.

Und wer hat die ganzen Sachen vom vierten Stock auf den Boden geworfen? Auch Rocky, klar.

Aber wer hat jedes Mal den Ärger gekriegt? Nicht Rocky, nein, sondern ich, weil ich dabei war und die ganze Schuld auf mich genommen habe.

Okay, ich hätte die Vernünftigere sein und ihm sagen müssen: »Nein, halt. Das machen wir nicht. Du weißt genau, dass es verboten ist.«

Aber ich muss zugeben, dass es auch irgendwie Spaß gemacht hat (außerdem liebt Grandmère Rocky fast so sehr wie mich und findet seine »übermütigen Jungenstreiche« lustig).

Aber trotzdem, dass Rocky auch noch an dieselbe Schule geht wie ich? Das ist überhaupt kein Trost, weil ich dann wahrscheinlich noch mehr Ärger kriege.

Aber es kam noch schlimmer, obwohl ich das nie für möglich gehalten hätte.

»Ach, und deine Cousine Luisa geht auch an die RGA«, fügte Mia fröhlich hinzu. »Du hast sie ja schon beim Maßnehmen für die Brautjungfernkleider letzten Monat kennengelernt, erinnerst du dich?«

Und ob ich mich erinnerte! Als könnte ich meine Cousine Lady Luisa Ferrari je vergessen! Sie ist über drei oder vier Ecken mit mir verwandt und in meinem Alter, aber so wie sie aussieht und redet, könnte sie praktisch schon an der Highschool sein.

Vielleicht, weil Luisa zum italienischen Zweig der Familie gehört. Diese Italiener sind schreckliche Snobs. Und ich hab mich gleich mal unsterblich vor Luisa blamiert, weil ich »buon gi-jorno« gesagt habe, so wie es geschrieben wird, statt »buon dschorno«.

Aber trotzdem, ich glaube nicht, dass es besonders höflich von Luisa war, so laut darüber zu lachen. Wenn jemand neu in einem Land ist, muss man ihn freundlich aufnehmen und ihm das Gefühl geben, dass er willkommen ist, statt sich über ihn lustig zu machen – selbst wenn der Betreffende etwas Dummes sagt, weil er mit der Sprache oder Kultur nicht vertraut ist. Das ist eine der vielen Regeln, die ich in meinen Prinzessinnenstunden gelernt habe (obwohl ich auch vorher schon wusste, dass es taktlos ist, über die Fehler anderer Leute zu lachen, nicht wie eine gewisse Person, deren Namen ich hier nicht nennen will).

»Ihr habt euch doch bei der Anprobe so gut verstanden«, fuhr Mia fort. »Ich weiß noch, dass ihr die ganze Zeit gelacht habt.«

»Ha«, sagte ich schwach. »Ja, klar …«

Warum hat Mia nicht gemerkt, dass nur *eine* gelacht hat, nämlich Luisa? Und dass sie *über* mich gelacht hat und nicht *mit* mir?

Und nachdem Luisa mich wegen meiner falschen Aussprache von buon giorno (wofür ich ja nichts konnte) lange genug ausgelacht hatte, schwärmte sie die ganze Zeit nur noch von einem entfernten Cousin namens Khalil, der einer der Brautführer auf der Hochzeit ist.

Brautführer ist im Prinzip dasselbe wie Brautjungfer, nur dass es eben Jungs sind. Michael wird bei der Trauung zu Mias Prinzgemahl gekrönt, weshalb er genauso viele Brautführer braucht wie Mia Brautjungfern, damit es möglichst glamourös aussieht. Aber Michael hat offenbar nicht genug männliche Verwandte, sodass er sich ein paar von Mia ausborgen muss.

Khalil ist der Prinz eines Landes, von dem ich noch nie gehört habe und das auch kaum noch existiert, soviel ich weiß, wegen einem der zahlreichen Kriege, vor denen so viele Menschen nach Genovien geflüchtet sind. Deshalb ist Khalil Internatsschüler an der RGA und seine Eltern leben jetzt in Paris.

Ehrlich, ich habe jetzt mehr Cousins, als ich zählen kann (alle um drei oder vier Ecken, weshalb wir in Wahrheit nicht wirklich verwandt sind, aber trotzdem), und dabei hatte ich früher fast gar keine Familie!

Und alle sind irgendwie Royals.

»Prinz Khalil ist so süß – der heißeste Junge an der ganzen RGA«, hatte Luisa die ganze Zeit gesagt. »Und auch der größte, mit so irre dicken braunen Locken, wie ich es noch nie gesehen habe. Und wir beide werden natürlich das schönste Paar des Abends sein, wenn wir nach der Trauung auf dem Ball miteinander tanzen.«

»Ach, Prinz Khalil«, sagte Marguerite, eine meiner anderen Cousinen, wissend. (Marguerite will lieber Meg genannt werden, aber Grandmère sagt, Abkürzungen sind unter Royals nicht üblich.) Sie hat es Kuh-lil ausgesprochen, mit der Betonung auf lil. »Ja, der ist süß.«

»Aber er will Herpetologe werden«, sagte Victorine, eine andere Cousine. »Das ist nicht süß.«

»Iiih, ja.« Luisa schüttelte sich. »Aber das werde ich ihm schon noch ausreden.«

Keine Ahnung, was ein Herpetologe ist, und es klingt wirklich nicht besonders süß. Aber trotzdem, Prinz Khalil tut mir fast ein bisschen leid, weil Luisa ihn davon abbringen will.

»Ja, klar«, sagte Marguerite. »Meine Mutter sagt immer, wenn ein Junge erst mal in dich verliebt ist, kannst du mit ihm machen, was du willst.«

»Ja, genau.« Luisa warf ihre Haare zurück. »Sobald Prinz Khalil und ich zusammen sind, muss er alles machen, was ich sage, so viel steht fest. Er muss seine blöde Herpetologie aufgeben und jeden einzelnen Tanz auf dem Hochzeitsball mit mir tanzen. Ich sehe uns schon im Mondschein beim Springbrunnen in den königlichen Gärten. Das wird so romantisch!«

Romantisch! Ich musste mich beherrschen, um nicht laut zu würgen, als ich das hörte. Ich konnte überhaupt nichts Romantisches an Luisas Geschwätz finden, schon gar nicht die Vorstellung, mit einem Jungen am Springbrunnen in den königlichen Gärten zu tanzen!

Wenn Luisa wüsste, wie viele Leguane dort hinten in den Palmen herumhängen! Und einer davon fällt ihnen garantiert auf die Köpfe.

Ich hoffe nur, dass ich dann in der Nähe bin, denn diesen Anblick will ich mir nicht entgehen lassen!

»Diese Luisa ist mir viel zu eingebildet«, sagte Grandmère jetzt und steckte sich ein Mini-Rosinenbrötchen in den Mund. »So wie ihre Großmutter, die Baroness. Mia, weißt du eigentlich, dass Bianca Ferrari die Dreistigkeit besessen hat, mich zu fragen, ob nicht Luisa auf der Hochzeit deine Schleppe tragen könne? Sie meinte, Olivia hätte doch noch nicht genügend Erfahrung als Royal, um diese Aufgabe zu übernehmen. Und wir wollten doch sicher nicht, dass sie die ganze Familie im Fernsehen blamiert, noch dazu, wo die Hochzeit weltweit ausgestrahlt wird.«

Was? Ich erstickte fast an meinem eigenen Rosinenbrötchen. Was, in aller Welt, soll schwierig daran sein, eine Brautschleppe zu halten? Das ist doch nur ein Stück Stoff, um Himmels willen!

Außerdem habe ich inzwischen jede Menge Erfahrung damit, vor einer Kamera zu stehen! Ich mache doch seit Wochen nichts anderes, als zu lächeln und zu winken!

»Grandmère«, sagte Mia vorwurfsvoll, vielleicht weil sie mein Gesicht gesehen hatte.

»Ja, zugegeben«, fuhr Grandmère fort, »vielleicht hätte Luisa wirklich deine Schleppe getragen, wenn wir Olivia nicht gefunden hätten. Aber Luisa darf immerhin Junior-Brautjungfer sein und das müsste ihrer Großmutter genügen. Ach, und was sagst du dazu, dass diese Frau sich nicht entblödete, mich um zehn Extra-Einladungskarten für deinen Empfang zu bitten, Amelia? Wir wissen ja noch nicht mal, wie wir die *eingeladenen* Gäste unterbringen sollen, geschweige denn Bianca Ferraris ganze Sippschaft …«

»Grandmère!« Mia hatte offenbar gemerkt, wie geschockt ich aussah, denn sie fragte mich: »Bist du okay, Olivia? Du machst dir doch keine Sorgen, weil du am Montag in der neuen Schule anfangen musst?«

Oh doch! Und ich hätte eine Million Gründe dafür aufzählen können – Luisa noch nicht mal mitgerechnet!

In meiner letzter Schule in New Jersey hatte mich ein Mädchen gemobbt, das mich abgrundtief hasste, ohne jeden ersichtlichen Grund, außer dass ich das Licht der Welt erblickt hatte.

Okay, als Prinzessin. Aber trotzdem.

Und jetzt sollte ich an eine Schule voller Mädchen (und Jungs) gehen, die als Royals aufgewachsen waren und alles gelernt hatten, was man wissen musste, während ich erst seit ein paar Wochen Prinzessin war?

Ich bin ein Mensch, der voller Zuversicht in die Zukunft schaut. Eine Optimistin, wie Nishi sagen würde (nicht nur weil ich Schütze bin, sondern weil wir bei ihr zu Hause mal einen Online-Fragebogen ausgefüllt haben, der das bestätigte). Und normalerweise lasse ich mir nicht so schnell die Laune verderben.

Aber es fällt mir echt schwer, bei dem Gedanken an die neue Schule optimistisch zu bleiben, vor allem seit ich weiß, dass Luisa auch hingeht. Ehrlich gesagt befürchte ich, dass es noch schlimmer wird als an meiner alten

Schule. Jemand wie ich, der lieber zeichnet, als sich mit Sport, Computerspielen, Mode oder Tanzen zu beschäftigen, ist sowieso nie besonders beliebt.

Aber eine Prinzessin, die gerade erst Prinzessin geworden ist *und* gern zeichnet?

Also, ich weiß nicht, aber ich fürchte, ich habe eine gute Chance, als Erste in meiner Familie von der Royal Genovian Academy zu fliegen.

Trotzdem antwortete ich auf Mias Frage nur: »Nein. Es wird bestimmt super!«

Denn eine weitere Regel, an die man sich als Royal unbedingt halten muss, lautet:

- immer alles positiv nehmen, zumindest nach außen hin.

Obwohl ich im Augenblick weit davon entfernt bin, die Dinge positiv zu sehen. Das gilt für die Schule, für die Hochzeit und überhaupt alles.

Sonntag, 14. Juni

11.00 Uhr
Mein Zimmer im genovischen Palast

Morgen ist mein erster Tag an der Royal Genovian Academy – der »Prinzessinnenschule«, wie Nishi es immer noch nennt – und ich kann nicht schlafen.

Aber nicht, weil Nishi mir dauernd schreibt und mir tausend hochwichtige Fragen stellt:

- was ich auf der Hochzeit anziehen werde
  (ist nicht meine Entscheidung – die Brautjungfern tragen alle dasselbe Kleid)
- was ich mit meinen Haaren mache (Stirnband)
- ob sie einen Föhn mitbringen soll oder nicht (nein,

alle Schlafzimmer im Palast haben ein eigenes Badezimmer und natürlich gibt es dort einen Haartrockner und kleine Seifen und Fläschchen mit Shampoo und Haarfestiger aus echt genovischen Orangenblüten)

Nach der zillionsten Frage habe ich endlich mein Handy ausgeschaltet.

(Ich muss ihr irgendwie den Zeitunterschied klarmachen. Wir sind den USA in Genovien um sechs Stunden voraus. Aber ich glaube nicht, dass sie das je kapieren wird, bevor sie herkommt.)

Beim Abendessen meinte Grandmère: »Vergiss nicht, Olivia, heute Nacht wirst du deinen Schönheitsschlaf dringend brauchen. Jede Frau sollte

mindestens acht Stunden pro Nacht schlafen, damit sie morgens frisch und ausgeruht erwacht, um den neuen Tag zu bestehen!«

Aber ich kann einfach die ganze Nacht kein Auge zutun, Schönheitsschlaf hin oder her.

Und das, obwohl ich in einem Himmelbett liege, unter einem Baldachin mit einem sternfunkelnden Nachthimmel drauf und mit Schneeball neben mir, die sich gemütlich auf meinem Kissen eingerollt hat.

Auf meinem Nachttisch steht ein Tablett mit warmer Milch und Keksen, ein Gruß aus der königlichen Küche, damit ich besser einschlafen kann. Die Kekse hab ich längst aufgegessen!

Warum kann ich dann nicht einschlafen?

Vielleicht wegen Dads Antwort, als er reinkam, um mir Gute Nacht zu sagen, und ich ihn fragte – leise, damit Grandmère und Mia es nicht hörten –, ob er glaubte, dass ich morgen in der Schule Freunde finden würde?

»Ja, sicher«, sagte er ganz überrascht. »Dein Problem wird eher sein, dass du dich vor Freunden kaum retten kannst, Olivia! Du wirst so beliebt sein, dass wir deine vielen neuen Freunde gar nicht alle im Palast unterbringen können!«

Ich lachte, weil ich es für einen Scherz hielt. In den Ballsaal passen maximal fünfhundert Leute rein (das steht jedenfalls auf einem winzigen goldenen Schild an der Wand, wie es das genovische Brandschutzgesetz vorschreibt, und außerdem sind genau 500 Gäste zur Hochzeit eingeladen).

Aber es konnte schon deshalb nur ein Witz sein, weil die RGA nur 120 Schüler hat (vom Vorschul- bis zum Collegealter). Und ehrlich, wer hat schon fünfhundert Freunde im wirklichen Leben …?

Außer, man ist Prinzessin. Mia hatte mich beim Abendessen davor gewarnt.

»Also, nur damit du im Bild bist, Olivia … es kann sein, dass ein paar von deinen Mitschülern nur deshalb mit dir befreundet sein wollen, weil sie hoffen, dass sie von deinem Promi-Status profitieren«, sagte sie, als wir bei dem superleckeren »Schulanfangs«-Essen saßen, das unser Küchenpersonal netterweise für mich gezaubert hatte (mit allen meinen Lieblingsgerichten: Mini-Burger, dünne Pommes, Kokosnuss-Shrimps, Käse-Makkaroni und zum Nachtisch köstliche Eisvariatonen).

(Grandmère warf nur einen Blick darauf und wollte Bernard, den Küchenchef, sofort entlassen, weil, wie sie sagte, nichts Grünes auf dem Tisch war. Aber dann brachte er ihr einen *salade niçoise* und daraufhin hat sie ihm verziehen.)

»Aber keine Angst, du musst nur aufpassen, dass die Leute, die mit dir befreundet sein wollen, dich auch wirklich mögen und nicht nur auf deinen Titel abfahren, weil sie hoffen, dass sie über dich vielleicht tonnenweise Likes in den sozialen Medien einheimsen können oder Last-minute-Einladungen zu meiner Hochzeit und so«, sagte Mia.

Ich muss ziemlich erschrocken aus der Wäsche geguckt haben, denn sie fügte schnell hinzu: »Aber ich will dich nicht verunsichern, Olivia, bei dir ist das bestimmt nicht so … es ist nur … also, mir ist das einmal passiert.«

Gut möglich, dass dieses Gespräch nicht ganz unschuldig an meiner Schlaflosigkeit ist.

Sogar Grandmère war nicht so aufmunternd wie sonst, als sie hereinkam, um mir Gute Nacht zu sagen.

»Ich habe den kugelsicheren Wagen für deine Fahrt zur Schule morgen früh bestellt, Olivia. Um acht steht er für dich bereit. Bitte sei pünktlich, denn sobald der Fahrer dich abgesetzt hat, brauche ich ihn hier im Palast. Er muss mich zu dem Sportgeschäft in Cap-d'Ail bringen. Vielleicht finde ich dort ein Luftgewehr, denn diese Dinger sind hervorragend zur Ungezieferbekämpfung geeignet.«

Ich schoss kerzengerade im Bett hoch. Carlos! »Grandmère, nein! Bitte schieß nicht auf die Leguane. Wir finden schon eine andere Möglichkeit, wie wir sie loswerden können.«

»Auf die Leguane schießen?« Grandmère betrachtete ihr Spiegelbild in dem goldgerahmten Spiegel über meiner Ankleidekommode und rückte ihre Tiara zurecht. »Ich habe keine Ahnung, wovon du redest. Ich will sie nur ein bisschen erschrecken, damit sie sich in andere Gärten verziehen. Zu Bianca Ferrari zum Beispiel. *Wenn* jemand Leguane in seinem Swimmingpool verdient hat, dann sie!«

»Grandmère, bitte nicht. Und warum kann ich nicht zu Fuß in die Schule gehen? Die RGA ist doch gleich um die Ecke.«

»Eine Prinzessin geht nicht zu Fuß in die Schule«, schnaubte Grandmère. »So weit kommt es noch. Du fährst im kugelsicheren Mercedes mit deiner Leibwächterin Serena vor.«

»Warum?«, fragte ich neugierig.

»Nun, wenn du erst mal eine bekannte öffentliche Person bist, gibt es immer irgendwelche Leute, die dich entführen wollen. Und es ist besser, wenn man es den Entführern nicht so leicht macht, indem man ihnen die Gelegenheit dazu bietet.«

Meine Schwester (die zufällig gerade im Flur vorbeiging) sog die Luft ein und sagte: »Also wirklich, Grandmère! Du sollst ihr doch keine Angst einjagen!«

»Ich hab keine Angst«, sagte ich. »Serena hat mir ein paar Stunden in Selbstverteidigung gegeben.«

»Trotzdem.« Mia machte ein strenges Gesicht. »Das ist kein passendes Thema vor dem Schlafengehen.«

»Pah«, machte Großmutter. »In Genovien wurde schon seit Jahren niemand mehr entführt, was eigentlich schade ist, denn einige Leute wäre ich nur zu gern los, besonders in dieser Woche. Da fällt mir sofort wieder Bianca Ferrari ein.«

Mia runzelte die Stirn. »Sag Olivia jetzt Gute Nacht, Grandmère.«

»Gute Nacht, Olivia«, sagte Grandmère und ging in ihr Zimmer, wahrscheinlich um sich noch mehr Tricks auszudenken, wie sie die Leguane loswerden konnte.

Ehrlich, wie soll man einschlafen können, wenn man am nächsten Tag in eine neue Schule muss? Noch dazu in eine royale!

Aber mir bleibt wohl nichts anderes übrig, als meinem Dad zu glauben, dass ich mich vor Freunden kaum retten kann – so viele, dass sie nicht in den Palast passen. Warum auch nicht? Dad hat mich noch nie angelogen.

Also, außer natürlich, dass er mir mein ganzes bisheriges Leben lang verschwiegen hat, dass er der König von Genovien ist.

Aber das war ja eigentlich keine Lüge, denn Mom hat ihn gebeten, mir nichts davon zu sagen, weil sie mich nicht in Gefahr bringen wollte. Und letzten Endes war es ja auch die richtige Entscheidung.

Bis jetzt jedenfalls.

Montag, 15. Juni

11.25 Uhr
Royal Genovian Academy

Okay, eine positive Haltung einzunehmen fällt mir momentan extrem schwer. An der neuen Schule läuft es leider gar nicht gut.

Und dabei bin ich erst seit drei Stunden hier!

Aber ich werde Serena nicht schreiben, dass sie herkommen und mich abholen soll (sie wartet draußen im Hof und spielt mit den anderen Fahrern und Bodyguards Karten), weil sich sonst nur die Paparazzi über mich lustig machen. Eine Prinzessin, die nach drei Schulstunden um Hilfe schreit! Das kann ich echt nicht auf mir sitzen lassen.

Ich wusste sofort, dass das hier kein Honigschlecken

wird, als ich mit Mia in die Schule kam und Madame Alain, die Schulleiterin, vor ihrem Büro auf uns wartete …

… mit meiner Cousine Luisa!

Und natürlich sah Luisa *umwerfend* aus in ihrer Schuluniform (die wenigstens nicht so hässlich ist wie die an meiner alten Schule). Die jetzige ist blau und weiß, nicht weiß kariert, und die Mädchen dürfen auch Shorts tragen, wenn sie wollen (ich will, klar, noch dazu, wo die Schule gleich um die Ecke ist).

Aber trotzdem ist es eine Uniform, also nicht direkt stylish.

Aber wer sieht schon stylish in einer Uniform aus?

Kein Mensch natürlich, außer meiner Cousine Luisa.

Und das, obwohl sie sich für den Rock entschieden hat statt für die Shorts. Aber sie hat ihn gekürzt, so weit es nur geht, ohne gegen den Dresscode zu verstoßen.

»Willkommen, Prinzessin Olivia«, sagte Madame Alain, nachdem das Orchester die genovische Nationalhymne zu Ende gespielt hatte.

Ja, ehrlich. Das ganze Schulorchester war versammelt, um mich zu begrüßen! Und sobald ich hereinspazierte, stimmten sie die genovische Nationalhymne an.

Mann, war das vielleicht peinlich! Obwohl die Nationalhymne ja so ziemlich überall gespielt wird, wo ich hinkomme.

Aber in meiner neuen Schule hatte ich das nicht erwartet.

»Wir freuen uns alle sehr, Sie endlich bei uns zu haben.«

Irgendwie sprach Madame Alain das Wort »endlich« so aus, als hätte ich die ganzen letzten Wochen nur im Palast herumgefaulenzt, was überhaupt nicht stimmt!

Ich habe mit meiner Schwester in der Palastbibliothek gesessen und gelesen.

Und wenn ich keine dicken Bücher gelesen habe, musste ich wichtige öffentliche Pflichten erfüllen, zum Beispiel Kinder im Krankenhaus besuchen und Blumenarrangements für die Tische der Vor-Hochzeits-Bankette und für den Empfang aussuchen. Es ist nämlich sehr schwer, violette Blumen zu finden, die auf einem Tisch mit fünfzig Gästen (und davon gibt es bis jetzt mindestens zehn) nicht zu klein aussehen.

Aber ich bedankte mich, denn das gehört sich so für eine Prinzessin.

Madame Alain knickste und sagte: »Die Royal Genovian Academy fühlt sich sehr geehrt, Sie empfangen zu dürfen. Wie Sie sehen, unterrichten wir hier junge Royals aus aller Welt.« Sie hob eine Hand, um auf die Porträts an den Wänden zu zeigen – lauter Royals, die ihren Abschluss an der RGA gemacht hatten, alle mit einer Krone auf dem Kopf und einem Lächeln im Gesicht. »Dank der guten Ausbildung, die sie hier erhalten haben, sind sie alle fähig, ihr Land mit Stolz zu repräsentieren. Einige unserer Schüler kommen von weit her, sodass sie bei uns im Internat leben müssen, während andere, wie Sie selbst, Prinzessin, ihre Familie in der Nähe haben und also Tagesschüler sind.«

»Oh«, sagte ich und starrte die Porträts an. Manche waren so verblichen von dem ganzen grellen genovischen Sonnenlicht, das durch die Fenster hereinflutete, dass man kaum noch sehen konnte, ob es Frauen oder Männer waren. So alt waren die Bilder. »Toll.«

»Madame Alain«, sagte Mia mit einem gezwungenen Lächeln. Anscheinend fand sie diesen Auftritt genauso absurd wie ich. Und ich glaube, sie kannte Madame Alain irgendwie, auch wenn ich nicht sagen konnte, wo sie sich begegnet waren. »Danke, dass Sie Olivia noch so spät im Semester aufnehmen. Sie wird Ihnen sicher allen Grund geben, stolz auf sie zu sein, so wie wir zu Hause es sind.«

Oh nein! Das war doch viel zu offensichtlich. Ich ertappte Luisa dabei, wie sie mich unter ihren gesenkten Lidern mit einem leisen überheblichen Lächeln anstarrte. Wenn ich schon eine gleichaltrige Cousine hier in der Schule haben musste, warum dann ausgerechnet *sie*, mit ihren langen Beinen und Nägeln und dem seidigen blonden Haar?

»Oh ja, natürlich – Prinzessin Olivia wird sich an der RGA hervorragend eingewöhnen«, fuhr Madame Alain mit einem strahlenden Lächeln fort. »Und um ihr den Anfang ein wenig zu erleichtern, haben wir eine unserer besten und beliebtesten Schülerinnen, Lady Luisa Ferrari, als ihre königliche Betreuerin für die nächsten paar Tage ausgewählt. Luisa ist seit dem Kindergartenalter an der RGA und weiß alles, was es über unsere ehrwürdige Lehranstalt für Royals zu wissen gibt.«

»Ja, das ist richtig«, sagte Luisa mit einem Knicks vor meiner Schwester.

»Oh«, erwiderte Mia. »Das ist wirklich sehr nett von dir, Luisa.«

Ähm ähm ähm ähm ähm ähm ähm ähm.

»Wundervoll«, sagte Madame Alain strahlend. »Ich sehe, dass diese beiden Mädchen bereits die besten Freundinnen sind.«

Auch wenn es nicht besonders prinzessinnenhaft ist, so etwas zu schreiben oder auch nur zu denken: Madame Alain muss stockblind gewesen sein. »Hm«, sagte Mia und blickte sich um, denn die Wände hier waren zwar ziemlich dick – fast jedes Gebäude in Genovien besteht aus meterdickem Stein, weil die Altstadt im Mittelalter erbaut wurde, als Festung gegen plündernde Banden –, aber trotzdem drang lautes Geschrei aus dem Gebäude für die unteren Klassen an unsere Ohren. Rocky. Eindeutig. Ich konnte es nicht fassen. »Ich hoffe, es ist in Ordnung, wenn ich Olivia jetzt Ihren kompetenten Händen überlasse, Madame, und schnell mal …« Sie verstummte und ließ den Satz unvollendet.

»Ähm«, machte Madame Alain. Das Geschrei wurde noch lauter.

»Ja. Also, vielleicht sollte ich besser mit Ihnen kommen …«

Wie bitte? Bei der Lautstärke sollte sie vielleicht besser die Feuerwehr, die Polizei und die gesamte genovische Armee alarmieren.

Rocky hatte sich schon beim Frühstück einen größeren Wutanfall geleistet – er wollte partout keine Schuluniform anziehen, weil »angehende Paläo-Astronauten« wie er nicht in den gleichen Klamotten herumlaufen können wie andere Normalsterbliche (was irgendwie keinen Sinn macht, denn Astronauten tragen ja erst recht Uniformen. Raumanzüge nennt man das, soviel ich weiß).

Er hatte sogar seine Schuhe nach Michael geworfen (der sie aber geschickt auffing und zurückwarf, was ich sehr lustig fand, obwohl Mia ihn dafür tadelte, weil ein künftiger Prinzgemahl seinen Schwager beim Frühstück nicht mit Schuhen bewerfen darf).

Aber meiner Meinung nach hatte Rocky es verdient.

Ein Neunjähriger (selbst wenn er sich noch nicht richtig in seinem neuen Zuhause eingewöhnt hat – in diesem Fall im Palast von Genovien) muss wissen, dass man andere Leute nicht mit Schuhen bewirft. Aber es kam noch schlimmer. Helen, Rockys arme Mom, und mein Dad mussten ihn schreiend und um sich tretend (ohne seine Schuhe natürlich) in ein Auto schleppen, während Mia mich in dem kugelsicheren Wagen in die Schule brachte (den Grandmère später so dringend brauchte, um shoppen zu gehen).

Für mich war das letztendlich ein Glück. Ich war zwar noch nie von einem Elternteil in die Schule gebracht worden, aber ich wollte definitiv nicht mit meinem Dad dort auftauchen, dem ehemaligen Fürsten dieses Landes. Ich meine, peinlicher geht's wohl echt nicht!

Und obwohl ich das nie vor Dad sagen würde (ich will ja seine Gefühle nicht verletzen), mögen die Leute Prinzessin Mia sowieso viel lieber als ihn. Vielleicht weil Mia besser angezogen ist. Dad läuft in alten Anzügen mit Krawatten herum, während Mia immer schöne Kleider mit High Heels und Hüten anhat, und natürlich ihren großen Verlobungsring, den Michael ihr geschenkt hat, mit einem komplett synthetischen Diamanten, der *fair trade* und umweltfreundlich ist.

Aber Rockys Wutausbruch, der durch meterdicke Mauern zu hören war, ist noch längst nicht das Schlimmste, was bisher passiert ist.

Kaum waren Mia und Madame Alain davongestürzt, um Helen und Dad bei Rocky zu helfen, drehte Luisa sich zu mir um und sagte: »Buon gi-jorno, Olivia!«

Gi-jorno! Statt dschorno!

Das machte mich so wütend – obwohl sie ihr typisches überlegenes Luisa-Ferrari-Lächeln aufsetzte, um mir zu zeigen, dass es witzig gemeint war –, dass ich fast platzte.

»Hör mal, Luisa«, sagte ich. »Ja, stimmt, ich habe das Wort falsch ausgesprochen. Aber jeder macht mal Fehler. Und warum kannst du nicht so taktvoll sein und einfach drüber weggehen? Also können wir das jetzt bitte vergessen?«

»Ich werde es nie vergessen«, sagte Luisa mit ihrem italienischen Akzent. Sie lächelte immer noch und peitschte ihre langen blonden Haare herum. »So was Süßes hab ich noch nie gehört. Du bist überhaupt so *süß*, Olivia. Und dein Hairstyle! Wow! Trägt man das so in Amerika?«

Dann machte sie was komplett Krasses. Sie grapschte voll in mein Haar! Hier, mitten im Flur in der neuen Schule, vor dem ganzen Orchester, das immer noch damit beschäftigt war, seine Instrumente einzupacken.

»Hey!«, brüllte ich und riss meinen Kopf weg. »Was machst du da? Lass das gefälligst!«

»Wieso? Was hast du denn?«, sagte Luisa mit großen Unschuldsaugen. »Ich wollte doch nur mal deine Haare anfassen. Wahnsinn, wie sich das anfühlt. Warum bist du jetzt beleidigt?«

»Weil es unhöflich ist, in der Gegend herumzulaufen und anderen Leuten in die Haare zu grapschen.« Ehrlich, war diese Luisa verrückt, oder was? »Dir würde es doch auch nicht gefallen, wenn ich das bei dir machen würde!«

Ich streckte die Hand aus, packte ein Büschel von Luisas langem, seidigem blondem Haar und zerrte daran.

»Autsch!«, kreischte sie und riss mir ihre goldenen Haare aus der Hand. »Was soll das? Meine Zofe Fabriana hat heute Morgen eine halbe Stunde gebraucht, um mein Haar mit dem Glätteisen zu behandeln.«

»Siehst du? Jetzt weißt du, wie sich das anfühlt.«

Und die ganze Zeit starrten uns alle Orchestermitglieder an, zum Teil ältere Jungs und Mädchen, wahrscheinlich schon Oberstufler. Einige lachten sogar. Es war oberpeinlich!

»Buon gi-jorno, Olivia«, sagte Luisa, während sie ihr Telefon herausnahm, um ihre Haare in der Kamera zu checken, und dafür zu sorgen, dass alles wieder perfekt saß. »Du bist verrückt. Wir sind Cousinen. Und Cousinen können sich doch mal in die Haare fassen.«

»Aber nicht, ohne vorher zu fragen«, sagte ich. »Das ist respektlos. Und jetzt hör endlich mit deinem gi-jorno auf.«

Luisa steckte schnaubend ihr Telefon weg. »Gut, ich werde nie wieder dein Haar anfassen, Königliche Hoheit. Und jetzt sollten wir besser gehen. Monsieur Montclair wird ziemlich wütend sein, wenn wir zu spät kommen, und wenn du zehnmal die Prinzessin von Genovien bist. Ich bin die beste Tänzerin in der Klasse und deshalb können sie nicht ohne mich anfangen, weil alle anderen meine Bewegungen nachahmen.«

Ich hatte keine Ahnung, wovon sie redete – jedenfalls da noch nicht.

JETZT schon.

Denn – also, Mia hatte doch von Fechten, Kunstkursen, Selbstverteidigung und sogar Reitstunden gesprochen?

Und das war auch so.

Nur nicht eine Woche vor der königlichen Hochzeit.

Wenn nämlich eine königliche Hochzeit bevorsteht, so wie die meiner Schwester, drehen die Leute in Genovien KOMPLETT DURCH. Alle reden nur noch von der hübschen Brautprinzessin (Mia) und ihrem gut aussehenden künftigen Prinzgemahl (Michael) und dass die Hochzeit zum nationalen Feiertag erklärt wurde, damit alle ein verlängertes Wochenende haben, und was für tolle Sachen an diesem Tag geplant sind:

- eine Parade
- ein Feuerwerk
- Gratis-Champagner für alle

- Gratis-Eis für alle
- eine militärische Zeremonie (während der die Kanone auf dem Palast oben aus allen Rohren feuert)
- Gratis-Kutschfahrten durch die Altstadt
- eine nächtliche Bootsparade durch den Jachthafen, natürlich alles hell erleuchtet
- ein großer Ball
- Gedächtnismarken mit den Porträts von Mia und Michael

Aber das ist nicht der Grund, warum jeder normale Unterricht an der Royal Genovian Academy ausfällt. Nein, die 120 Schüler haben frei, damit sie sich auf die Proben für »Alle Straßen führen nach Genovien« konzentrieren können. So heißt das berühmteste Volkslied von Genovien, das wir Prinzessin Mia und ihrem künftigen Prinzgemahl Michael vorsingen und -tanzen werden, wenn sie am Freitag einen Zwischenstopp in unserer Schule einlegen, *einen Tag vor ihrer Hochzeit*!

Als ob das nicht schon schlimm genug wäre, müssen wir bei diesem Auftritt auch noch die Nationaltracht von Genovien tragen. Das heißt, wir Mädchen müssen ein »Dirndl« anziehen, so ein Kleid mit einem steifen, weiten Rock und einem engen schwarzen Mieder!

Kein Wunder, dass Rocky so laut geschrien hat.

Madame Alain (die in die sechste Klasse zurückgestürzt kam, nachdem sie Rocky »zur Vernunft gebracht«

hatten) sagte, ohne auf meinen entsetzten Blick zu achten: »Wir tragen das Lied ›Alle Straßen führen nach Genovien‹ als Hochzeitsgeschenk der RGA für Ihre Schwester und ihren künftigen Prinzgemahl vor! Wir proben schon seit einer ganzen Woche! Aber natürlich dürfen Sie ihr das nicht erzählen. Das soll eine Überraschung sein!«

Oh, Mia wird Bauklötzchen staunen, klar.

»Und wenn Sie mitsingen, Hoheit«, fuhr Madame Alain fort, »ist das zweifellos das Sahnehäubchen auf der Hochzeitstorte!«

Das Sahnehäubchen auf der Hochzeitstorte? Von wegen! Eher schon die modrigen Steinbrocken am Grund einer Schlammpastete!

Ich weiß, dass es unhöflich von einer Prinzessin ist, Menschen zu korrigieren, die älter sind als sie selbst, sodass ich nicht direkt zu ihr sagen konnte: »Ähm, Madame Alain, es tut mir leid, aber meine Schwester und Michael können unmöglich am Freitag hierherkommen, *einen* Tag vor ihrer Hochzeit, nur weil wir ihnen ein hirnrissiges Volkslied in total bescheuerten Kostümen vorsingen. Ich kenne nämlich ihren Terminplan, und glauben Sie mir, die beiden haben echt Wichtigeres zu tun. Erstens ist an diesem Tag die Generalprobe für die Hochzeit – ich bin übrigens auch dabei, genau wie Luisa und Rocky, weil wir natürlich auf der Hochzeit sind! Und zweitens treffen dann schon alle auswärtigen Gäste ein, zum Beispiel der Präsident der Vereinigten Staaten, das Königspaar von

Bhutan und die Königin von England, um nur ein paar wenige zu nennen! Außerdem ist es der Tag, an dem das Vor-Hochzeitsdinner stattfindet, das wir vorbereiten und an dem wir teilnehmen müssen, und außerdem müssen Grandmère und ich die Kleider, die Blumenarrangements, das Essen und die Sitzordnung ein letztes Mal prüfen UND Mia und Michael müssen für ihre Flitterwochen auf den griechischen Inseln packen, die sie mit ihrer königlichen Jacht anfahren! Und deshalb – obwohl es natürlich eine sehr nette Idee ist und alles – wird meine Schwester untröstlich sein, aber sie kann diese Einladung auf GAR KEINEN Fall annehmen.

Aber leider brachte ich kein Wort heraus, weil Madame Alain (und alle Schüler in der Klasse) so glücklich und stolz auf ihre tolle Überraschung waren. Ich konnte ihnen doch nicht die Freude verderben.

Also lächelte ich nur und sagte: »Oh, das ist wirklich nett. Aber, ähm, vielleicht fragen Sie noch mal im Palast nach, ob die Vorführung mit dem Terminplan meiner Schwester …«

»Oh, das habe ich schon«, sagte Madame Alain. »Ich habe sogar mit Prinz Philippe persönlich gesprochen. Und sein Büro hat mich informiert, dass alles arrangiert ist.«

Prinz Philippe? Mein Dad?

Ich liebe meinen Dad und er ist ein wunderbarer Mensch, aber leider ist er nicht gerade ein Organisationsgenie. Und momentan kriegt er sowieso nichts mit, weil er voll mit seiner Arbeit am Sommerpalast beschäftigt ist und sich dauernd das Gemecker von Helen Thermopolis, Mias Mutter, anhören muss, wie grauenhaft sie das cremefarbene Brautmutterkleid findet (und ein bisschen Lila könnte dem Kleid ja auch wirklich nicht schaden).

Die einzigen Pflichten eines Brautvaters sind laut Grandmère:

- sein großer Auftritt, wenn er die Braut zum Traualtar führt
- eine schöne Rede beim Empfang halten
- den Ball mit seiner Tochter eröffnen
- alles bezahlen
- der Mutter der Braut sein Taschentuch leihen, wenn sie zu schluchzen anfängt.

Dad hat also garantiert *keine Ahnung*, dass sein Büro einen Besuch meiner Schwester und ihres künftigen Prinzgemahls im RGA vereinbart hat, *am Tag vor ihrer Hochzeit.*

Aber ich sagte nur: »Oh, gut«, mit einem strahlenden, falschen Lächeln im Gesicht.

Madame Alain lächelte erfreut und sagte: »Ich bin froh, dass Sie das so sehen, Königliche Hoheit! Und jetzt nehmen Sie bitte Platz. Wir haben einen ganz besonderen neuen Tisch für Sie aufgestellt.«

Ich ging zu dem »ganz besonderen Tisch«, den sie für

mich aufgestellt hatten (und der rundum mit meinem Namen verziert war: Ihre Königliche Hoheit, Prinzessin Olivia). Aber dann sah ich, dass er direkt zwischen Luisas Tisch und den Tisch von Luisas Schwarm, Prinz Khalil, gequetscht war.

Luisa schien das auch nicht witzig zu finden. Sie ließ sich auf ihren Platz fallen, riss ihr Handy heraus und tippte wütend darauf herum.

Keine Ahnung, wem sie schrieb (ihrer Mom vielleicht, um sich zu beschweren?), aber es war jedenfalls nicht Prinz Khalil. Der hing nämlich nicht an seinem Smartphone, sondern las ein Buch über Schlangen.

Okay, als künftige Wildtier-Illustratorin müsste ich alle Tiere gut finden. Aber Schlangen? Mit Schlangen geht es mir so ähnlich wie mit Leguanen (außer Carlos natürlich): nein danke.

Khalil sagte Hallo zu mir, aber das war's auch schon. Er schenkte mir nicht mal ein Lächeln, was ich nicht sehr nett fand, wenn man bedenkt, dass er

A. mein Cousin ist, wenn auch über drei oder vier Ecken,
B. und außerdem ein Prinz
C. und ein menschliches Wesen.

Vielleicht befürchtet er, dass Luisa noch wütender wird, wenn er mit mir redet? An Khalils Stelle hätte ich wahrscheinlich auch Angst vor Luisa. Obwohl er ja gar nicht wissen kann, was sie am Samstag mit ihm vorhat und dass er mit ihr im Mondschein am Springbrunnen tanzen muss.

Aber damit nicht genug: Meine anderen Cousinen um drei oder vier Ecken – Marguerite und Victorine – sind auch in dieser Klasse (in Röcken, so wie Luisa, und nicht in Shorts. Ich bin die EINZIGE in der Klasse, die Shorts anhat). Sie schauen dauernd zu mir her und tuscheln und lachen miteinander.

Na toll.

Dann lässt uns Madame Pinchot, die Gesangslehrerin, aufstehen, um das Lied zu proben.

(Das heißt, ups, mich nicht. Sie ist sauer, weil ich den Text von »Alle Straßen führen nach Genovien« nicht kenne, was offenbar neben der Nationalhymne das berühmteste Lied im ganzen Land ist.)

Ich würde am liebsten die Hand heben und sagen: »Also, tut mir leid, Madame Pinchot, aber ich bin erst seit einem Monat hier. Und ehrlich gesagt, der künftige Prinzgemahl kennt den Text bestimmt auch nicht und ihm wäre ein Star-Wars-Kalender oder Star-Wars-Socken oder sonst irgendwas von Star Wars als Hochzeitsgeschenk sowieso viel lieber, weil er nämlich der totale Star-Wars-Fan ist.«

Aber das geht natürlich nicht.

Außerdem weiß ich gar nicht, was meine Schwester gern als Hochzeitsgeschenk hätte (außer Spenden für ihre Lieblings-Charity-Projekte), weil sie im Prinzip ja alles hat. Vielleicht einen Schokoriegel, weil sie mir mal erzählt hat, dass die Zwillinge sie die ganze Zeit so hungrig machen, besonders auf Schokolade, aber sie hat Angst, dass ihr Brautkleid zu eng wird, wenn sie zu viel davon isst, und dann kriegt Sebastiano, der berühmte Modedesigner, der das Kleid entworfen hat (und auch alle Brautjungfernkleider), einen hysterischen Anfall. Er ist übrigens auch ein Cousin von uns, vom italienischen Zweig der Familie, und er ist zwar sehr, sehr talentiert, aber auch wahnsinnig theatralisch.

Ich entschuldigte mich bei Madame Pinchot dafür, dass ich den Text von »Alle Straßen führen nach Genovien« nicht auswendig konnte, und sagte: »Aber ich werde ihn so schnell wie möglich lernen, Madame.«

Sie gab mir ein Blatt mit dem Text, damit ich ihn mir einprägen konnte, was zum Glück nicht schwerfiel, so einfach gestrickt wie das Lied war.

»All Roads Lead to Genovia«
(Verfasser unbekannt)

I've traveled far
So far have I roamed
But Genovia
Will always be home

Land of green palms
And ocean so blue
No other land
Can compare to you

No matter how far
I happen to roam
To Genovia
I'll always come home

Genovia, Genovia
Land of green and blue
Genovia, Genovia
All roads lead to you.

Und das Ganze müssen wir auch noch siebenmal wiederholen.

Schlimmer kann es jetzt echt nicht mehr kommen, oder?

Montag, 15. Juni

13.35 Uhr

Royal Genovian Academy

Aber das war leider ein Irrtum. Es kam trotzdem noch schlimmer. Viel, viel schlimmer.

Ich muss dieses blöde Lied nicht nur auswendig lernen (okay, ich weiß, es gehört sich nicht, so über das älteste und bekannteste Lied dieses Landes zu sprechen, das ich vielleicht eines Tages regieren werde), sondern auch noch mit einem blöden PRINZEN tanzen!

Nicht dass ich was gegen Prinzen hätte, ehrlich nicht. Ich kenne sehr nette Prinzen. Mein Dad ist ja auch ein Prinz und er ist super (wenn er nicht gerade herumbrüllt, warum zum Teufel es so lange dauert, die Fundamente im Sommerpalast zu erneuern).

Michael ist noch kein Prinz, aber ich glaube, er wird ein sehr schöner sein (nach seiner Krönung auf der Hochzeit), auch wenn er nur den Titel »Prinzgemahl« trägt.

Prinzgemahl nennt man den Ehemann einer regierenden Landesfürstin, der nicht in der Thronfolge berücksichtigt wird. Ein Prinzgemahl muss nicht zum High Tea erscheinen und keine Regierungsentscheidungen treffen und er trägt auch keine Krone. Er muss nur gut auf Fotos aussehen und seine Frau mit aufmunternden Worten unterstützen, zum Beispiel: »Mach dir keine Sorgen, alles wird gut.«

Aber der Prinz, der mir heute in der Schule als Tanzpartner zugewiesen wurde? Er ist ein richtiger Prinz und er ist so was von *nicht* nett! Was, ehrlich gesagt, noch stark untertrieben ist.

Okay, ich weiß, man soll nicht über andere Leute urteilen, wenn man nicht mindestens einen Tag lang in ihrer Haut gesteckt hat.

Aber Prinz Gunther ist echt der Horror.

Kein Wunder, dass er als Einziger in der Klasse noch keine Tanzpartnerin hatte. Um nur mal ein paar Gründe zu nennen:

Dieser sogenannte Royal

- läuft in Badelatschen mit Kniestrümpfen und Shorts in der Schule herum
- bohrt in der Nase und wirft seinen Popel auf

Monsieur Montclair, wenn der gerade nicht herschaut, und dann lacht er sich schlapp
- macht bei jeder Gelegenheit Furzgeräusche mit dem Mund
- gibt dauernd mit seinen »Ballermännern« an (so nennt er seine Muskeln)
- hat grüne Haare, die aber nicht grün gefärbt sind, was cool wäre, sondern nur vom vielen Schwimmen im RGA-Pool so schimmlig grün geworden sind
- prahlt herum, was für ein toller Schwimm-Champion er ist und dass er an der nächsten Olympiade teilnimmt.

Aber das kann ich mir echt nicht vorstellen. Ich meine, sein Land – Österreich – legt doch sicher keinen Wert darauf, von einem grünhaarigen Popelwerfer bei den Olympischen Spielen vertreten zu werden – selbst wenn er ein Prinz ist.

Denn Prinz Gunther hat tatsächlich gigantische Schultern und Armmuskeln vom vielen Schwimmen. Und wenn ich seinen Arm nehmen muss, an der Stelle, wo »der genovische Herr mit seiner genovischen Dame« in der Altstadt »promeniert«, lässt er seine Bizepse unter meinen Fingern spielen.

Das ist nicht nur krass, es schneidet mir praktisch den Blutkreislauf ab, weil Prinz Gunther meine Hand ganz fest an seine Seite quetscht.

Ich würde mich ja bei Mademoiselle Justine, unserer Tanzlehrerin, beschweren, aber ich bin mir nicht sicher, ob Prinz Gunther das absichtlich macht, um mit seinen Muskeln anzugeben, oder ob das bei Jungs einfach so ist. Ich habe nicht viel Erfahrung mit Jungs, außer mit Rocky und der ist erst neun.

Aber irgendwann war ich so angewidert, dass ich mich einfach von Prinz Gunther losriss und zu den Mädchen auf der anderen Seite des Raums stellte. Nach jedem Tanz gingen die Jungen und Mädchen auseinander und blieben auf ihrer Seite des Saals. Keine Ahnung, warum. Wir machten es einfach so.

»Buon gi-jorno, Olivia«, sagte Luisa, als sie mein Gesicht sah. »Stimmt was nicht?«

Es machte mir schon gar nichts mehr aus, dass sie mich mit ihrem »gi-jorno« aufzog, weil ich so genervt von dem Tanz mit Gunther war. In diesem Moment war mir sogar Luisas Gesellschaft lieber.

»Prinz Gunther lässt immer seine Muskeln spielen, wenn wir promenieren«, flüsterte ich und zeigte es ihr.

»Iiiiiih!«, kreischte Luisa. »Ist das krass!«

Natürlich hörten die anderen Mädchen das auch und umringten uns, weil sie wissen wollten, was los war. Sogar die schüchterne Komiko, die einzige andere Prinzessin in der Klasse außer mir, die nie mit jemand redete.

Ich hätte wissen müssen, dass Luisa nichts für sich behalten kann. Prinz Gunther wird jetzt von allen nur noch

»der Muskelprotz« genannt, was mir total peinlich ist. Ich bin schließlich die Prinzessin von Genovien und sollte den anderen ein gutes Beispiel geben, statt über meine Mitschüler herzuziehen.

»Vielleicht macht er es gar nicht absichtlich«, ruderte ich zurück.

»Und ob er das absichtlich macht«, sagte Luisa, die sich für die Expertin hält, was Jungs betrifft. »Er ist halt kein Prinz Khalil. Prinz Khalil würde so was nie machen. Er ist der perfekte Gentleman ... ich meine, abgesehen von seinen ekligen Schlangenbüchern, die er dauernd liest.«

Bei dem Wort »Schlangenbücher« knirschte sie förmlich mit den Zähnen und starrte auf die andere Seite des Raums. Und sie hat recht: Zwischen den Tanzproben setzt sich Prinz Khalil immer an seinen Schreibtisch und liest in seinem Schlangenbuch.

Ich habe ihn bisher kein einziges Mal mit Luisa sprechen hören – außer um sich zu entschuldigen, wenn er ihr auf die Zehen getreten ist, denn Prinz Khalil ist natürlich Luisas Tanzpartner – und das muss ziemlich frustrierend für sie sein, wo sie ihn doch als ihren künftigen Freund betrachtet.

»Na gut«, sagte Luisa und schleuderte ihre langen Haare zurück. »Auf jeden Fall wird er es nicht wagen, dieses Buch auf die Hochzeit mitzubringen.«

»Nein, auf keinen Fall«, sagte Marguerite mitfühlend und tätschelte ihr die Schulter. »Obwohl er es natürlich auf sein Smartphone runterladen könnte.«

Luisa starrte sie entsetzt an. »Das kann er doch nicht machen!«

»Ach, das weiß man nie«, sagte Victorine. »Dem Muskelprotz würde ich so was jederzeit zutrauen. Er sitzt neben mir und er macht die ganze Zeit so unanständige Zeichnungen von Madame Alain, mit einem riesigen ...« Sie zeigte auf ihren Hintern. »Na, ihr wisst schon.«

Ich war schockiert. Die anderen Mädchen kicherten, sogar Komiko, die so schüchtern ist, dass sie kaum mal ein Lächeln zustande bringt.

»Vielleicht kann er einfach nicht zeichnen«, wandte ich ein. »Ich zeichne auch gern, aber manchmal kriegt man das, was einem vorschwebt, einfach nicht richtig hin. Vielleicht ist der Muskelprotz nur nicht besonders geschickt und deshalb sieht es so aus, als würde er Madame Alain mit einem riesigen … also, ihr wisst schon was … zeichnen.«

»*Gi-jorno*, Olivia«, sagte Luisa mit einem herablassenden Grinsen. »Du bist vielleicht naiv! Natürlich zeichnet er sie absichtlich so. Die Jungs in dieser Klasse sind alle so kindisch. Na ja, außer Prinz Khalil natürlich. Er ist einfach perfekt.«

Ich bin jetzt erst ein paar Stunden hier und kann es kaum noch mit anhören, wie sie von ihrem tollen Prinz Khalil schwärmt. Ehrlich, ich bin schon ganz erschöpft davon.

»Aber wenn es stimmt, dass Prinz Gunther so fiese Zeichnungen macht«, sagte ich, »dann müssen wir das jemand sagen. Das ist doch kein Benehmen für einen Royal … und nett ist es schon gar nicht.«

»Aber ein Royal petzt nicht.« Prinzessin Komiko hatte doch tatsächlich mal was gesagt!

Darüber musste ich erst mal nachdenken. »Also, ich glaube, manchmal ist Petzen vielleicht besser, als nichts zu sagen. Wenn zum Beispiel jemand verletzt werden könnte. Und es ist nicht okay, über die Lehrer zu lachen. Das könnte ihre Gefühle verletzen.«

Luisa blinzelte mich mit ihren großen blauen Augen an. »Aber wenn wir Prinz Gunther verpetzen, fliegt er aus der Schule und dann hast du keinen Tanzpartner bei der Aufführung, Olivia.«

»Das ist okay für mich«, sagte ich. »Dieses Opfer kann ich bringen. Ich hab am Freitag sowieso jede Menge zu tun.«

»Nein, Luisa hat recht«, sagte Marguerite. »Wir brauchen dich, Hoheit. Dich und deinen hinreißenden kleinen Bruder.«

»Na jaaa«, sagte Luisa gedehnt. »Ich weiß nicht, ob wir sie brauchen ... und falls du Rocky meinst, Marguerite, der ist doch gar nicht ihr richtiger Bruder. Er ist Prinzessin Mias Stiefbruder mütterlicherseits, nicht väterlicherseits. Streng genommen dürfte er gar nicht an diese Schule gehen.«

»Hey«, sagte ich wütend. »Rocky gehört genauso hierher wie alle anderen.«

Luisas Augen wurden schmal. »Nein, tut er nicht. Die RGA ist eine Schule für Royals und Rocky ist definitiv keiner.«

Ich konnte es nicht fassen, wie versnobt diese Luisa war. »Wieso das denn? Er lebt im Palast mit der königlichen Familie!«

Victorine und Marguerite lenkten ein, weil dieses Argument sie offenbar überzeugte. »Also, da hat sie recht, Luisa«, sagte Victorine. »Das ist wirklich so.«

»Oh ja, natürlich.« Luisa lachte. »War doch nur ein Witz. Sei nicht so empfindlich, Prinzessin Olivia.«

Grandmère hatte mir gesagt, dass es sich für einen Royal nicht gehört, etwas Gemeines zu sagen und dann den anderen »empfindlich« zu nennen, wenn er gekränkt ist. Glaube ich zumindest.

Aber bevor ich das Luisa klarmachen konnte, klatschte Mademoiselle Justine, die Tanzlehrerin, in die Hände und wir mussten an unsere Plätze zurück.

Ein paar Sekunden später zerquetschte Gunther mir wieder die Finger, was aber auch schon egal war, weil ich sowieso keinen Schritt richtig hinbekam. Ich bin definitiv die schlechteste Tänzerin in der Klasse. Ich glaube, Mademoiselle Justine war den Tränen nahe.

»Bitte«, sagte sie zu mir. »Gehen Sie nach der Schule direkt nach Hause, Hoheit, und üben Sie. Ihre Beinarbeit, Ihre Armhaltung … alles. Einfach alles …«

»Ja, bestimmt«, versprach ich.

Dabei wollte ich nur noch eins: nach Hause flüchten und weinen. Vorzugsweise in einem schönen warmen Schaumbad.

Montag, den 15. Juni

20.15 Uhr

Königlich-Genovisches Schlafzimmer

Als ich heute von der Schule nach Hause kam, klopfte ich als Erstes an Dads Bürotür (nachdem ich Schneeball hochgenommen hatte, die wie eine Irre zu der Limousine gerannt kam, um mich zu begrüßen, und mir das ganze Gesicht ableckte).

»WER IST DA?«, brüllte Dad. »ICH HABE DOCH GESAGT, DASS ICH NICHT GESTÖRT WERDEN WILL!«

Ich ging mit Schneeball hinein und fand Dad an seinem riesigen Schreibtisch vor, der über und über mit Blaupausen und Millionen anderer Papiere bedeckt war. Er hatte seine Lesebrille auf seinen Glatzkopf hochgestreift und seine Füße ruhten auf einem ausgestopften Bären, den Großvater auf einer königlichen Jagd erlegt hatte, lange bevor ich auf der Welt war. Ich habe den Bär Annabelle getauft, weil er einem Mädchen namens Annabelle ähnlich sieht, mit der ich mal in die Schule gegangen bin.

»Was das kostet, ist mir egal«, brüllte Dad in sein Handy. »Hauptsache, es wird endlich gemacht. Und zwar umgehend, haben Sie mich verstanden?« Dann sah er mich und er sagte in völlig verändertem Ton: »Oh hallo, Olivia, mein Schatz. Wie war die Schule heute?«

»Super«, log ich, weil ich ihm nicht noch mehr Stress machen wollte. »Dad, stimmt es, dass dein Büro einen Termin für Mia und Michael an meiner Schule ausgemacht hat – für Freitag, dem Tag vor der Hochzeit?«

»Ich glaube, ja. Diese Frau an deiner Schule sagte etwas von einer Aufführung, die ihr geplant habt und die Mia gern sehen würde. Warum, ist das ein Problem?«

»Nein, wahrscheinlich nicht«, sagte ich schulterzuckend. »Ich meine, vielleicht ist es ja okay. Aber ich denke, Mia und Michael haben jede Menge wichtigere Dinge zu erledigen.«

»Zum Beispiel?«, fragte Dad und fummelte an dem Laptop auf seinem Schreibtisch herum.

»Ähm«, sagte ich. »Ich weiß nicht. Die Gäste begrüßen. Für ihre Flitterwochen packen. Die Hochzeit proben. So was in der Art.«

»Ach, Schatz«, sagte Dad. »Wir haben genügend Personal, das diese Aufgaben für sie erledigen kann. Also, jedenfalls das meiste davon.«

»Oh«, sagte ich. »Okay. Dann bis nachher beim Abendessen. Und viel Glück beim Anschreien.«

»Danke, Süße.« Er redete wieder in sein Telefon. »Nein, nicht in zwei Jahren, zwei Monate. Ich will, dass das in zwei Monaten erledigt ist. Wissen Sie eigentlich, wer ich bin?«

Hmmmm. Wahrscheinlich sollte ich Mia – oder wenigstens Grandmère – sagen, was vorging.

Aber dann sah ich Madame Alains strahlendes Gesicht vor mir, als sie mir gesagt hatte, dass die Aufführung ein Hochzeitsgeschenk der Schule sein sollte.

Warum sollte ich ihnen die Freude verderben? Sie hatten so hart dafür gearbeitet.

Und außerdem hatte Komiko gesagt, ein Royal petzt nicht (höchstens, wenn jemand dadurch zu Schaden kommen könnte).

Und davon konnte in diesem Fall wohl kaum die Rede sein, abgesehen von meinen Fingern, und die würden es sicher überleben.

Also sagte ich heute Abend beim Essen, als ich gefragt wurde, wie es in der Schule war, nur: »Super!«

Niemand wollte nähere Einzelheiten wissen, weil alle viel zu sehr mit Rocky beschäftigt waren. Vielleicht würde doch noch jemand bei der Aufführung zu Schaden kommen – nämlich er. Ich hatte die Lederhose komplett vergessen. Und ich konnte mir gut vorstellen, was ein Neunjähriger aus New York davon hielt, eine Lederhose anzuziehen, selbst wenn es ein Überraschungsgeschenk für seine Schwester sein sollte.

Aber Rocky verlor kein Wort darüber. Er behielt das Schulgeheimnis für sich. Stattdessen drohte er damit, ein Raumschiff zu bauen, das von seinen eigenen Fürzen angetrieben wurde und mit dem er zum Mond fliegen wollte, um bei den Dinosauriern zu leben.

Dann stürmte er die Treppe hinauf in sein Zimmer und knallte die Tür hinter sich zu.

»Ach du liebe Güte«, hörte ich Mia zu ihrer Mom sagen. »Rocky hatte wohl keinen besonders guten Tag in der Schule.«

Na klar, wie denn auch? Er musste auch den ganzen Tag »mit einer Dame promenieren« und dabei das tolle Lied singen, dass alle Straßen nach Genovien führen, dem Land der grünen Palmen und des azurblauen Meers.

Mias Mom fragte mich besorgt, ob ich wüsste, was mit ihm los war, aber ich antwortete nur: »Nein, keine Ahnung. Soll ich mal zu ihm hochgehen und nach ihm sehen?«

»Oh ja, bitte! Würdest du das tun?« Helena lächelte erleichtert. »Ich weiß, du hattest auch einen langen Tag und deshalb wollte ich dich nicht fragen, aber auf dich hört Rocky vielleicht. Du bist für ihn die Größte.« Das war mir neu. Normalerweise sorgte Rocky nur dafür, dass ich Ärger bekam.

»Ja, klar«, sagte ich. »Kein Problem.«

Und dann ging ich zu ihm.

Rockys Zimmer ist fast so schön wie meines, aber statt Vögeln und Wolken hat er Jagdszenen und Segelschiffe an der Decke und den Wänden und sein Bett hat keinen Baldachin.

Aber Rocky verbringt sowieso nicht viel Zeit im Bett. Er sitzt lieber in dem großen Karton, den er als Raumschiff angemalt hat. Dort fand ich ihn, als ich hereinkam.

»Rocky, ich weiß, dass du sauer bist«, sagte ich und kniete mich neben den Karton, während Schneeball daran herumschnüffelte. »Das Lied ist auch wirklich bescheuert. Und der Tanz genauso. Aber wir machen es ja für Mia und Michael, also ist es wenigstens für einen guten Zweck.«

»Du hast gut reden.« Er drückte auf ein paar blinde Knöpfe, die er in das Cockpit seines Raumschiffs nach nirgendwo gemalt hatte. »Du musst ja auch keine Latzshorts tragen.«

»Ja, aber ich muss mit Prinz Gunther tanzen. Das ist noch viel schlimmer. Er bewirft die Lehrer mit Nasenpopeln und furzt mit dem Mund.«

Rocky starrte mich beeindruckt an. »Das klingt toll.«

»Ist es aber nicht. Ich würde Prinz Gunther jederzeit gegen eine Lederhose eintauschen.«

»Hör mal, wir könnten doch zusammen weglaufen«, schlug Rocky vor. »Steig ein. Ich bring dich zum Mond.«

Das mit dem Mond war natürlich nicht ernst gemeint, aber ich hatte das dumpfe Gefühl, dass er allen Ernstes abhauen wollte. Rockys Eingewöhnungsprozess in Genovien war ziemlich steinig, so wie sein Name.

Vielleicht konnte ich ihm ja helfen, ein bisschen besser mit der ganzen Sache klarzukommen.

Also sagte ich: »Okay, dann hauen wir halt eine Weile zum Mond ab, aber nur wenn du Tanzen mit mir übst, wenn wir zurück sind. Mademoiselle Justine findet nämlich, dass ich grottenschlecht bin und noch jede Menge dran arbeiten muss. Und wir können nicht für immer auf dem Mond bleiben, Rocky, weil man vor Problemen nicht davonlaufen kann. Man muss sich ihnen stellen, sonst löst man sie nie.«

Rocky dachte darüber nach. »Okay. Steig ein.«

Also stieg ich mit Schneeball hinter ihm in das gemalte Raumschiff ein (nachdem er mir versprochen hatte, dass er uns nicht anfurzen würde).

Wenn man kleine Geschwister hat, muss man sich manchmal auf solche Spiele einlassen. Und erst recht als Tante – da bin ich wahrscheinlich die ganze Zeit im Einsatz. Vielleicht muss ich sogar Windeln wechseln, was echt schlimm ist (obwohl die Zwillinge eine Nanny bekommen, sagt Mia. Michael würde gern eine Roboter-Nanny bauen, aber Mia hat es ihm verboten).

Wir landeten auf dem Mond und ich ließ mich von einem Velociraptor auffressen, damit Rocky mich retten konnte – obwohl es gar keine Velociraptoren auf dem Mond gibt, und selbst wenn, würde ich Schneeball und mich schon selber retten.

Danach war Rocky gleich viel besser gelaunt, und als wir zum Abendessen hinuntergingen, verkündete er vor allen Leuten am Tisch, dass die RGA gar nicht so schlecht sei und dass er am nächsten Tag wieder hingehen würde.

Rocky war nicht der Einzige, der erleichtert wirkte. Seine Mom war so glücklich, dass sie mir über den sechs Meter langen Tisch zuflüsterte: »Vielen, vielen Dank«, und selbst von Weitem konnte ich sehen, dass sie Tränen in den Augen hatte.

Dad fand es natürlich auch gut, dass Rocky plötzlich wie umgewandelt war, und wir durften nach dem Abendessen draußen spielen, statt wie sonst »Familienzeit« mit ihm und allen Gästen zu verbringen (was, ehrlich gesagt, ganz schön langweilig ist, obwohl ich das nicht sagen sollte, ich weiß).

Michael lobte mich über den grünen Klee, Grandmère sagte: »Nun, vielleicht wissen sie an eurer Schule doch ein bisschen mehr über die Erziehung von Royals als ich, obwohl ich es bezweifle.« Selbst Mia umarmte mich ganz fest und gab mir einen Kuss, bevor ich ins Bett ging.

»Olivia, du bist die Beste«, flüsterte sie mir zu. »Was, in aller Welt, hast du Rocky gesagt, dass er jetzt plötzlich doch in die Schule will?«

Ich zuckte mit den Schultern und sagte, ich hätte keine Ahnung. Notlügen sind okay, solange man keinem damit schadet.

»Na gut, wie immer du das hingekriegt hast, sorg bitte dafür, dass es anhält. Du hast mir eine große Last von den Schultern genommen.«

Vielleicht könnte das mein Hochzeitsgeschenk für Mia sein: ihr ein paar Sorgen abnehmen.

Mir bleibt sowieso nichts anderes übrig, weil ich nämlich kein Geld habe, um ihr etwas zu kaufen. Ich habe ganz zu fragen vergessen, ob man als Prinzessin Taschengeld bekommt.

Dienstag, 16. Juni

2.17 Uhr

Königlich-Genovisches Schlafzimmer

<NishiGirl

OlivGrace>

Wie war dein erster Tag an der Prinzessinnenschule?

Nishi, es ist 2 Uhr morgens!

Ups, ich vergesse immer die Zeitverschiebung! Sorry! Also, wie war's?

<NishiGirl OlivGrace>

Ich hab dir doch gesagt, dass es nur eine gewöhnliche Schule ist! Mit Mädchen UND Jungs. Ich sitze neben einem Jungen.

Echt? Ist er ein Prinz?

Also ja, schon. Aber das ist nicht der Punkt.

Wie heißt er?

Khalil.

Oooooh, was für ein toller Name! Hat er mit dir geredet?

Nicht wirklich. Eigentlich nur Hallo. Nishi, ich muss jetzt echt schlafen. Meine Großmutter sagt, eine Frau braucht 8 Stunden Schlaf, um frisch und ausgeruht zu sein und gut auszusehen.

Sorry. Bin halt so aufgeregt, dass ich bald zu dir komme! Nur noch zwei Tage! Also, ist der Prinz nett? Und lerne ich ihn kennen?

<NishiGirl OlivGrace>

Ich weiß nicht. Er redet ja kaum mit mir. Aber ich glaub schon, dass du ihn kennenlernst. Er ist einer von Michaels Brautführern. Und mein Cousin.

Oh nein! Dann kannst du ihn ja gar nicht heiraten!

Hmpf. Warum soll ich ihn heiraten? Was ich übrigens könnte, wenn ich wollte. Wir sind nur um drei oder vier Ecken verwandt.

Na, dann ist ja gut. Waren nette Mädchen dort?

In der Schule? Eine, glaub ich. Komiko. Aber sie redet auch kaum mit mir. Sie ist extrem schüchtern.

Vielleicht kannst du sie aus ihrem Schneckenhaus locken!

Werd's versuchen.

<NishiGirl OlivGrace>

Welchem Disney-Prinz sieht Khalil am ähnlichsten? Wähl einen aus:
· der Prinz von Schneewittchen
· der Prinz von Aschenputtel
· Prinz Philip in Dornröschen
· Prinz Eric in Die kleine Meerjungfrau
· Prinz Adam in Die Schöne und das Biest
· Aladdin
· Prinz Naveen in Froschkönig
· Prinz Kristoff in Die Eiskönigin (weil der nämlich volle Kanne Anna heiratet und dann Prinzgemahl wird, so wie Michael, der Verlobte deiner Schwester)

Nishi, ich will dir nicht deine Illusionen nehmen, aber Disney-Prinzen haben nichts mit der Realität zu tun. Im wirklichen Leben popeln Prinzen in der Nase.

OMG!!!! Prinz Khalil popelt in der Nase?

Nein! Aber Prinz Gunther.

WAS? DU SITZT NEBEN ZWEI PRINZEN???

<NishiGirl OlivGrace>

Nein. Nur neben einem. Mit dem anderen tanze ich.

Du tanzt mit einem Prinzen?

Also, tanzen kann man das eigentlich nicht nennen. Aber ich muss. Er ist echt krass. Und ich heirate ihn auch nicht!

Wie kann er krass sein, wenn er ein Prinz ist? Ist er nicht reich?

Ja, schon, aber nur weil jemand reich ist, muss er doch nicht toll sein. Das weißt du doch! Prinz Gunther hat grüne Haare und zerquetscht mir fast die Finger beim Tanzen.

Aber Prinz Khalil ist nicht krass, oder? Meinst du, ich kann auch mit ihm tanzen? Vielleicht auf der Hochzeit? BITTE SAG JA!

NISHI! NEIN! Er ist der Schwarm meiner Cousine Luisa!

<NishiGirl OlivGrace>

Luisa? Die Hochnäsige? Warum kriegt SIE ausgerechnet den süßen Prinzen? Wenn ich bei dir bin, müssen wir ihr einen Streich spielen.

Nein, kommt nicht infrage. Als Brautjungfern müssen wir meine Schwester unterstützen, statt alles noch schlimmer zu machen, indem wir uns gegenseitig Streiche spielen.

Puuh! Okay, war nur ein Witz. Du musst nicht gleich so die Prinzessin rauskehren.

Ich kehr doch nicht die Prinzessin raus.

Irgendwie schon. Du hast alles auf der Welt, was man sich nur wünschen kann, sogar ein Pony, und du darfst neben einem süßen Prinzen sitzen und jetzt kehrst du die Prinzessin raus.

Nein, tu ich nicht! Ich sag ja nur, dass nicht alles so perfekt ist!

Ja, schon klar. Muss jetzt gehen.

<NishiGirl OlivGrace>

Warte, Nishi. Es tut mir leid. Natürlich können wir Luisa einen Streich spielen, wenn du willst. Wir können ihr einen Leguan an den Kopf werfen.

Nishi???

Na toll. Jetzt kann ich nicht schlafen, weil Nishi sauer auf mich ist.

Aber ehrlich gesagt nicht nur deshalb, sondern auch weil meine Schwester mit ihren Freundinnen am Pool draußen sitzt, und sie singen und lachen die ganze Zeit, obwohl ich Mia zwischendurch immer wieder sagen höre: »Psst, nicht so laut. Die anderen möchten schlafen!«

Aber dann lachen sie nur noch lauter.

Und es gibt noch einen Grund, warum ich nicht schlafen kann: Als ich mir vorher ein Glas Wasser holen wollte, bin ich über eine Nachricht gestolpert, die mir der Majordomus – das ist im Prinzip der Chef des gesamten Hauspersonals – unter der Tür durchgeschoben hatte. Darin stand, dass Schneeball einen halben Schinken, ein Stück Butter und einen Laib frisch gebackenes Brot aus der Küche gestohlen hatte, während ich in der Schule war. Einer der Beiköche von Bernard, unserem Küchenchef, hat das Brot später auf dem Tennisplatz gefunden. Es waren deutliche Nagespuren drauf.

Der Brief endete mit den Worten:

Prinzessin Olivia, Bernard wäre Ihnen sehr dankbar, wenn Sie in Zukunft Ihren Hund besser im Zaum halten könnten.

Mit freundlichen Grüßen,
Henri, Majordomus,
Königlicher Palast von Genovien

Uff! Was soll ich denn jetzt tun?

Obwohl ich schon verstehen kann, dass Schneeball sich langweilt, wenn ich weg bin. Keiner der anderen Hunde im Palast will mit ihr spielen – Grandmères Rommel watschelt nur den ganzen Tag hinter ihr her und die anderen sind alles Bombenspürhunde, die eine wichtige Funktion in der Königlich-Genovischen Nationalgarde zu erfüllen haben.

Ich meine, welcher Hund will immer nur Hundefutter fressen? Mir würde es auch zum Hals raushängen, wenn ich die ganze Zeit nichts anderes zwischen die Zähne kriegen würde. Ehrlich, ich glaube, Schneeball wollte sich nur mal zwischendurch ein Schinkenbrot machen.

Dienstag, 16. Juni

14.15 Uhr
Royal Genovian Academy

Endlich ist mal was Gutes passiert!

Na ja … zumindest dachte ich, es wäre was Gutes. Ich habe in der Mittagspause Kängurus gezeichnet – Kängurus sind immer noch meine Lieblingstiere. Ich finde die kleinen Joeys so süß, wenn sie sich in ihre Beutel kuscheln –, und plötzlich sagte eine der großen Schülerinnen zu mir: »Weißt du, dass du richtig gut im Zeichnen bist, Prinzessin Olivia?«

!!!!

Ja, echt. Ich war total überwältigt. Und das Mädchen, das mich angesprochen hat, ist eine richtige Königin!

In Genovien gibt es keine Könige oder Königinnen, weil Genovien ein Fürstentum ist. Fürstentümer werden von Prinzen (oder Prinzessinnen) regiert. Na ja, nicht wirklich. In Wahrheit regiert der Premierminister. Aber der Prinz (oder die Prinzessin) hilft ihm dabei.

Und die Königin, die neben mir saß – Königin Amina – regiert natürlich auch nicht wirklich (sie kommt aus einem afrikanischen Land).

Aber trotzdem. Eine Königin findet meine Zeichnungen gut! Wenn das nicht der Hammer ist!!!

Wir haben hier eineinhalb Stunden Mittagspause, und das Essen ist so was von lecker! Es gibt Speisekarten und Kellner, und wir können bestellen, was wir wollen (innerhalb gewisser Grenzen).

Der einzige Haken dabei ist die wechselnde Sitzordnung, damit sich keine »Cliquen« bilden. Madame Alain findet, dass man als Royal fähig sein muss, mit allen auszukommen.

Deshalb sitze ich heute neben Königin Amina.

Ich weiß natürlich, dass es unhöflich ist, bei Tisch zu zeichnen, während man auf sein Essen wartet (noch dazu, wenn man neben einer Königin sitzt). Aber es war eine reine Verzweiflungstat, weil Luisa mir pausenlos die Ohren vollquasselte, was sie auf der Hochzeit meiner Schwester anziehen wird (nachdem sie sich umgezogen hat, was sie sofort tun wird, wenn wir unsere Pflichten als Junior-Brautjungfern bei der Hochzeitszeremonie erfüllt haben).

Ich hatte noch nie gehört, dass man sich als Brautjungfer für den Ball umzieht – nicht mal als Junior-Brautjungfer. Aber Luisa sagt, in Amerika sei das ganz normal.

Und ich darauf: »Also, ich komme aus Amerika und ich hab so was noch nie gehört.«

Luisa zischte »Gi-jorno, Hoheit«, und dann fing sie an zu lachen.

Was sollte ich also tun? Ich nahm mein Notizbuch heraus und sagte nichts mehr. Luisa ist so eine Nervensäge!

Aber dann beugte Königin Amina sich zu mir vor und sagte: »Wie lange zeichnest du schon, Prinzessin Olivia? Du bist ja richtig gut.«

Ich konnte es nicht fassen. Wahnsinn! Amina ist nicht nur eine Königin und wunderschön, sondern Internatsschülerin auf Highschool-Level und über eins achtzig groß. Sie spielt in der Footballmannschaft der RGA (in der Jungs und Mädchen zusammen sind). Angeblich hat sie siebenundzwanzig Punkte gegen die TRAIS geholt, die »Royal Academy« in der Schweiz und schärfster Gegner der RGA.

»Ich hab mein Leben lang gezeichnet«, piepste ich. »Vielen Dank für das Kompliment, Majestät!«

Im Speisesaal müssen wir uns mit unseren vollen Titeln ansprechen. Aber es ist wahnsinnig schwer, sich das alles einzuprägen:

- König oder Königin – Seine/Ihre Majestät
- Prinz oder Prinzessin – Seine/Ihre Hoheit (IKH)
- Herzog oder Herzogin – Seine/Ihre Hoheit
- Graf oder Gräfin – Lord oder Lady
- Baron oder Baroness – auch Lord oder Lady
- alle anderen: Sir oder Ma'am

»Darf ich deine Zeichnung den anderen am Tisch zeigen?«, fragte Königin Amina.

»Ja, Majestät, gern«, würgte ich hervor.

Ich konnte es nicht fassen! Amina, eine echte Königin, fand meine Zeichnungen so gut, dass sie sie den anderen zeigen wollte!

»Coole Zeichnung«, meinten ein paar von ihnen.

Luisa sagte nichts. Ich glaube, sie kochte vor Wut, weil Amina ihr langweiliges Geschwätz abgewürgt hatte.

»Entschuldigung«, platzte sie schließlich heraus. »Also, hatte ich schon erwähnt, dass das Kleid, das ich beim Ball tragen werde, von Claudio ist, dem hippsten Designer in Rom? Es hat einen langen, abnehmbaren Rock und man kann es ruck, zuck in ein Minikleid verwandeln, sobald der Tanz anfängt.«

»Wow«, sagte ich. So langsam fühlte ich mich wie Aschenbrödel, weil ich nur ein einziges Kleid für die ganze Hochzeit hatte, obwohl ich doch die Schwester der Braut bin! Und mein Rock ist noch nicht mal abnehmbar.

»Verzeihung, darf ich das auch mal sehen?«, fragte

Prinz Khalil. Und das, obwohl er am Nebentisch saß und gar nicht an unserem. Er starrte in mein Notizbuch, das Amina immer noch hochhielt. »Ist das ein Leguan?«

»Ähm«, stotterte ich. Wie peinlich war das denn, dass der Prinz offenbar unfähig war, ein Känguru von einem Leguan zu unterscheiden? Ein Säugetier von einem Reptil? »Nein. Das ist ein Känguru.«

»Nein, das auf der anderen Seite.«

Und tatsächlich, auf der ihm zugekehrten Seite prangte eine Skizze von Carlos. Die hatte ich ganz vergessen.

»Oh«, sagte ich errötend. »Ja, das ist ein Leguan.«

»Magst du Leguane?«

Ich wollte nicht Nein sagen, weil er so begeistert fragte, also antwortete ich nur: »Na ja ... manche ...«

Das war nicht gelogen. Ich mag einen bestimmten Leguan ... Carlos. Manchmal lege ich ihm ein paar Erdbeeren hin, die ich mir vom Frühstück aufgespart habe, ohne die grünen Stiele.

»Weißt du, dass Leguane zu den gefährdetsten Arten der Welt gehören?«, fragte Prinz Khalil.

»Nein«, sagte ich verwundert. »Das wusste ich nicht. Wir haben jede Menge im Palastgarten.«

»Wirklich?« Prinz Khalil war beeindruckt. »Aber die sind hier doch gar nicht heimisch.«

»Nein«, sagte ich. »Ich weiß. Mein Dad meint, dass jemand ein Pärchen irgendwo in der Nähe ausgesetzt hat, und jetzt ... ähm ...« Ich bremste mich gerade noch. Es war sicher keine gute Idee, in allen Details zu schildern, wie schnell die Leguane sich vermehrten …

Und es war auch gar nicht nötig, wie sich jetzt herausstellte. Prinz Khalil wusste es bereits. Er nickte begeistert. »Leguane eignen sich hervorragend als Haustiere. Sie sind gesellig und pflegeleicht und können bis zu zwanzig Jahre alt werden.«

»Wow«, sagte ich. »So alt? Also, ehrlich gesagt haben wir so viele, dass wir froh wären, wenn wir sie endlich loswerden könnten.«

»Im Ernst?«, sagte Prinz Khalil strahlend, »ich könnte vielleicht …«

»Khalil, bitte!«, rief Luisa. Ihre Nasenflügel sahen ganz verkniffen aus. Nicht so wie Chrissys Nüstern, die sich immer aufblähen, wenn sie empört ist. »Kein Mensch will beim Essen was von Echsen hören! Kannst du uns bitte weitere Details ersparen?«

»Ähm«, sagte ich. »Mir macht das nichts aus, Luisa. Ist doch interessant … Autsch!«

Das Autsch war mir herausgerutscht, weil Luisa mich unter dem Tisch getreten hatte.

»Nein, das ist *nicht* interessant, Prinzessin Olivia«, zischte sie.

»Oh.« Mein Knöchel pochte vor Schmerz. Luisa trägt Schuhe mit irre hohen Absätzen. »Also nicht.«

»Doch, ich finde es sogar sehr interessant«, sagte Königin Amina.

Luisa verzog das Gesicht, als hätte sie in eine Zitrone gebissen. Ihre Augen wurden schmal und ihr Mund schrumpfte zusammen wie eine Rosine.

»Entschuldigung, Majestät«, sagte sie kleinlaut. »Ich wollte nicht unhöflich sein. Natürlich sind Echsen interessant. Sehr sogar.«

Ha! HA HA HA HA HA HA HA!

Dann kam einer der Kellner mit dem Dessertwagen, der mit den köstlichsten Nachspeisen vollgetürmt war. Wir konnten uns nehmen, was immer wir wollten, und es gab praktisch alles – von Eclairs bis zu extradunkler Schokoladentorte, dazu köstliche reife Früchte, wenn jemand lieber was Gesundes wollte.

Das Thema Leguan war also vorerst erledigt und wir konzentrierten uns stattdessen auf unseren Nachtisch. Ich nahm die Schokoladenmousse, mein Lieblingsdessert.

Ich muss zugeben, die RGA ist doch nicht so schlecht, mal abgesehen von der bescheuerten Aufführung, für die wir die ganze Zeit proben müssen. Und gewissen Leuten hier, besonders dem Muskelprotz, der mir immer noch die Finger zerquetscht. Ich weiß einfach nicht, wie ich ihn davon abbringen soll. Meine Finger sind schon ganz taub, was ein Problem für meine Karriere als künftige Wildtier-Illustratorin werden könnte. Ich meine, wie soll man zeichnen, wenn man kein Gefühl mehr in den Fingerspitzen hat?

Dienstag, 16. Juni

20.30 Uhr

Königlich-Genovisches Schlafzimmer

Nishi hat endlich zurückgeschrieben. Aber ihre Antwort war nicht sehr nett.

<NishiGirl

> Meine Mom will wissen, ob sie ihren Tennisschläger mitbringen soll oder ob sie im Palast einen ausleihen kann. Schreib bitte bald zurück, wir sind fast fertig mit Packen.

Oder bist du schon zu sehr Prinzessin, um dich noch an deine alten Freunde zu erinnern?

Was soll das? Warum wirft sie mir plötzlich vor, dass ich die Prinzessin herauskehre? Das stimmt doch gar nicht. Ich bin nicht eingebildet, und schon gar nicht prinzessinnenhaft. Jedenfalls viel weniger als die anderen Mädchen an der RGA (außer Komiko, die fast nie den Mund aufmacht, sodass man nicht weiß, was sie eigentlich für ein Mensch ist).

Und was ist überhaupt so schlimm dran, Prinzessin zu sein? Meine Schwester ist eine und sie ist super! Sie hat dafür gesorgt, dass alle Flüchtlinge, die hierherkommen, gut untergebracht sind, obwohl Genovien das kleinste Land in Europa ist!

(Okay, die Unterkunft ist auf einem Kreuzfahrtschiff. Aber nur vorübergehend. Und außerdem ist es doch toll, auf einem Kreuzfahrtschiff zu wohnen? Davon träumt doch jeder, oder nicht? Also, mir würde es jedenfalls gefallen. Es gibt dort nämlich riesige Schwimmbecken mit Wasserrutschen.)

Wir haben immer noch nicht genug Platz für alle Hochzeitsgäste, die sich angekündigt haben. Heute Abend beim Essen haben wir die neuesten Zahlen von Vivianne bekommen, die für alle Palastangelegenheiten zuständig ist. Danach haben wir 550 Zusagen erhalten, obwohl nur 500 Einladungen verschickt wurden!

Und das ist mehr als die maximale Personenzahl, die im Ballsaal zugelassen ist! Der Brandmeister wird nicht begeistert sein, wenn er das hört.

»Daran ist nur diese Bianca Ferrari schuld«, sagte Grandmère. »Sie hat sicher Kopien von den Einladungen gemacht und an alle ihre Freunde verteilt.«

»Nein, das ist unmöglich«, widersprach Michael, »ich habe alle Karten mit speziellen Hologrammen versehen lassen, damit sie nicht reproduziert werden können ... es sei denn, Bianca Ferrari besitzt einen 3-D-Hologramm-Drucker.«

»Dieser Frau traue ich alles zu«, schnaubte Grandmère.

Mias Freundin Lilly – und Michaels Schwester – sagte: »Na, und wenn schon? Dann stellt ihr einfach ein paar zusätzliche Tische und Stühle in den Garten und die Leute können sich einen Cocktail und ein paar Häppchen schnappen und am Pool unter die anderen mischen.«

Grandmère starrte sie entsetzt an. »*Unter die anderen mischen?* Auf einem königlichen Hochzeitsbankett?«

»Ach, das wird schon alles gut gehen«, sagte Mias Mom. »Ich kenne das von Hochzeiten in Brooklyn. Da ist die Stimmung umso besser, je mehr Leute da sind.«

»Aber das hier ist Genovien, meine Liebe«, sagte Grandmère mit angewidertem Gesicht. »Und nicht *Brooklyn.*«

»Aber wurden diese zusätzlichen Gäste auch von der Königlichen Garde überprüft?«, fragte Tina, Mias andere Freundin, besorgt.

Dad schaute von seinem Smartphone auf. »Gute Frage. Und, Mia? Wie sieht's aus?«

»Mach dir deshalb keine Sorgen«, sagte Mias Mom und legte ihre Hand auf Dads Arm. »Alles wird gut. Du wirst schon sehen.«

Anscheinend ist es der Job einer Brautmutter, von morgens bis abends zu wiederholen, dass alles okay ist. Helen Thermopolis kann das perfekt.

»Sicherheit ist natürlich unsere oberste Priorität, Hoheit«, sagte Vivianne, die oberste Instanz für alle Palastangelegenheiten. »Wir kümmern uns um alles.«

Aber das sagte sie nur, weil Mia dabei war. Und weil eine königliche Braut, die gerade den Thron übernommen hat und noch dazu Zwillinge bekommt, schon gestresst genug ist, auch ohne dass man ihr noch mehr Probleme aufhalst.

In Wahrheit ist nämlich gar nichts geregelt, und wenn Mia außer Hörweite ist, rasten alle KOMPLETT aus.

- Der Bauunternehmer, der für die Bühne zuständig ist, auf der Boris P., ein berühmter Rockstar, beim Empfang spielen soll, regt sich auf, weil nicht genug Anschlüsse für das ganze Equipment da sind, das seine Band mitbringt. Außerdem ist das Ganze so wacklig, dass es wahrscheinlich zusammenbricht, sobald Boris P. seinen Fuß draufsetzt.

- Letzteres ist für Mias Freundinnen Lilly und Lana ganz okay, weil Boris P. mal mit Tina zusammen war und sie dann mit einer anderen betrogen hat. Deshalb hassen die beiden ihn jetzt und wünschen ihm, dass die Bühne mitten in der Vorstellung unter ihm einstürzt.

Aber zwei andere Freundinnen (und Brautjungfern) von Mia, Shameeka und Ling Su, finden das gar nicht toll, weil Boris P. (und andere) dabei verletzt werden könnten und der ganze Empfang ruiniert wäre. Außerdem ist es ihrer Meinung nach gar nicht sicher, dass Boris P. Tina wirklich betrogen hat. Vielleicht war es nur ein Missverständnis.

Und deshalb streiten sich die Brautjungfern jetzt – allerdings leise, damit Mia nichts mitbekommt, weil sie ja schon »gestresst genug« ist.

- Bernard, der Küchenchef, jammert, dass es einfach nicht menschenmöglich sei, so kurzfristig genug europäische Langusten aufzutreiben.
- Der König von Lesotho bringt seinen neuen Lieblingsaffen mit, weil er rund um die Uhr gefüttert werden muss, und die Begeisterung des Hauspersonals darüber hält sich natürlich in Grenzen.

- Auf der Gedächtnismarke war ein Druckfehler. Statt »Seine Königliche Hoheit Prinz Michael«, stand dort: »Seine Königliche Hoheit Prinz Michele«. Jetzt muss alles eingestampft und neu gedruckt werden.

Grandmère ist die Einzige, die nicht ausflippt (höchstens bei der Vorstellung, dass die Gäste sich draußen »unter die anderen mischen« sollen). Sie hat mir die neuen lila Servietten gezeigt, die heute gekommen sind. Sie sehen viel besser aus als die langweiligen cremefarbenen, die meine Schwester bestellt hatte. Mia wird Augen machen!

»Das ist super geworden, Grandmère«, sagte ich. Wir treffen uns jetzt immer heimlich in meinem Schlafzimmer, damit Mia nichts mitbekommt. Es soll ja eine Überraschung für sie sein! »Ach, und übrigens, was ich dir noch sagen wollte: Hast du gewusst, dass Leguane vom Aussterben bedroht sind?«

»Nicht in meinem Garten, weiß Gott nicht!«

»Ja, schon. Aber du darfst nicht auf sie schießen, Grandmère. Auch wenn du sie nur erschrecken willst, damit sie in Bianca Ferraris Garten umziehen. Man löst keine Probleme, indem man die Verantwortung auf andere Leute abwälzt.«

Grandmère zog die Augenbrauen hoch. »Wo hast du das denn aufgeschnappt?«

»Von dir, Grandmère. Du hast Dad vorgeworfen, dass er genau das macht, weil er Mia den Thron überlässt, obwohl *er* doch für die Staatsgeschäfte verantwortlich ist.«

Grandmère räusperte sich. »Oh. Nun ja, vielleicht hast du recht. Aber wir müssen etwas gegen diese grässlichen Kreaturen tun, Olivia. Wir haben bald so viele Gäste hier, dass womöglich noch jemand über einen drüberstolpert und im Pool landet.«

Ich dachte darüber nach. »Ja, das stimmt. Aber wir haben ja noch ein paar Tage.«

»Vier. Genau *vier* Tage.«

»Das ist eine lange Zeit«, sagte ich. »Bis dahin kann noch viel passieren. Ehrlich, ich weiß, wovon ich rede. Ich meine, du wachst morgens als ganz normales Mädchen auf, und ehe der Tag um ist, bist du plötzlich Prinzessin.«

Grandmère schaute zur Decke hoch. »Nun denn, Olivia. Gute Nacht.«

»Gute Nacht, Grandmère.«

Ich schrieb noch schnell an Nishi:

OlivGrace>

Wir haben jede Menge Tennisschläger, die deine Mom benützen kann, aber da wir euch ja einen Privatjet schicken, gibt es keinen Grund, warum sie ihren nicht mitbringen sollte. Da ist massenhaft Platz.

Und hör auf mit deinem Prinzessinnen-Ding. Ich bin Prinzessin, ja, und ich bin stolz darauf, aber deshalb bin ich noch lange keine eingebildete Ziege. Prinzessin ist für mich kein Schimpfwort, weil viele Prinzessinnen nämlich toll sind, verstehst du? Kann's kaum erwarten, bis du kommst und ich dich im Palast herumführen kann. XOXOXOXOX

Der Majordomus ist schon wieder sauer auf Schneeball, weil er sie auf dem Geschenketisch erwischt hat, während ich in der Schule war. Schneeball hat ein Pfefferkuchenschloss angefressen, das Mia und Michael als Hochzeitsgeschenk von deutschen Schulkindern bekommen haben. Fast alle Gummidrops-Fenster waren weggeschlabbert.

Schneeball ist nicht mehr zu bremsen. Ich weiß nicht, was ich dagegen tun soll, außer sie den ganzen Tag in meinem Zimmer einzuschließen.

Aber das wäre gemein. Sie besucht doch so gern das Hauspersonal und macht Kunststückchen für die Touristen.

Mein schlimmster Albtraum sieht so aus:

Mittwoch, 17. Juni

9.25 Uhr

Royal Genovian Academy
In Madame Alains Büro

Hab gerade einen riesigen Fehler gemacht.

Nein, nicht riesig. GIGANTISCH.

Aber diesmal bin ich selber schuld. Es gibt niemanden, den ich dafür verantwortlich machen kann.

Es fing damit an, dass ich heute Morgen eine zusammengefaltete Nachricht auf meinem Tisch vorfand, als ich in die Klasse kam. Der Brief war für mich, das war eindeutig, weil außen draufstand:

Für IKH Prinzessin Olivia Grace

IKH ist die Abkürzung für Ihre Königliche Hoheit.

»Oooh, Olivia«, zog Marguerite mich auf. »Ein Liebesbrief!«

Was natürlich ein Witz sein sollte. Ich meine, kein Mensch lässt einen Liebesbrief auf meinem Tisch liegen (außer, um mir einen Streich zu spielen).

Und wie sich herausstellte, hatte ich recht. Als ich die Nachricht öffnete, kam eine Zeichnung von einem Mädchen darin zum Vorschein.

Aber nicht irgendein Mädchen!

Sondern ich!

Ich erkannte es daran, dass sie eine Brille trug und dicke, lockige Haare hatte, die mit einem Stirnband zurückgebunden waren. Nur war das Stirnband in eine Tiara verwandelt worden (die ich nie in der Schule tragen würde). Außerdem hatte das Mädchen eine RGA-Uniform mit Shorts an, so wie ich.

Aber im Gegensatz zu mir hatte das Mädchen auf dem Papier einen wahnsinnig dicken Hintern.

Das war der erste Hinweis darauf, dass der »Künstler« (ich setze das Wort in Anführungszeichen, weil ich die Person, die das hier gezeichnet hat, nicht wirklich für einen Künstler halte) Prinz Gunther war oder sich zumindest als Prinz Gunther ausgeben wollte, weil der ja bekanntlich andere Leute gern mit riesigen Pferdehintern malt, so wie zum Beispiel Madame Alain.

Nur mit dem kleinen Unterschied, dass in der Sprechblase über dem Mund des Mädchens der folgende Text stand:

> Hi, ich bin die Prinzessin von Genovien. Meine Schwester heiratet bald und ich finde mich ganz toll, obwohl ich nicht mal tanzen kann, doof aussehe und stinke. Ha ha ha, gi-jorno lol!

Ich konnte allerdings nichts Lustiges daran finden, das mich laut auflachen ließ (lol). Im Gegenteil. Ich wurde so wütend, als ich die Zeichnung sah, dass mein Gesicht zu brennen anfing und garantiert knallrot wurde, obwohl ich versuchte, mir meine Wut vor den anderen nicht anmerken zu lassen.

Aber es funktionierte nicht, denn Marguerite fragte mich: »Was ist denn los, Olivia? Was steht da drin?«

»Nichts«, sagte ich und wollte den Zettel schnell in meinen Rucksack stecken.

Leider nicht schnell genug, weil Marguerite ihn mir aus der Hand riss.

Und bevor ich auch nur piep sagen konnte, starrte sie darauf und sagte: »Oh nein. Das ist wirklich krass. Was soll das bedeuten, *gi-jorno*?«

»Nichts!«, brüllte ich. »Nicht dein Problem. Gib's mir zurück.«

»Oh, ich glaub schon, dass es etwas bedeutet«, sagte Luisa lachend.

Sie musste es ja wissen.

Ich wollte den Zettel wieder an mich reißen, aber natürlich gab Marguerite ihn nicht her, weil Victorine und die anderen Mädchen schrien: »Lass mich auch mal sehen! Ich will auch!«

Und dann kam das Allerschlimmste.

Prinz Khalil schlenderte herüber, riss Marguerite den Zettel aus der Hand und hielt ihn hoch über alle Köpfe, was ihm nicht schwerfiel, weil er ja so groß ist.

»Neeeeiiiin!«, brüllte Luisa. »Bitte nicht anschauen, Hoheit!«

Das war natürlich das Dümmste, was sie tun konnte. Man darf nie zu jemand sagen, dass er etwas nicht tun soll, weil er es dann natürlich erst recht will. So wie Rocky. Sobald man ihm sagt, dass er keine Gegenstände vom vierten Stock runterwerfen soll, kann er einfach nicht anders. Und bei Prinz Khalil war es genauso.

Er runzelte die Stirn, als er auf die Seite schaute.

»*Gi-jorno*?«, sagte er. »Was soll das heißen? Das ist doch gar kein richtiges Wort.«

Dann drehte er den Zettel um, damit alle es sehen konnten.

»Wer hat das gezeichnet?«, fragte er. »Das ist nicht sehr nett. Gunther, das sieht aus wie dein übliches Gekritzel. Hast du das gemacht?«

Die anderen lachten, als sie die Zeichnung sahen, aber nicht auf eine gemeine Art. Ich glaube, sie lachten nicht über mich. Sie lachten über die Zeichnung, weil sie so bescheuert war. Ich meine, kein Mensch hier findet, dass ich stinke oder einen riesigen Hintern habe – also, jedenfalls kann ich mir das nicht vorstellen.

Außer vielleicht meine Cousine Luisa.

Aber allmählich denke ich dasselbe von ihr.

Gunther brüllte: »Nein! Das hier ist nicht von mir! Ich kann viel besser zeichnen!«

Was eine ziemlich komische Reaktion war, wenn man sich das mal auf der Zunge zergehen lässt.

»Oh Gunther«, sagte Luisa und schüttelte den Kopf. »Natürlich warst du das. Das ist doch haargenau dein Stil. Wie kann man nur so unreif sein? Und so verletzend gegenüber Olivia, der neuesten Prinzessin von Genovien.«

Ich war so wütend, dass ich am liebsten geschrien hätte. Und es wurde noch schlimmer, denn jetzt schüttelte auch Prinz Khalil den Kopf und sagte: »Nicht cool, Gunther, gar nicht cool.«

Gunthers Augen füllten sich allen Ernstes mit Tränen. Mir war noch gar nicht aufgefallen, dass er Gefühle hatte, weil ich mich die ganze Zeit so über sein unmögliches Benehmen aufgeregt hatte.

Aber wahrscheinlich wäre ich auch gekränkt, wenn der größte, süßeste Sechstklässler zu mir sagen würde: Das war uncool.

»Nein!«, heulte Gunther. »Das war ich nicht! Ich gebe ja zu, dass ich Madame Alain mit einem großen Hintern gezeichnet habe. Aber das hier war ich nicht. Das hab ich nicht gemacht!«

»Doch, das warst du, Gunther«, beharrte Luisa. »Und wir wissen es alle. Gib's doch einfach zu.«

Aber ich wusste, dass Gunther die Zeichnung nicht gemacht hatte, weil Luisa die Einzige ist, die je »gi-jorno« gesagt hat (außer mir natürlich, aber ich wusste es eben nicht besser).

Ich weiß nicht, warum sie so gemein zu mir ist. Vielleicht weil Königin Amina meine Zeichnungen gut fand und Luisas langweiliges Geschwafel über das tolle Designerkleid mit dem abnehmbaren Rock unterbrochen hat?

Oder vielleicht, weil Luisas angeblicher künftiger Freund gar nichts von ihr wissen will?

Oh ja, ich sage das ganz bewusst! Khalil ist Luisas *angeblicher* Freund. Denn bisher deutet nichts darauf hin, dass Prinz Khalil in sie verknallt ist.

Aber egal, ich war mir hundertprozentig sicher, dass Luisa hinter der Zeichnung steckte. Und dass sie jetzt auch noch Gunther beschuldigte, war einfach das Letzte.

»Luisa«, fing ich an. »Warum gibst du nicht einfach …«

Aber im selben Moment kam Monsieur Montclair in die Klasse, einen Becher mit dampfendem Kaffee in den Händen. »Was ist das hier für ein Geschrei, meine Herrschaften? Ich habe es durch den ganzen Flur gehört. Das ist wahrhaftig kein Benehmen für Royals!«

»Sehen Sie nur, was Prinz Gunther gemacht hat, Monsieur«, rief Luisa und zeigte ihm die Zeichnung.

»Nein«, sagte Gunther verzweifelt. »Das war ich nicht, wirklich nicht!«

Monsieur Montclair warf einen Blick auf das Bild und sagte mit einem resignierten Seufzer: »Prinz Gunther, bitte gehen Sie auf der Stelle in Madame Alains Büro. Und alle anderen nehmen jetzt ihre Tanzpositionen ein, wenn ich bitten darf. Mademoiselle Justine ist bereits auf dem Weg hierher.«

Ich sah, wie Prinz Gunthers Gesicht zusammenfiel.

»Nein«, sagte er. »Das ist meine dritte Abmahnung. Madame Alain hat gesagt, wenn ich noch eine bekomme, muss ich nach Stockerdörfl zurück. Und dann schicken meine Eltern mich an die Royal Academy in der Schweiz.«

Alle sogen entsetzt die Luft ein bei der Vorstellung, dass einer ihrer Klassenkameraden an die grässliche TRAIS musste. Gunther nahm seinen Rucksack, dann ging er mit finsterem Gesicht und hängendem Kopf zur Tür.

»Also dann, auf Wiedersehen, ihr alle«, würgte er hervor.

Es zerriss mir fast das Herz, obwohl ich Gunther doch gar nicht mochte. Er stand auf meiner Hitliste weit unten, noch hinter den ersten fünfzig.

Aber ich hasse ihn nicht und es war ungerecht, dass er für etwas bestraft werden sollte, das jemand anderer gemacht hatte.

»Luisa«, flüsterte ich und stieß sie an. »Ich weiß, dass du die Zeichnung gemacht hast. Warum tust du so was?«

»Um dir zu helfen, natürlich«, sagte sie mit großen, unschuldigen Augen. »Jetzt musst du dich nicht mehr über den Muskelprotz ärgern. Und du musst auch die Tanzschritte nicht lernen, weil du ja gar nicht mitmachen musst, nachdem du keinen Partner mehr hast. Siehst du?« Sie lächelte zufrieden. »Ich bin eben eine echte Royal, so wie deine Schwester, die angeblich Genovien vor dem wirtschaftlichen Zusammenbruch retten wird. Prego, Olivia.«

»Prego« heißt »bitte« auf Italienisch – nichts zu danken, Olivia, hab ich doch gern für dich gemacht. Grrrr!

»Luisa, wenn ich deine Hilfe brauche, dann sag ich dir das, okay?« Ich hob meine Hand. »Ähm, Monsieur Montclair? Würden Sie mich bitte einen Augenblick entschuldigen?«

Er schlürfte seinen Kaffee, einen gelangweilten Ausdruck im Gesicht. »Ja, Prinzessin Olivia, Sie sind entschuldigt, aber nächstes Mal denken Sie bitte daran, vor dem Unterrichtsbeginn die Toilette zu benutzen.«

Schon wieder Grrrrr. Warum muss er vor allen hier – zum Beispiel Prinz Khalil – von der Toilette anfangen? Als wäre ich an diesem einen Morgen nicht schon genug gedemütigt worden!

Und jetzt bin ich hier, in Madame Alains Büro ... oder vielmehr im Warteraum vor ihrem Büro, wo ihr Assistent in ein Computerspiel vertieft ist, obwohl er natürlich so tut, als würde er arbeiten.

Prinz Gunther konnte es nicht fassen, dass ich auch hier war, was verständlich war, nachdem ja alle anderen glaubten, dass er die fiese Zeichnung von mir gemacht hatte.

»Prinzessin Olivia«, sagte er. »Was machst du denn hier?«

»Ich weiß, dass du das Bild nicht gemalt hast, Gunther«, sagte ich.

»Aber … aber … woher?«, stotterte er.

Ich konnte ihm den wahren Grund nicht nennen – dass Luisa mich als Einzige mit gi-jorno aufzog –, weil ich ja dann gepetzt hätte. Also antwortete ich einfach: »Ich weiß es eben. Wenn Madama Alain uns reinbittet, sage ich es ihr.«

Prinz Gunther riss die Augen auf. »Im Ernst? Das würdest du für mich tun? Warum?«

Unglaublich, dass er das nicht kapierte. »Darum, Gunther. Wir sind hier an einer Schule für Royals. Man erwartet von uns, dass wir das Richtige tun und mit gutem Beispiel vorangehen. Und selbst wenn wir keine Royals wären, müssten wir die Wahrheit sagen. Und die Wahrheit ist, dass du es nicht warst.«

Gunther starrte auf den Boden. Er sah irgendwie enttäuscht aus. »Oh«, murmelte er. »Ich dachte … Ich dachte, vielleicht magst du mich oder so …«

Iiiiiiih! Der Muskelprotz denkt, ich mag ihn!

Das ist der Dank, wenn man nett sein will. Diese grünhaarige Popelschleuder von einem Prinzen bildete sich allen Ernstes ein, dass ich ihn mochte!

Aber es kam noch schlimmer. Sobald ich mich von meinem ersten Schock erholt hatte, sagte ich: »Ähm, also, das nicht direkt, Gunther. Es ist nur …«

»Weil …« Prinz Gunther sah zu mir auf und fuhr fort: »Weil *ich* dich nämlich mag. Wirklich. Du bist nicht wie die anderen Mädchen an dieser Schule.«

Die Richtung, in die dieses Gespräch sich entwickelte, gefiel mir gar nicht. »Ähm, Gunther, das ist sehr nett, aber …«

»Ja. Du magst mich.« Er zeigte auf seine Badelatschen und Kniestrümpfe. »Du hast keine Angst davor, anders zu sein. Du ziehst Shorts an. Und du trägst eine Brille. Dir ist es egal, was die Leute sagen. Ich finde das cool.«

Grrrrrr! Der Muskelprotz denkt, ich mag ihn, und – Hilfe! – er mag mich auch, weil er denkt, dass ich auf Modetrends pfeife (was stimmt, aber nur, weil ich gern was Bequemes anziehe, außer wenn ich bei öffentlichen Anlässen auftreten muss).

Nein! Nein! Nein! Nein!

Ich zerbrach mir den Kopf, was wohl Grandmère und meine Schwester mir in einer solchen Situation geraten hätten. Es musste doch eine Regel geben, die eine Prinzessin befolgen konnte, wenn ihr jemand seine Liebe gestand, obwohl sie ihn nicht ausstehen konnte. Was antwortete man darauf?

Nein danke. Das klang irgendwie unhöflich.

Danke, aber ich möchte nur mit dir befreundet sein? Schon besser.

Das Traurige ist, Grandmère und ich haben nie darüber gesprochen, was ich tun oder sagen soll, wenn ein Popel werfender, grünhaariger Prinz mir sagt, dass er mich mag – und überzeugt ist, dass das auf Gegenseitigkeit beruht.

Weil ich nie auf die Idee gekommen wäre, dass mir so was je passieren würde.

AAAaahhhhhhh!

Mittwoch, 17. Juni

11.25 Uhr
Royal Genovian Academy

Puh! Gott sei Dank ist es vorbei.

Obwohl ich jetzt noch schlimmer dran bin als zuvor. Ehrlich. Grandmère sagt, wenn man in der Klemme sitzt und eine Entscheidung trifft, die alles noch schlimmer macht, nennt man das »vom Regen in die Traufe kommen« – oder »aus der Bratpfanne in die Hölle«.

(Dad lacht immer, wenn er das hört, und sagt zu ihr: »Aber Mutter, als hättest du je eine Bratpfanne in der Hand gehalten!«)

Trotzdem, genau das ist mir gerade bei Prinz Gunther passiert – ich bin aus der Bratpfanne in die Hölle gesprungen!

Ich hatte mir gerade was extrem Höfliches zurechtgelegt, so in der Art: »Hör mal, Gunther, ich mag dich ja auch – aber nur als FREUND«, da ging die Tür auf und Madame Alain kam endlich von ihrem Meeting zurück (obwohl mir die vielen Einkaufstüten in ihren Händen nicht entgingen. Genovien ist für seine tollen Läden berühmt, also kann ich verstehen, dass Madame Alain gern shoppen geht, aber doch nicht während der Unterrichtszeit – ich glaube kaum, dass das richtig ist, nicht mal in einer Schule für moderne junge Royals).

Ich kam also nicht dazu, meine Rede an Gunther zu halten, weil ich stattdessen Madame Alain erklären musste, dass ich etwas sehr Dummes gemacht hatte und dass Prinz Gunther unschuldig war.

»Ich weiß nicht«, sagte Madame Alain und schaute auf die Zeichnung, die Monsieur Montclair ihrem Sekretär als Beweis für Gunthers Verbrechen ausgehändigt hatte. »Für mich sieht es definitiv nach einem von Prinz Gunthers üblichen Machwerken aus.«

»Ist es aber nicht«, sagte ich, während ich schaudernd wahrnahm, wie Prinz Gunther mich mit großen, liebestrunkenen Herzchen-Augen anstarrte und wahrscheinlich bereits UNSERE KÖNIGLICHE HOCHZEIT plante.

»Prinzessin Olivia«, sagte Madame Alain. »Mir ist klar, dass Sie Ihren Klassenkameraden zu schützen versuchen, weil Sie das Bedürfnis haben, sich hier einzufügen, und nicht gleich in der ersten Woche für Wirbel sorgen möchten. Aber glauben Sie mir, Prinz Gunther hat das nicht zum ersten Mal gemacht. Ich habe ihn gewarnt, dass er nach Hause zurückgeschickt wird, wenn es noch mal vorkommt.«

»Aber das war ich doch nicht!«, rief Gunther und heftete seine großen Mondkalbaugen auf Madame Alain.

»Prinz Gunther«, sagte Madame Alain und hielt ihm die Zeichnung hin. »Bitte lügen Sie nicht. Das gehört sich nicht für einen Royal. Ihr Vater wäre sehr enttäuscht von Ihnen. Und das hier ist definitiv Ihr Werk.«

»Nein, Madame Alain, das ist nicht Gunthers Werk«, sagte ich. Und dann musste ich etwas sehr Unroyales tun. Ich holte tief Luft und sagte: »Sondern meines.«

Madame Alain starrte mich entsetzt an. »Ihres? Wollen Sie mir etwa einreden, dass Sie das selbst gezeichnet haben, Prinzessin Olivia?«

»Ja.« Ich öffnete mein Tagebuch und zeigte ihr einige meiner Skizzen. »Sehen Sie? Zeichnen ist meine Leidenschaft. Ich habe mich selbst gezeichnet, Madame Alain, und zwar genau aus dem Grund, den Sie eben genannt haben ... um die anderen Mädchen zum Lachen zu bringen, weil ich so gern dazugehören will. Sie wissen doch, dass ich noch nicht so lange Prinzessin bin, so wie die anderen hier, und ich wollte einfach, dass sie mich mögen.«

»Ich mag dich«, verkündete Prinz Gunther.

Würg! Danke, aber du bist mir so was von keine Hilfe! Ich ignorierte ihn.

»Aber bitte sagen Sie meinem Vater nichts davon, Madame Alain«, flehte ich. »Oder meiner Schwester. Höchstens vielleicht meiner Großmutter. Der macht es nicht so viel aus.«

»Oh, aber Hoheit!« Madame Alain starrte mich entsetzt an. »Das ist … nun, das ist schrecklich. Wenn Sie das Gefühl haben, hier nicht willkommen zu sein, dann hätten Sie mir das sagen müssen! Ich bin jederzeit zu einem Gespräch bereit, das wissen Sie doch, nicht wahr?«

Ähm, außer wenn sie gerade beim Shoppen ist.

»Danke, Madame Alain«, sagte ich. »Ich werde es mir merken. Dürfen wir jetzt bitte in die Klasse zurück? Wir müssen proben. Die Hochzeitsüberraschung für meine Schwester soll doch perfekt sein.«

»Ja, natürlich.« Madame Alain stand auf und gab mir die Hand. »Und wenn ich Ihnen irgendwie helfen kann, sich besser in der RGA einzugewöhnen, dann lassen Sie es mich bitte wissen, ja?«

»Ja, Madame Alain«, sagte ich. »Das verspreche ich.«

Uff! Junge, war ich froh, als wir endlich aus ihrem Büro raus waren!

Aber jetzt hatte ich Prinz Gunther an der Backe und der schmachtete mich an, als wäre ich der Dessertwagen, der nach dem Mittagessen herumgerollt wird. Was echt kein angenehmes Gefühl ist.

»Prinzessin, ich kann es nicht fassen, dass du das für mich getan hast«, sagte er, während wir in unsere Klasse zurückgingen. »So was Nettes ist mir noch nie passiert. Die Leute an dieser Schule … na ja, ich glaube, sie mögen mich nicht besonders. Vielleicht, weil sie neidisch auf meine Ballermänner sind. Hier, schau mal!«

Er schob seinen kurzen Uniformärmel hoch, um mir seinen Bizeps zu präsentieren. SCHON WIEDER.

Aber diesmal hielt ich eine Hand hoch, um ihn zu stoppen.

»Schon okay, Gunther, ich hab deine Ballermänner oft genug gesehen. Du zeigst sie mir ja die ganze Zeit.«

Gunther war sichtlich enttäuscht über meine Reaktion, zog aber brav seinen Ärmel herunter.

»Ich geh zu den Olympischen Spielen«, prahlte er. »Weil ich so ein guter Schwimmer bin.«

»Ich weiß«, sagte ich. »Das hast du auch schon öfter gesagt. An deiner Stelle würde ich nicht immer drauf rumreiten. Sonst halten dich alle für einen Angeber.«

Gunther erstarrte mitten im Freiluftgang mit den vielen blütenübersäten Ranken und zwitschernden Vögeln.

»Aber es ist die Wahrheit!«, stieß er hervor. »Ich geh wirklich zur Olympiade!«

»Ja, okay«, sagte ich, »aber du solltest es trotzdem den anderen überlassen, ob sie deine sportlichen Talente zu schätzen wissen oder nicht, statt dauernd damit rumzuprahlen. Ach, und übrigens: Wenn du beim Promenieren deine Muskeln spielen lässt, schneidest du mir den Blutkreislauf ab. Ich krieg immer ganz taube Finger davon.«

Gunther sah mich verwirrt an. »Aber Mädchen stehen doch auf dicke Muckis. Ich trainiere jeden Tag beim besten Coach von Genovien. Er kommt aus der Ukraine und lässt mich mein doppeltes Körpergewicht stemmen.«

»Das ist super. Aber vielleicht sparst du dir deine Muskelspiele für das Training auf«, sagte ich. »Ich meine, wenn ich auf der Hochzeit meiner Schwester mit einer eingegipsten Hand erscheine, wird das niemand lustig finden. Und wenn ich ihnen sage, dass du mir die Finger zerquetscht hast und das Olympische Komitee Wind davon bekommt, kriegst du ganz schön Ärger.«

Ich hatte keine Ahnung, ob das stimmte, aber auf Gunther machte es Eindruck, denn er sagte ziemlich kleinlaut: »Tut mir leid. Vielleicht kann ich meine eigenen Kräfte nicht so richtig einschätzen.«

»Ja, wahrscheinlich. Ich hätte es dir schon früher sagen sollen.«

»Ja«, sagte er eifrig. »Du musst es mir sofort sagen, wenn ich was Falsches mache, wo du doch jetzt meine Freundin bist.«

WAAAS?

»Gunther«, sagte ich. »Ich bin nicht deine Freundin. Wir sind nur Freunde, auch wenn ich zufällig ein Mädchen bin.«

»Nein«, sagte Gunther und griff nach meiner Hand, während wir den Gang zur sechsten Klasse entlangeilten. »Du hast mich gerettet, sonst wäre ich von der Schule geflogen. Du magst mich. Das weiß ich doch! Also sind wir jetzt mehr als Freunde.«

»Nein.« Ich zog meine Hand weg. »Nein, sind wir nicht. Nur Freunde, Gunther. Einfach nur Freunde!«

Er lachte, als würde ich ihn aufziehen oder mit ihm flirten oder was auch immer, und das war so was von NICHT der Fall.

Grrrrr!

Adieu, Bratpfanne, Hölle, ich komme!

Mittwoch, 17. Juni

15.35 Uhr

Königlich-Genovischer Reitstall

Ich verstecke mich jetzt im Reitstall mit Chrissy und Schneeball, weil das der einzige Ort ist, an dem nicht überall Leute herumrennen und irgendwas für die Hochzeit aufbauen oder sauber machen, und weil ich nachdenken muss. Ich muss das alles erst mal verarbeiten, sonst werde ich wahnsinnig. Ich kann es nicht fassen. Mein Leben ist ein Albtraum!

Und Nishi kommt MORGEN und erwartet, dass ich hier so eine Art Märchenprinzessinnen-Dasein führe, und das ist so was von NICHT wahr.

Okay, irgendwie natürlich schon, verglichen mit anderen. Mein Leben ist im Prinzip viel, viel besser als früher.

Ich will ja nicht undankbar sein.

Aber Prinzessin sein ist nicht so einfach, wie ich gedacht hatte.

(Obwohl ich zugeben muss, dass das Essen hier mich für vieles entschädigt. Ach, und die Kleider. Und dass ich so tolle Tiere habe und mit Menschen lebe, die mich wirklich mögen.)

Aber einige mögen mich leider *zu sehr.* Prinz Gunther zum Beispiel, der jetzt keine Popel mehr wirft und auch keine Furzgeräusche mehr macht, weil er das für »prinzlicher« hält. Und mich für seine Freundin.

Obwohl ich ihm versichert habe (auf die denkbar netteste Art), dass das definitiv NICHT der Fall ist. Er kann sich noch so sehr anstrengen, ich werde ihn nie als meinen Freund wollen. NIE UND NIMMER. Höchstens gute Freunde, mehr nicht.

Und wenn er mich morgen immer noch so anschmachtet, muss ich Dad bitten, dass er mir Hausunterricht geben lässt … oder mich in die Royal Academy in der Schweiz schickt. Ich will Gunthers Gefühle nicht verletzen (sonst weint er womöglich wieder, so wie heute).

Aber ich will ihn NICHT als Freund. Und nicht wegen seinen Kniestrümpfen und Badelatschen oder seinen grünen Haaren oder was auch immer. Ich könnte mich einfach nie in ihn verlieben.

Aber Luisa hat natürlich sofort gemerkt, wie er mich behandelt, als wir in die Klasse zurückkamen. (Im Ernst, es war nicht zu übersehen. Er geht jetzt so behutsam mit mir um, als wäre ich ein zartes Blatt, das er bei der leisesten Berührung zerquetschen könnte.) Und beim Promenieren hat sie sich zu mir vorgebeugt und mir zugeflüstert: »Gi-jorno, Olivia! Da hat sich aber jemand voll in dich verknallt.«

Ich warf ihr einen bösen Blick zu, weil sowieso alles nur ihre Schuld war, und zischte zurück: »Danke, sehr hilfreich, Luisa.«

»Warum?«, fragte sie, als hätte ich ihre Gefühle verletzt, was unmöglich ist, weil Luisa gar keine hat. »Jetzt kannst du ihn zum Hochzeitsempfang deiner Schwester einladen. Du willst doch dort jemand haben, der mit dir tanzt, oder nicht?«

Würg!

»Danke, das war auch sehr hilfreich, Luisa«, sagte ich, als wir beim nächsten Promenieren an ihr vorbeikamen.

Sie lachte nur und stolzierte davon.

Wenigstens bin ich nicht die Einzige, die merkt, wie gemein sie ist. Sogar Prinzessin Komiko, die sonst kaum den Mund aufmacht, hat mir heute beim Mittagessen zugeflüstert: »Lass dich nicht von Lady Luisa unterkriegen, Prinzessin. Sie ist zu allen so gemein.«

»Aber warum?«, fragte ich, während wir mit unserem Fischbesteck herumfummelten. »Sie ist doch so hübsch. Warum muss sie dann so gemein sein?«

»Sie war nicht immer so«, sagte Prinzessin Komiko. »Erst seit ihre Eltern geschieden sind.«

Ich verschluckte mich fast an meinem Chicoréesalat. »Was? Ihre Eltern sind geschieden?«

»Ja«, sagte Prinzessin Komiko. »Seit der zweiten Klasse. Und seither ist sie so gemein. Meine Eltern sind auch geschieden, aber ich bin trotzdem nicht gemein. Wahrscheinlich wirkt sich das bei jedem anders aus. Reichst du mir bitte mal das Salz?«

Ich reichte Prinzessin Komiko das Salz und dachte über ihre Worte nach. Luisas Eltern waren geschieden? Das war ja schrecklich! Ich habe keine geschiedenen Eltern, kann also nicht wissen, wie man sich dabei fühlt. Ich habe keine Mutter mehr, aber sie ist gestorben, als ich noch ein Baby war, und ich kann mich natürlich nicht an sie erinnern. Wahrscheinlich stimmt es, was Komiko gesagt hat – dass sich das bei jedem anders auswirkt.

Aber niemand hat das Recht, seine Wut und seinen Schmerz an anderen auszulassen.

Deshalb war ich nie so wild auf Märchen wie Nishi – besonders auf Märchen, in denen Prinzessinnen vorkommen. Nishi glaubt fest an ein Happy End, wenn dort steht: Und sie lebten glücklich bis an ihr Lebensende. In ihren Augen sind dann alle immer nur glücklich.

Aber das stimmt nicht. Das Leben ist ein ständiges Auf und Ab, bis zum Ende. Es gibt Gutes und Schlechtes. Man kann eine Prinzessin sein, so wie Komiko, und trotzdem geschiedene Eltern haben. Oder eine Prinzessin wie ich, die endlich der gemeinen Annabelle an ihrer alten Schule entkommen ist, nur um in der neuen auf ein Mädchen zu treffen, das genauso gemein ist (wie meine Cousine Luisa).

Und wer (außer Nishi?) glaubt schon an Märchen? Manche sind vielleicht ganz okay, wie zum Beispiel Rotkäppchen. Weil es echt keine gute Idee ist, mit Fremden zu sprechen, schon gar nicht mit Wölfen.

Aber andere Märchen sind völlig absurd. Ich meine, es ist doch körperlich unmöglich, hundert Jahre zu schlafen! Man würde glatt verhungern.

Und ein Prinz kann auch keine Prinzessin wach küssen (außer wenn er sie beatmet und Erste Hilfe leistet).

Aber wenn ich das zu Nishi sage, meint sie immer, das sei nicht der Punkt, weil das ja alles mit Magie funktioniert, und ich sei einfach nicht fähig, die Magie im wirklichen Leben zu sehen.

Aber das stimmt nicht. Ich kann sehr wohl die Magie

im wirklichen Leben sehen. Schließlich wurde ich gerade von einem Vorort in New Jersey in ein Schloss in Genovien gehext.

Und jetzt ... Was wird Nishi sagen, wenn sie hierherkommt und merkt, dass ich alles vermasselt habe und vielleicht – möglicherweise – allen das Happy End verderbe?

Okay, das ist vielleicht etwas übertrieben – niemand hat bis jetzt in einen vergifteten Apfel gebissen und ist daran gestorben oder so.

Aber mein Plan, Mia als Hochzeitsgeschenk einen Teil ihrer Probleme abzunehmen, hat nicht besonders gut funktioniert, woran zum Teil Luisa schuld ist, die wiederum ihre eigenen Probleme hat.

Stattdessen schaffe ich mir ständig neue Probleme ... zum Beispiel wegen Schneeball. Als ich heute nach Hause gekommen bin, hat sich der Majordomus beschwert, dass Schneeball zwei Würste und einen ganzen Briekäse aus der Küche gestohlen hat!

Eine Touristengruppe hat die Käsereste später in der Ahnengalerie gefunden. Sie lagen hinter der Büste meines Urgroßvaters. Die Touristen haben ein Foto davon gemacht, und jetzt ist der »Hundekäse« Topthema im Internet.

Wenn ich nur hier im Stall mit Chrissy und Schneeball leben könnte. Hier ist alles so ruhig und schön, und es riecht nach Heu.

Und das ist ein sehr angenehmer Geruch, wenn man sich erst mal dran gewöhnt hat.

Aber okay, man kann nicht vor seinen Problemen weglaufen. So wie Rocky, als er auf den Mond fliegen wollte. Man muss sich ihnen stellen, sonst löst man sie nie.

Und deshalb muss ich morgen in die Schule zurück und mich allem stellen – einschließlich Luisa.

Und Prinz Gunther.

Oh, Grandmère ist gerade mit den Elektrikern draußen und zeigt ihnen, wo sie die Partylichter für den Empfang aufhängen sollen. Sie können sicher Hilfe gebrauchen.

Mittwoch, 17. Juni

19.35 Uhr

Königlich-Genovisches Schlafzimmer

!!!!!!

WOW.

☺☺☺☺☺☺☺☺☺☺☺

Okay, vielleicht wird mein Leben ja doch noch besser. Ein bisschen jedenfalls.

Ich war draußen und habe den Elektrikern geholfen, die weißen Partylämpchen gegen violette auszutauschen (was heimlich passieren muss. Grandmère sagt, es wird eine große Überraschung für Mia, alles und jeden in weiches violettes Licht getaucht zu sehen), aber dann habe ich eine Überraschung erlebt.

Prinz Khalil tauchte im Palastgarten auf!

»Was machst du denn hier?«, fragte ich von meiner Leiter herunter.

»Und du? Was machst du da oben?«, fragte er von unten zurück.

»Ich wohne hier«, sagte ich.

»Ja, richtig.« Er lachte. »Also, das weiß ich natürlich. Ich meine, was machst du so hoch da oben?«

»Oh«, sagte ich. »Ich helfe mit, die Lichterketten für den Hochzeitsempfang meiner Schwester aufzuhängen. Der ist schon in zwei Tagen, aber im Prinzip ist noch nichts fertig.«

Ich hätte ihm eine längere Erklärung dazu geben können – nach einer Regel für Royals, die Grandmère mir an diesem Tag eingetrichtert hatte: »Am besten macht man alles selbst, statt sich auf andere Leute zu verlassen. Dann weiß man wenigstens, dass es richtig gemacht wird.« Aber plötzlich fiel mir ein, dass ich meine Uniformshorts anhatte, und ich wusste nicht, ob er mir von unten reinschauen konnte, also kletterte ich hinunter.

Zu meiner Überraschung packte er die unteren Sprossen, um die Leiter für mich festzuhalten, aber klar, ich hätte wissen müssen, dass Khalil so was macht. Das war seine berühmte Ritterlichkeit, von der Luisa immer schwärmte.

»Danke«, sagte ich und sprang das letzte Stück auf den Gartenweg hinunter. Meine pinkfarbenen Sneakers knirschten lautstark auf dem Kies.

»Gerne«, sagte er. »Hey, ich bin froh, dass wir uns getroffen haben. Also, wegen der Sache in der Schule heute …«

Oh nein! Das war echt das Letzte, worüber ich jetzt reden wollte! Besonders mit ihm.

»Oh«, sagte ich. »Tut mir leid, ich glaube, meine Großmutter ruft mich. Ist wahrscheinlich Zeit fürs Abendessen. Tut mir leid, ich muss gehen.«

»Warte.« Prinz Khalil streckte die Hand aus und fasste mich am Arm. »Ich wollte dir noch sagen, wie cool ich es finde, dass du gesagt hast, die Zeichnung sei von dir, nur damit Prinz Gunther nicht von der Schule fliegt.«

Ich erstarrte. »Ehrlich? Das findest du cool?«

»Ja.« Er ließ meinen Arm los. »Das hätten nicht viele Mädchen getan.«

Ich war sprachlos, nicht nur, weil Prinz Khalil mich am Arm gepackt und mir gesagt hatte, wie cool ich sei, sondern WEIL ER DOCH TATSÄCHLICH ETWAS MITBEKOMMEN HATTE, DAS MICH BETRAF.

Was mir natürlich egal sein konnte.

»Ähm«, sagte ich. Plötzlich kam es mir vor, als ob die Vögel im Garten lauter zwitschern als sonst und die Sonne ein bisschen heller schien, was absurd war, weil ich ja gar nicht in Prinz Khalil verknallt bin. »Gunther hat diese Zeichnung jedenfalls nicht gemacht. Also war es das einzig Richtige.«

»Ja«, sagte Prinz Khalil. »Aber du hast sie auch nicht gemacht.«

Dieses Gespräch wurde mir allmählich zu brenzlig, weil ich keine Lust hatte, Prinz Khalil zu verraten, wer das Bild in Wahrheit gezeichnet hatte, nämlich Luisa Ferrari, die ihn als ihren künftigen Verlobten betrachtete.

»Na ja«, sagte ich. »Vielleicht nicht. Aber es wäre trotzdem nicht fair gewesen, Prinz Gunther für etwas büßen zu lassen, das er gar nicht gemacht hat.«

»Nein«, sagte Prinz Khalil. »Aber wenn er die Zeichnung nicht gemacht hat und du auch nicht, wer war es dann?«

»Ähm.« Ich lenkte ihn schnell ab. »Hey, was ist das?«, sagte ich und zeigte auf den Drahtkäfig, den Prinz Khalil auf den Boden gestellt hatte, während er die Leiter festhielt, und den er jetzt wieder hochnahm.

»Ach, das?« Super, mein Ablenkungsmanöver funktionierte. Khalil hielt den Käfig hoch, damit ich ihn mir genauer ansehen konnte. »Das ist eine Lebendfalle. Ich bin nämlich freiwilliger Helfer bei der Herpetologischen Gesellschaft von Genovien. Heute sind wir hier, um eure Leguane einzufangen und umzusiedeln.«

Nur gut, dass ich von der Leiter gestiegen war, sonst wäre ich jetzt vor Überraschung heruntergepurzelt. »Im Ernst?«

»Ja«, sagte Khalil und seine dunklen Augen leuchteten auf, so wie neulich im Speisesaal. »Ich hab meinen Freunden dort erzählt, dass ihr eine Leguanplage im Palastgarten habt, und die haben sich dann mit dem Park- und Security-Personal in Verbindung gesetzt und gefragt, ob wir herkommen und unsere Fallen aufstellen dürfen. Wir wollen möglichst viele von euren Leguanen zum Golfgelände bringen. Dort sind sie viel besser aufgehoben und stören niemanden.«

»Wow«, sagte ich. »Das ist … also, das ist wirklich nett von dir.«

»Ach, mach ich doch gern.« Khalil zuckte mit den Schultern. »Der Verein ist froh, dass er helfen kann. Reptilien und Amphibien schützen und die Öffentlichkeit darüber aufklären, wie wichtig sie für die Umwelt sind, das ist unser Job. Wusstest du zum Beispiel, dass ohne viele Reptilienarten bestimmte Pflanzen nicht befruchtet und das Ökosystem von Seuchen befallen würde?«

»Oh«, sagte ich. »Nein, das wusste ich nicht.«

»Aber es ist wahr. Wo kann ich die aufstellen?« Er hielt den Drahtkäfig hoch.

»Dort drüben«, sagte ich und führte ihn zu dem Orangenbaum unter meinem Schlafzimmerfenster. Ich konnte Carlos nirgends sehen, aber ich wusste, dass er da war. Manchmal versteckt er sich. »Aber du wirst jede Menge davon brauchen.«

»Ich weiß«, sagte er. »Deshalb sind wir auch heute gekommen. Wir stellen erst mal so viele Fallen wie möglich auf und dann kommen wir wieder und machen weiter. Bis zur Hochzeit müssten wir die meisten gefangen haben.«

Die Vögel in den Bäumen zwitscherten noch lauter (oder zumindest kam es mir so vor). »Das wird das schönste Hochzeitsgeschenk für meine Schwester«, sagte ich. »Ich wusste nämlich nicht, was ich ihr schenken soll, weil ich kein Geld habe, um was für sie zu kaufen.«

Khalil lächelte. »Eine Leguan-Umsiedlung als Hochzeitsgeschenk, das hör ich zum ersten Mal. Aber du hast recht, es ist keine schlechte Idee, und nicht nur, weil es nichts kostet. Hey, ich glaube, ich werde später mal Leguan-Umsiedlungs-Experte, weil man die Leute so glücklich damit machen kann und es gleichzeitig gut für die Leguane ist.« Plötzlich verfinsterte sich sein Gesicht. »Aber das geht natürlich nicht.«

Prinz Khalil sah so traurig aus, dass es mir die Kehle zuschnürte. »Warum nicht? Gibt es in deiner Heimat keine Leguane?«

Er starrte mich an, als ob ich nicht alle Tassen im Schrank hätte. »Nein, weil ich dort irgendwann Prinz sein muss.«

»Ach ja, richtig«, sagte ich verlegen. »Wie konnte ich das nur vergessen?« Ich hatte auch vergessen, dass in seinem Land Bürgerkrieg herrschte, weshalb Khalil als Internatsschüler an die RGA ging und seine Eltern in Frankreich lebten. Wie taktlos von mir, dass ich überhaupt davon angefangen hatte! Ich wechselte schnell das Thema. »Ich will später mal Wildtier-Illustratorin werden. Ich glaube, das geht beides ... Prinzessin sein und einen Beruf ausüben. Die meisten Leute machen nicht nur eine Sache.«

»Also, ganz ehrlich«, sagte Khalil, während er von der Lebendfalle wegrobbte, die er gerade aufgestellt hatte, »darüber hab ich noch nie nachgedacht. Aber du hast recht. Warum soll es eigentlich nicht gehen? Gunther ist auch ein Prinz und will trotzdem Schwimmprofi werden.«

Es war zum Verrücktwerden, dass wir immer wieder

auf Gunther zurückkamen, wo ich Gunther doch gar nicht wirklich mochte … jedenfalls nicht so, wie Gunther es gern hätte …

Aber was sollte ich tun? Wenn ich deshalb einen Riesenwirbel machen würde, würden die anderen doch erst recht denken, dass ich in ihn verknallt bin. Also sagte ich nur: »Ja, stimmt.«

»Okay.« Prinz Khalil schaute auf die Falle. »Ich lass mir das durch den Kopf gehen. Und die hier war Nummer eins. Jetzt haben wir noch hundert andere vor uns.«

Ich kann gar nicht sagen, wie dankbar und glücklich ich war, dass Khalil wie aus dem Nichts hier aufgetaucht war und mich aus meinem tiefen Loch herausgeholt hatte. Deshalb wollte ich ihm auch was Gutes tun … nur fiel mir leider nichts ein. Ihn vor Luisa warnen, die ihn als ihren künftigen Freund betrachtete, auf dem Hochzeitsball mit ihm im Mondschein tanzen und ihm seine Liebe zu Amphibien und Reptilien ausreden wollte? Nein, das war wohl nicht ganz das Richtige.

Vielleicht *wollte* er ja Luisas Freund sein. Woher sollte ich das wissen?

Also sagte ich nur: »Dann lass ich dich jetzt mal in Ruhe weitermachen. Und vielen Dank. Wenn du später auf einen Orangensaft reinkommen möchtest – und deine Freunde von der Herpetologischen Gesellschaft natürlich auch –, brauchst du es mir nur zu sagen!«

»Okay.« Khalil lächelte. Warum ist mir früher nie

aufgefallen, was für ein nettes Lächeln er hat? »Danke. Bis später dann.«

»Bis später.«

Irgendwie schaffte ich es, nicht über eine Wurzel oder sonst irgendwas zu stolpern, als ich von dem Orangenbaum zurückwich. Keine Ahnung, wie.

Ich habe das gerade alles noch mal gelesen und, okay, man könnte fast meinen, ich wäre in Khalil verknallt, aber das stimmt nicht, ehrlich. Er ist wahnsinnig nett und alles, aber ich hab schon genug Probleme am Hals, auch ohne dass ich mich in einen Prinzen verknalle, der noch dazu der Schwarm meiner Cousine Luisa ist.

Aber ich muss zugeben, *wenn* ich mich in einen Prinzen verlieben würde, dann wahrscheinlich in Prinz Khalil, weil er nicht nur gute Manieren hat, sondern auch wunderschöne Augen, und weil er Leguane rettet.

Aber ich bin nicht in ihn verknallt. Kein bisschen.

Donnerstag, 18. Juni

8.30 Uhr

Königlich-Genovisches Schlafzimmer

Als ich heute Morgen aufwachte, ging ich sofort in den Garten hinaus und in jedem Käfig war ein Leguan! Also, in fast jedem. Carlos scheint seiner »Gefangennahme« (wie Rocky immer sagt, wenn ich mit ihm Astronaut gegen Velociraptor spielen muss) entgangen zu sein.

Wahnsinn. Prinz Khalil wird begeistert sein, wenn ich es ihm erzähle! Also nicht das von Carlos. Sondern von den anderen Leguanen.

Er hat mir natürlich nicht seine Handynummer gegeben, sodass ich bis zur Schule warten muss.

Aber es ist so toll!

Obwohl ich mir nie hätte vorstellen können, dass ich es eines Tages mal toll finden würde, einem Jungen – geschweige denn einem Prinzen – zu erzählen, wie viele Leguane in meinem Garten in die Falle gegangen waren!

Bisher hat niemand die Käfige bemerkt, außer Rocky und Grandmère, weil alle anderen Familienmitglieder noch schlafen. Gestern sind noch mehr Freunde von Mia (und Michaels gesamte Familie) eingetroffen. Ich konnte sie praktisch die ganze Nacht lachen und singen hören, als ich schon im Bett lag. Einmal habe ich aus dem Fenster geschaut und gesehen, wie meine Schwester und Michael eng umschlungen die Sterne betrachteten.

Hochzeiten machen die Leute offenbar glücklich. Aber das ist auch das Mindeste, bei allem, was sie durchmachen müssen, bis der große Tag endlich da ist!

Als ich herunterkam, saßen nur Grandmère und Rocky am Frühstückstisch. Grandmère nahm ihre Zeitung herunter und fragte: »Was, in aller Welt, geht da draußen im Garten vor, Olivia? Es sieht aus wie in einem Science-Fiction-Film, aber keiner, den ich gerne sehen möchte.«

»Ich schon«, sagte Rocky.

»Das sind Lebendfallen für Leguane, Grandmère«,

sagte ich. »Prinz Khalil ist Mitglied bei der Herpetologischen Gesellschaft von Genovien.«

Ich erklärte ihr, dass Khalil und seine Freunde die Fallen aufgestellt hatten, um die Leguane einzufangen und in die genovische Golfanlage umzusiedeln.

»Puh!«, sagte sie. »Da werden sich die Golfer aber freuen. Nun, richte diesem Prinz Khalil trotzdem meinen Dank aus. Oder vielleicht gebe ich ihm ein schönes Trinkgeld, wenn ich ihn sehe. Meinst du, zehn Euro wären genug? Nein, vielleicht doch lieber zwanzig. Oder sollte ich ihm einen Euro pro Käfig geben?«

»Oh nein, Grandmère«, sagte ich. »Der Service ist kostenlos. Khalils Verein will Reptilien und Amphibien erhalten und die Leute aufklären, wie wichtig diese Tiere für die Umwelt sind. Das ist ihnen Dank genug.«

Grandmère zog die Augenbrauen hoch, was aber kaum zu erkennen war, weil sie noch keine aufgemalt hatte.

»Nicht sehr unternehmerisch gedacht ... aber gut, dieser Prinz schlägt wohl seinem Großvater nach. Ein Intellektueller, in Gelddingen völlig ahnungslos. Deshalb konnten sie ja auch ihr Vermögen nicht erhalten, verstehst du?«

»Ich finde das cool, was Prinz Khalil macht«, sagte Rocky. »Ich werde auch Mitglied in der Herpetologischen Gesellschaft.«

Grandmère verschwand wieder hinter ihrer Zeitung. »Als hätte ich was anderes erwartet«, brummte sie vor sich hin.

Donnerstag, 18. Juni

9.30 Uhr
Königliche Limousine

Als ich heute in die Klasse kam, bin ich vor Schreck fast umgefallen.

Prinz Gunther war nicht in Kniestrümpfen und Badelatschen erschienen! Er trug eine lange Hose, richtige Schuhe und seine Uniformkrawatte und sein Hemd waren frisch gebügelt und in den Hosenbund gesteckt. Er hatte sogar die Ärmel heruntergekrempelt, damit es nicht so aussah, als würde er mit seinen »Ballermännern« angeben.

Er sah ... ähm ... nicht mehr ganz so grässlich aus.

Alle Mädchen redeten aufgekratzt über diese unglaubliche Verwandlung, sogar meine Cousine Luisa.

Sie kam ganz aufgeregt zu mir herübergelaufen und

flüsterte mir zu: »Das ist deinetwegen!« Ausnahmsweise war sie nicht wütend, sondern strahlte geradezu. »Gunther hat sich einen neuen Look zugelegt, weil du es ihm gesagt hast!«

»Ich?«, fragte ich verwirrt. »Wie kommst du denn darauf? Ich hab ihm nie gesagt, dass ...«

Dann verstummte ich, weil mir einfiel, dass Luisa recht hatte. Irgendwie hatte ich es ihm doch gesagt.

»Warte«, stieß ich hervor. »Ich hab ihm nie gesagt, dass er sich umstylen soll. Nur, dass er nicht mit Popeln werfen und Furzgeräusche machen soll. Und beim Promenieren seine Muskeln spielen lassen.«

»Siehst du!« Luisa sah mich triumphierend an. »Dann ist es also doch wegen dir.« Sie drehte sich zu Marguerite und Victorine um. »Ich hab's euch ja gesagt. Ein Mann tut alles für die Frau, die er liebt!«

Mir wurde leicht übel. Ich hatte doch nicht gewollt, dass Gunther seine Badelatschen ablegte. Obwohl er so viel besser aussah – und roch, das muss ich zugeben. Diese Badelatschen waren ziemlich alt gewesen.

»Das ist so was von romantisch«, seufzte Victorine. »Warum tut das niemand mal für mich?«

»Ja, echt. Gunther ist jetzt fast so süß wie Prinz Khalil«, stimmte Marguerite zu.

Ich erwartete, dass Luisa sie anfauchen würde: »Wie kannst du es wagen, Gunther mit Prinz Khalil zu vergleichen!« oder: »Niemand ist so süß wie mein Khalil!«

Aber sie sagte nichts. Sie schmachtete den verwandelten Prinzen genauso an wie alle anderen Mädchen!

Ich konnte es nicht fassen.

Nicht dass Prinz Khalil irgendwas davon mitbekam. Er war wie üblich in ein Buch über Reptilien und Amphibien vertieft. Und er schaute kaum auf, als ich mich von den anderen Mädchen wegschlich, um ihm zu erzählen, dass die Käfige, die er mit seinen Freunden aufgestellt hatte, heute Morgen alle voll gewesen waren.

»Oh, cool«, sagte er. »Ein paar von uns kommen später zu euch rüber, um die Leguane auf den Golfplatz zu bringen. Dann stellen sie die Käfige wieder auf, um vielleicht noch mehr zu fangen.«

»Super«, sagte ich. »Und vielen Dank noch mal, dass ihr das für uns macht.«

»Gerne. Ich bin froh, dass ich helfen konnte.« Khalil lächelte, und obwohl ich ihn nur als Freund gut finde, klar, konnte ich verstehen, warum Luisa so für ihn schwärmte.

Ich drehte mich um und wollte an meinen Tisch zurückgehen, als etwas GRÄSSLICHES passierte.

Wie aus dem Nichts sprang Prinz Gunther vor mich hin, verbeugte sich und rückte mir den Stuhl zurecht (so wie höfliche Männer es manchmal bei einer Dame machen, ABER NICHT IN DER KLASSE VOR ALLEN LEUTEN).

Dann sagte er: »Guten Morgen, Ihre Königliche Hoheit.«

Aaaaaah!

Aber die Mädchen in der Klasse waren alle ganz hin-

gerissen. Sie kicherten und klatschten, sogar Prinzessin Komiko. Und Luisa.

»Ähm«, sagte ich. »Guten Morgen, Prinz Gunther.«

Am liebsten wäre ich auf der Stelle tot umgefallen. Obwohl Grandmère mir mal sagte, dass es körperlich unmöglich sei, vor Scham zu sterben. Leider.

»Ich hoffe, du hattest einen schönen Tag«, sagte Gunther.

»Ja, sicher«, antwortete ich. »Und du hoffentlich auch.«

»Oh ja, danke.«

Darauf ich: »Super.« Prinz Gunther beugte sich voll über mich. Und ging einfach nicht weg.

»Super«, sagte er. »Fällt dir irgendwas an mir auf?«

»Ja«, sagte ich. »Du trägst keine Badelatschen.«

»Ja. Dir zuliebe.«

»Wow«, sagte ich schwach. »Das ist nett. Aber geh jetzt lieber an deinen Platz, Gunther. Monsieur Montclair muss jeden Moment kommen.«

»In Ordnung.« Prinz Gunther strahlte mich an. »Ich bin so froh, dass du da bist.«

»Super«, sagte ich. »Aber wir sind nur Freunde, vergiss das nicht!«

»Ja.« Gunther strahlte immer noch. »Das hast du mir gestern schon gesagt. Ich hab's nicht vergessen. Aber du bist meine allererste Freundin an dieser Schule. Die Einzige, die je nett zu mir war. Gestern Abend hab ich meinen Eltern am Telefon von dir erzählt und sie möchten dich im Sommer nach Stockerdörfl einladen.«

»Wow«, sagte ich. »Das ist toll. Wir werden sehen.«

Wenn man etwas nicht will, hat Grandmère mir beigebracht, sagt man einfach: »Fantastisch. Wir werden sehen.« Auf diese Weise legt man sich nicht fest, sondern gibt nur zu verstehen: Mein Terminplan ist brechend voll, ich muss das zuerst mit meiner königlichen Sekretärin abklären. Aber ich werde baldmöglichst darauf zurückkommen.

»Stockerdörfl wird dir gefallen«, fuhr Gunther fort. »Wir sind berühmt für unser tolles Skigebiet.«

Luisa hörte mit und lachte plötzlich. »Ich wette, Olivia ist schon als Baby Ski gelaufen.«

Eine wahre Pest, meine Cousine.

»Nein, ehrlich gesagt kann ich überhaupt nicht Ski laufen«, sagte ich. »Aber ich würde es gern lernen.«

Also nicht wirklich. Ich habe nur Zeit für ein einziges Hobby, nämlich Zeichnen. Ich hatte es nur gesagt, weil Luisa mir so auf den Nerven herumtrampelte.

Natürlich war es genau das Falsche, weil Prinz Gunther ganz begeistert fragte: »Wirklich? Ich kann es dir beibringen. Ich bin im Skilaufen genauso gut wie im Schwimmen.«

Oh nein.

Und dann ging GOTT SEI DANK unsere Klassenzimmertür auf.

Aber statt Monsieur Montclair spazierte Serena herein, mein Bodyguard.

Im ersten Moment dachte, sie sei hier, um Prinz Gunther daran zu erinnern, dass er Abstand von mir halten sollte, weil Bodyguards das in ihrer Ausbildung lernen.

Aber stattdessen reichte sie mir mein Handy (wir dürfen keine Handys in die Schule mitnehmen – obwohl manche ihres heimlich reinschmuggeln, so wie Luisa – und müssen sie bei unseren Bodyguards lassen, die uns kontaktieren, wenn es sich um einen Notfall handelt).

Als Serena mir das Handy hinhielt, befürchtete ich also das Schlimmste. Mein Herz schlug einen doppelten Salto und ich stand auf.

»Oh nein«, sagte ich. »Ist was passiert?«

War es Dad? Hatte er einen Herzinfarkt bekommen, vor lauter Stress wegen den hohen Kosten für die Hochzeit und den einsinkenden Grundmauern? Oder war es wegen Grandmère? War mit dem lila Färbemittel was schiefgelaufen? Oder – und bei diesem Gedanken brach mir der kalte Schweiß aus – war es wegen meiner Schwester … und den Babys?

»Nein, nein«, sagte Serena. »Es ist deine Freundin Nishi. Hast du vergessen, dass sie heute kommt? Sie ist gerade mit ihrer Familie auf dem Flughafen von Genovien gelandet.«

Donnerstag, 18. Juni

15.30 Uhr

Königlicher Swimmingpool

Nishi ist da!!!!

Kaum zu glauben, aber wahr, weil sie direkt neben mir auf einem blau-weiß gestreiften Liegestuhl fläzt, in einem ihrer fünf Badeanzüge, und sich in der Sonne aalt (mit Lichtschutzfaktor 50 auf der Haut, einem großen Sonnenhut und einer riesigen Sonnenbrille, während sie genovischen Orangensaft schlürft und Schneeball tätschelt).

Wir sind nicht mehr verkracht. Ich habe total vergessen, warum wir überhaupt sauer aufeinander waren.

Als sie die Flugzeugtreppe herunterkam, rannte ich über die Landebahn, schlang meine Arme um sie und drückte sie an mich und sie umarmte mich genauso fest.

Ich glaube nicht, dass ich je so glücklich war (außer natürlich an dem Tag, als ich meinen Dad zum ersten Mal gesehen habe).

Was bin ich nur für ein schlechter Mensch? Ich meine, wie konnte ich nur vergessen, dass Nishi heute mit ihrer Familie kommt? Obwohl ich natürlich ziemlich viel um die Ohren hatte.

Zum Glück hat Mia daran gedacht und Serena zum Flughafen geschickt.

Ich schrieb Mia in der Limo auf dem Weg zum Flughafen:

<IKH Prinzessin Mia Thermopolis »FtLouie« OlivGrace>

Bekomme ich heute wirklich schulfrei, damit ich mit Nishi zusammen sein kann???

Ja, klar. Das gehört sich so für eine gute Gastgeberin. Obwohl Madame Alain aus unerfindlichen Gründen darauf besteht, dass du morgen in die Schule kommst, was leider gar nicht mit unserem Terminkalender vereinbar ist.

Ups.

Na ja, muss morgen irgendwie von 11–12 Uhr in der Schule sein. Und ihr müsst auch hinkommen, du und Michael.

Was? Warum?

Kann ich dir nicht sagen. Ist eine Überraschung. Steht das denn nicht in deinem Terminplan?

Meine Schwester (und wahrscheinlich alle viel beschäftigten Leute, nicht nur Prinzessinnen) bekommt am Wochenbeginn einen ausgedruckten Terminplan mit genauen Angaben, wo sie wann zu sein hat, und das in fast jeder Stunde, von Montag bis Sonntag.

Aber ich sagte ja schon, wie schwierig es ist, eine Party für 500 Gäste – und jetzt sogar 550 – auf die Beine zu stellen, obwohl allmählich Land in Sicht ist. Heute Morgen haben die Assistenz-Butler schon das ganze Silber ausgelegt, und die Bühne, auf der Boris P. sein Konzert geben soll, ist auch endlich fertig. Sie wird definitiv nicht unter ihm zusammenbrechen. Alle Brautjungfern – minus Tina – sind zusammen darauf herumgehüpft wie auf einem Trampolin, um ganz sicherzugehen, dass nichts passieren kann. Michaels Schwester Lilly war allerdings ziemlich enttäuscht, als die Bühne nicht einstürzte.

<IHK Prinzessin Mia Thermopolis »FtLouie« OlivGrace>

Das Einzige auf meinem Terminplan ist morgen eine Verabredung mit Paolo um elf im Palast. Wir treffen uns im Salon und dort bekommen alle – auch du und Nishi und Luisa! – eine Maniküre und Pediküre vor der letzten Kleideranprobe und der Generalprobe für die Trauungszeremonie.

Au weia! Ich hätte mir ja denken können, dass Dad viel zu abgelenkt von allem hier war, um den Termin für unser spezielles Hochzeitsgeschenk an Mia weiterzugeben.

Mani-Pedis! Das kling super!

Also, nicht wirklich. Jedenfalls nicht, wenn Luisa auch dabei war. Aber ich muss natürlich so tun, als würde ich sie mögen, weil sie meine Cousine ist und weil wir beide Junior-Brautjungfern sind und nicht miteinander streiten dürfen. Es geht hier nicht um uns und unsere Gefühle, sondern um das Wohl der Braut!

Aber können wir das vielleicht
auf später verschieben?

Weil nämlich um elf in der RGA was
GANZ BESONDERES für dich geplant ist.
Dad hat es angeblich an dich weitergeleitet.
Er sagte, du weißt Bescheid.

Was ganz Besonderes in der RGA? Da bin ich aber neugierig. Wenn das so ist, müssen wir das wohl noch irgendwie reinquetschen. Viel Spaß mit deiner Freundin!

Den werde ich haben.

Und das ist nicht gelogen. Ich habe so viel Spaß mit Nishi wie schon lange nicht mehr.

Es ist ein komisches Gefühl, Nishi hier im Palast zu sehen, wie sie auf dem Thron sitzt (das Erste, was sie tun wollte), die Hochzeitgeschenke begutachtet (die Stapel werden immer höher) und die Touristen bespitzelt (wir haben uns in eine der Führungen eingeschmuggelt und niemand hat was gemerkt. Allerdings hatten wir auch Basecaps mit der Aufschrift *Visit Genovia!* auf). Nishi hat ein paar Selfies von uns online gepostet, damit die Mädchen zu Hause uns sehen können.

»Die werden vielleicht neidisch sein!«, sagte sie immer wieder.

Ich hatte mir also umsonst Sorgen gemacht, dass Nishi denken könnte, ich hätte mein Märchenleben gar nicht verdient, weil ich nichts daraus mache. Sie findet alles im Palast umwerfend. Sie liebt Chrissy, mein Zimmer und sogar meinen begehbaren Schrank!

»Dein Schrank ist größer als mein ganzes Zimmer zu Hause«, sagte sie. Und das stimmt auch.

Aber am tollsten fand sie den Zimmerservice, weil die Hausmädchen in ihrem Zimmer waren, ihre Sachen ausgepackt und alle ihre Kleider frisch gebügelt und ordentlich aufgehängt hatten, während wir beim Mittagessen saßen.

»Ja, klar«, sagte ich. »Das machen sie für jeden. Außer du bringst einen Affen mit.«

Nishi findet, dass ich das glamouröseste, umwerfendste Leben der Welt führe.

Und klar, ich verstehe natürlich, warum es für sie so aussieht. Sie weiß ja nicht, dass Prinz Gunther mich als Freundin haben will (was alles andere als glamourös ist) oder wie gemein Luisa zu mir ist.

Ich könnte es ihr natürlich erzählen, aber wozu? Wenn der Tag morgen vorbei ist, spielt das alles keine Rolle mehr, weil dann die Sommerferien anfangen. Und ich werde keinen meiner Mitschüler bis zum Herbst wiedersehen müssen (na ja, außer Prinz Khalil und Luisa, Marguerite und Victorine auf der Hochzeit).

Aber in Grandmères Gegenwart kann Luisa wenigstens nicht gemein zu mir sein. Und ich habe nichts dagegen, Prinz Khalil wiederzusehen.

Wenn ich die Aufführung morgen überlebe, dann ist alles gut!

Also verdränge ich das alles und genieße mein Leben, als hätte ich den restlichen Tag Ferien, so wie Nishi.

Freitag, 19. Juni

11.00 Uhr

Royal Genovian Academy Schulhof

Aber jetzt bin ich definitiv noch nicht in den Ferien.

Als Rocky und ich heute Morgen zur Schule gefahren sind (wir sitzen jetzt im selben Wagen), standen so viele Reporter, Fernsehwagen und Touristen vor dem Palast, um einen Blick auf die vielen Royals und Promis zu erhaschen, die an der Zeremonie teilnehmen, dass die Königlich-Genovische Garde zu Pferd ausrücken musste, um sie vom Tor wegzuscheuchen!

Und jetzt sind noch mehr Leute und Fernsehwagen um den Palast versammelt als zuvor, sodass die Motorradkolonne, die Mia und Michael zu der Aufführung in der

RGA bringen soll, im Stau stecken bleibt und sich verspätet.

Ich weiß nicht, was an einer königlichen Hochzeit so Besonderes ist, dass die Leute alle komplett durchdrehen.

Und dabei sind es noch vierundzwanzig Stunden bis zur Trauung!

Nur schade, dass Nishi das alles verpasst. Sie ist heute Morgen nicht rechtzeitig aus dem Bett gekommen, um in der Limo mitzufahren. Ihre Mom sagt, das ist der Jetlag, aber ich glaube, wir haben es an Nishis erstem Tag in Genovien ein bisschen übertrieben. Wir waren überall im Palast, sind auf Chrissy geritten, schwimmen gegangen, haben stundenlang geredet und ungefähr sieben Pfund genovisches Blätterteiggebäck verspeist (pro Nase), und dann ist auch noch meine Schwester mit ihren Freundinnen zu uns an den Pool gekommen, um ihren »Junggesellinnenabschied« zu feiern, was stundenlang weiterging ... bis in die Nacht hinein. Ich hörte sie noch lachen und herumplanschen, als ich ins Bett ging – lange nachdem Nishi auf ihrem Liegestuhl eingeschlafen war, ohne etwas zu Abend gegessen zu haben. Nishis Mom hat Lars, Mias Bodyguard, gebeten, sie in ihr Zimmer zu tragen, weil sie Angst hatte, Nishi könnte sich in ihrem nassen Badeanzug erkälten. (Nishis Dad konnte sie nicht selbst tragen, weil er Rückenprobleme hat.)

Meine Schwester hat versprochen, wenn Nishi rechtzeitig aufsteht, darf sie mit ihr und Michael in die Schule fahren, um die tolle Überraschung mitzuerleben.

Aber eigentlich bin ich ganz froh, wenn Nishi nicht kommt. Erstens wegen den ganzen Leuten, die vor der Limousine herumkreischen.

Und zweitens, weil ich nicht will, dass sie mich in der Nationaltracht von Genovien sieht. Oder dass mich überhaupt jemand darin sieht. Am besten wäre es, Mia und Michael würden umdrehen und in den Palast zurückfahren, weil sie im Stau stecken geblieben sind. Dann würde die ganze Vorstellung komplett ausfallen.

Ich weiß, es ist schrecklich, so etwas zu schreiben, aber ich meine es ernst: Das Ganze kann nur in einer Katastrophe enden.

Rocky und ich haben unsere Nationaltracht in der Schule gelassen, damit die Überraschung nicht auffliegt, aber jetzt frage ich mich, ob das so eine gute Idee war. Wenn ich nämlich mein Dirndl Francesca gezeigt hätte, meiner persönlichen Garderobenberaterin, hätte sie es vielleicht umnähen können, damit es mir besser passt. Es ist viel enger, als ich es vom ersten Mal in Erinnerung habe, und der weite Rock ist total kratzig.

Aber eine Prinzessin darf sich niemals in der Öffentlichkeit kratzen.

Ich bin übrigens nicht die Einzige, die gegen ihren Juckreiz ankämpft. Die anderen Mädchen sehen genauso

unglücklich aus wie ich, besonders weil wir ja hier nur rumsitzen und warten müssen.

Das ist unfair, denn die Jungs scheinen sich in ihren Lederhosen pudelwohl zu fühlen. Selbst Rocky, der getobt hatte wie ein Irrer, als er dieses Kleidungsstück zum ersten Mal erblickt hatte. Er sieht aus wie ein Elf. Das sagen alle! Und weil heute der letzte Schultag ist und außerdem ein besonderer Anlass, und weil die Motorradkolonne sich verspätet, hat Madame Alain uns erlaubt, unsere Handys zu benutzen (aber nur bis die Prinzessin mit ihrer »Entourage« eintrifft, und nur wenn wir versprechen, dass wir unsere Trachten nicht schmutzig machen).

Alle Mädchen sind ganz wild darauf, Selfies mit Rocky zu machen, sogar die Oberstuflerinnen. Königin Amina hat ihn »hinreißend« genannt und in die Luft gestemmt.

Und Rocky macht das alles gar nichts aus! Er hat kein einziges Mal von Furzen oder Dinosauriern geredet, soweit ich es beurteilen kann (was aber zum Teil vielleicht daran liegt, dass er jetzt auf Leguane steht).

Die Einzige, die sich daran störte, war Luisa. »Widerlich«, hörte ich sie sagen. »Dabei ist er ja noch nicht mal adlig.«

Ich war stocksauer, sagte aber nichts, weil ich mir vorgenommen habe, verständnisvoller und toleranter gegenüber Luisa zu sein, nachdem ich jetzt das von ihren Eltern weiß. Und eins habe ich gelernt, seit ich Prinzessin bin: dass man großzügig und freundlich zu anderen sein muss, die es weniger gut haben als man selbst. Normalerweise zahlt es sich auch aus, nett zu sein, weil andere dann auch nett zu einem sind. So wie Prinz Khalil, der mir geholfen hat, das Leguan-Problem in unserem Palast zu lösen.

Vielleicht kommt ja die Botschaft irgendwann auch bei einer Zicke wie Luisa an und sie wird dann ein bisschen netter und mehr so, wie ich mich selbst gern sehen würde.

Obwohl ich meine Zweifel habe, dass dieser Plan funktioniert. Luisa merkt es ja nicht mal, wie nett ich zu ihr bin – oder zu allen anderen.

Vielleicht war ich auch etwas *zu* nett zu Prinz Gunther. Ich kann ihm noch so oft sagen, dass wir nur Freunde sind, er hofft trotzdem, dass ich es mir vielleicht anders überlege und ihn in Stockerdörfl besuche.

»Dort laufen wir fast immer in Lederhosen herum«, hat er mir erzählt, während Victorine uns für ein Foto posieren ließ. »Also, in der Freizeit und beim Sport. Deshalb fühl ich mich so wohl drin. Wenn du mich im Sommer besuchen kommst, Prinzessin Olivia, dann wirst du schon sehen.«

Grrrrrrr!

Victorine und Marguerite standen daneben und lachten. Obwohl sie Prinz Gunther »total heiß« in seiner Lederhose finden.

Luisa konnte sich die Bemerkung nicht verkneifen: Prinz Khalil sieht noch heißer aus. Ich sagte ihr, das sei doch kein Wettbewerb. Als Prinzessin muss man diplomatisch sein.

In Wahrheit musste ich ihr natürlich recht geben. Prinz Khalil sieht tausendmal heißer aus! Er ist definitiv der süßeste Sechstklässler. (Nicht dass ich in ihn verknallt wäre. Ich beurteile das aus einem rein künstlerischen Blickwinkel. Khalil sieht wirklich besser aus als Gunther. Schon weil Khalil keine grünen Haare hat.)

Ich wäre also dankbar, wenn Prinz Gunther (und meine Cousine Luisa) endlich mal aufhören würden, mich vor Khalil zu blamieren.

Okay, ich habe gesagt, ich will Prinz Gunthers Gefühle nicht verletzen, und das gilt immer noch, aber ich werde ihn auf keinen Fall in den Sommerferien in Stockerdörfl besuchen.

Deshalb antworte ich ihm auf seine Einladung (er hat mich schon zum dritten Mal gefragt): »Ich weiß nicht, Prinz Gunther. Wenn meine Schwester in den Flitterwochen ist, muss ich mich um Fat Louie kümmern, ihren Kater. Und sie ist ziemlich lange weg – also mindestens zwei Wochen.«

»Oh«, sagte Prinz Gunther. »Aber wenn sie zurückkommt, dann …«

»Ja, aber dann kommt die endgültige Krönungszeremonie, bei der sie offiziell den Thron von meinem Dad übernimmt. Das ist eine ganz große Sache und natürlich muss ich dabei sein.«

»Ja, natürlich«, sagte Prinz Gunther. »Aber danach …«

»Also, danach bekommt sie Zwillinge und ich muss mich wahrscheinlich viel um die Babys kümmern und ihr bei den Regierungsgeschäften helfen, während sie im Mutterschaftsurlaub ist und so. Ich glaube nicht, dass ich mich so einfach loseisen kann. Aber vielleicht können wir uns ja schreiben.«

Prinz Gunther sah überrascht aus, und zwar angenehm.

»Schreiben? Du meinst Briefe? Ich schreibe wahnsinnig gern. Ich bin echt gut im Briefeschreiben. Und Chatten. Vielleicht können wir ja beides machen.«

Mit anderen Worten, jetzt muss ich den ganzen Sommer Briefe an Prinz Gunther schreiben (und mit ihm chatten).

Aber das macht mir nichts aus. Immer noch besser, als Gunther in Stockerdörfl zu besuchen.

»Super«, sagte ich. »Also dann, tschüs.« Ich hielt ihm die Hand hin.

»Tschüs?« Wieder war er überrascht, aber diesmal nicht angenehm. »Warum tschüs?«

»Weil ich nach der Vorstellung ganz schnell wegmuss«, sagte ich. »Ich muss mich doch für die Hochzeit meiner Schwester fertig machen. Und deshalb sollten wir uns jetzt schon Auf Wiedersehen sagen.«

»Oh«, sagte er und gab mir die Hand. Zum Glück zerquetschte er mir nicht mehr die Finger zu kleinen Würstchen, nachdem ich ihn deshalb zur Rede gestellt hatte. »Auf Wiedersehen, Hoheit.«

»Auf Wiedersehen«, sagte ich.

UFF. Ich bin so froh, dass es vorbei ist. Und jetzt ist auch die Motorradkolonne da. Ich kann es kaum noch erwarten, die Aufführung hinter mich zu bringen, damit ich endlich

- nach Hause gehen kann, um mir mit Nishi und meiner Schwester zusammen die Mani-Pedis geben zu lassen
- die Royal Genovian Academy für den ganzen Sommer vergessen kann
- aus dieser bescheuerten Tracht herauskomme
- nie mehr »Alle Straßen führen nach Genovien« singen muss
- nie wieder mit Prinz Gunther tanzen
- und ihn bis September auch nicht mehr sehen muss.

Yippieeee!

Freitag, 19. Juni

14.30 Uhr
Königlich-Genovischer Palast

Also, das lief nicht so gut.

Oder nein, das Problem ist, dass es *zu* gut lief.

Meine Schwester war nämlich ganz begeistert von der Aufführung.

Und vor lauter Begeisterung hat Mia alle Schüler (und Lehrer) der RGA zu ihrem Hochzeitsempfang eingeladen, weil sie, wie sie sagte, sehr, sehr froh wäre, wenn wir »Alle Straßen führen nach Genovien« bei der Hochzeit noch einmal aufführen könnten. Es sei ihr absolutes Lieblingslied.

Madame Alain versicherte ihr, dass es uns eine große Ehre sei.

Also, ehrlich gesagt – ich sehe das anders.

Nicht weil ich bezweifle, dass meine Schwester die Aufführung »richtig, richtig gut« fand. Es hat ihr wirklich gefallen, das weiß ich. Als ich hinterher zu ihr kam, weinte sie vor Rührung.

»Oh nein«, rief ich. »Was ist denn los?« Ich dachte, sie hätte sich vielleicht den Finger in der Tür eingeklemmt oder so. Die Türen in der RGA sind nämlich uralt und schwer, so wie die in unserem Palast. Da kann man sich schnell mal einen Finger einquetschen.

Aber es kam noch besser. Mia packte mich und umarmte mich ganz fest. Dann sagte sie: »Das war wirklich das Witzigste, nein, Beste, was ich je in meinem Leben gesehen habe! Ihr wart so gut, Olivia, ehrlich.«

Und jetzt sah ich, dass sie lachte. Und Michael auch.

Sie weinten praktisch vor Lachen.

Keine Ahnung, was an unserer Aufführung so komisch war – »Alle Straßen führen nach Genovien« ist ein ernstes Lied. Und es soll weiß Gott nicht witzig sein.

Aber na ja, Hauptsache, es hat ihnen gefallen, weil es ja schließlich ihr Hochzeitsgeschenk war.

Das Problem ist nur, dass ich das Lied jetzt noch mal singen – und dazu tanzen – muss. Und alle, die ich in der Schule kenne, kommen zu uns nach Hause … so wie Dad es mir prophezeit hatte …

Einschließlich Gunther!

Und okay, es ist ein ziemlich großes Zuhause (ein Palast, genauer gesagt) mit vielen Zimmern, in denen ich mich notfalls verstecken kann. Aber es war schlimm genug, dass ich mich überhaupt verstecken musste, noch dazu auf der Hochzeit meiner Schwester. Damit hatte ich wirklich nicht gerechnet. Ich wollte Spaß haben und sonst nichts!

Und natürlich fiel Luisa nichts Besseres ein, als mir sofort unter die Nase zu reiben, dass ich jetzt auf dem Ball mit Gunther tanzen könnte.

»Und kein Promenieren auf genovische Art«, zog sie mich auf. »Sondern einen langsamen Tanz im Mondschein in den Palastgärten.«

»Ooooh«, machten Victorine und Marguerite. Dann brachen sie alle in Gelächter aus.

Ich weiß wirklich nicht, was daran so witzig sein soll, obwohl mein Sternzeichen Schütze ist und Schützen angeblich immer das Positive im Leben sehen.

Aber ich fürchte, ich habe keine Wahl. Wir sind jetzt im Garten und lassen uns die Hände und Füße mit aromatischen Salzpeelings einreiben und danach werden unsere Finger- und Fußnägel zartrosa lackiert. Ich wollte meine knallgelb mit violetten Glitzerpunkten anmalen lassen, aber wir müssen uns mit dem begnügen, was Paolo, der Stilberater, für richtig hält.

Und er sagt, wir bekommen alle blassrosa Nägel, damit es im Fernsehen morgen einheitlich aussieht.

Aber wenigstens kriegen wir unterschiedliche Frisuren, mit Blumenarrangements in unseren Locken. »Jede Frau ist einzigartig«, sagt Paolo. »Sie ist wie eine Blume.«

Der Gedanke gefällt mir und ich überlege mir, welche Blume ich sein könnte. Vielleicht ein Gänseblümchen? Gänseblümchen sind fröhlich und zuverlässig.

Ich sage meiner Schwester nicht, dass es keine gute Idee war, die ganze Schule zu ihrer Hochzeit einzuladen (obwohl ich sicher bin, dass ich recht habe), denn Mia ist zum ersten Mal seit Wochen richtig gut gelaunt und ich will ihr keinen unnötigen Stress machen.

Wahrscheinlich ist es etwas ganz anderes, laut RateTheRoyals.com die »hübscheste Brautprinzessin der Welt« zu sein, als dann tatsächlich den Thron zu übernehmen und dafür zu sorgen, dass die vielen Flüchtlingskinder gut in Genovien untergebracht werden. Und dann haben die Kinder noch längst keine Schule, sodass die Leute zu ihr kommen und fragen: Was sollen wir jetzt tun? Oder: Prinzessin, wir haben nicht genug Essen für die Hochzeitsgäste. Was machen wir denn jetzt?

Als ich vorher in der Palastküche war, um Schneeball herauszuholen (ich wusste, dass sie da drin war! Zum Glück konnte ich sie einfangen, bevor die anderen es merkten, und jetzt halte ich sie an der Leine neben meinem Liegestuhl), hörte ich, wie Bernard, der Küchenchef, ausrastete.

»Isch 'abe gerade letzte Schiffsladung Langust in ganz Südeuropa bekomme!«, brüllte er. »Wie soll isch das jetzt auf siebenhundert Leute verteilen? Wie, in aller Welt, soll das gehen, mon dieu?«

Ich weiß, Mia hat es gut gemeint, als sie die ganze RGA zu ihrem Empfang eingeladen hat, aber niemand ist besonders glücklich darüber. So wie Chef Bernard. Oder ich.

Na ja, gut.

Darum geht es wahrscheinlich nicht. Sondern darum, Freude im Land zu verbreiten. Und Prinz Gunther ist superhappy. Er hat mir schon dreimal getextet wie toll er es findet, während ich das hier geschrieben habe.

<SKH Prinz Gunther — OlivGrace>

Prinzessin Olivia, ich habe eine Überraschung für dich, wenn wir uns morgen sehen. Du wirst begeistert sein.

Danke, Gunther, das ist sehr, sehr nett von dir. Aber es wäre doch nicht nötig gewesen.

Nein, aber ich will es, weil du so nett zu mir warst.

Oh nein! Ich darf mir gar nicht vorstellen, was Gunther sich ausgedacht hat.

Ich habe Nishi seine Nachricht gezeigt, und sie sagte: »Wahnsinn! Ich will auch eine Überraschung von einem Prinzen!«

»Ich weiß, was es ist«, rief Luisa von ihrem Liegestuhl herüber. »Ein Paar Ski!« Dann lachte sie schallend und Victorine und Marguerite lachten mit.

»Ach, hör auf, Luisa«, sagte ich. »Er schenkt mir doch keine Ski.«

Ich hoffe es jedenfalls.

»Worüber lacht ihr denn so?«, wollte Tina, die beste Freundin meiner Schwester, wissen.

»Nichts«, sagten wir alle wie auf Kommando. Weil es nicht sehr prinzessinnenhaft war, vor Erwachsenen über Jungs zu reden.

»Oh«, sagte Tina. »Ich dachte, es geht vielleicht um Boris P. Der wird nämlich jeden Moment hier auftauchen. Nicht, dass mich das wirklich interessiert.«

Ich war froh, dass sie Boris P. ins Spiel brachte, weil Luisa und die anderen auf diese Weise von mir und meinem Gunther-Problem abgelenkt wurden. Alle schwärmten jetzt in den höchsten Tönen von Boris P., der anscheinend ein richtig großer Rockstar war, sogar in Genovien, wo die Leute sich normalerweise mehr für ihre Royals als für Rockstars interessieren.

Aber wenigstens mögen die Leute Grandmère. Ich habe irgendwie ein schlechtes Gewissen, weil wir Prinz Gunthers Eltern nicht zur Hochzeit eingeladen haben.

Zum Glück sagte er (in einer neuen Nachricht, die ich gerade bekommen habe – Nummer vier!), dass sie sowieso nicht kommen könnten, weil sie auf einem Yoga-Retreat in Indien sind. Gunther muss das ganze Wochenende über in der Schule bleiben, weil seine Eltern ihn erst am Montag abholen. Erstens, weil sie nicht zu Hause sind, und zweitens, weil sie von dem schrecklichen Verkehrschaos gehört haben, das morgen wegen Mias Hochzeit in Genovien herrschen wird. An der ganzen Küste wurden bereits Stauwarnungen ausgegeben.

Armer Gunther!

Aber als ich das gerade Grandmère gegenüber erwähnte (die Stauwarnungen), war sie ganz begeistert statt besorgt. Sie prahlte damit vor jedem herum, der es hören wollte oder auch nicht, und fuchtelte so wild mit ihren Händen, dass Rommel, der auf ihrem Schoß saß, während sie sich die Zehennägel lackieren ließ, fast herunterfiel.

»Verkehrsstaus an der ganzen Küste«, rief sie Michaels Mom, Frau Dr. Moscovitz, zu, die auf dem Liegestuhl neben ihr saß. »Haben Sie das gehört? Verkehrsstau an der ganzen Küste!«

»Oh«, sagte Frau Dr. Moscovitz verwirrt. »Ist das was Gutes?«

»Aber sicher!«, rief Grandmère. »Es ist unglaublich! Spektakulär! Eine Sensation! Je mehr Verkehrsstaus, desto mehr Touristendollars für Genovien! Diese Hochzeit wird unser Land vor dem finanziellen Ruin retten.«

»Oh«, sagte Dr. Moscovitz lächelnd. »Wie schön. Ich bin froh, dass mein Sohn helfen konnte.«

Und ich bin froh, dass Grandmère so gut gelaunt ist.

Es sieht jetzt auch alles besser aus, weil Sebastiano ihre Idee super fand, alle Brautjungfernkleider lila zu färben. Er kam gerade zu uns an den Pool und sagte: »Oh, schaue nur, all diese schön Lady! Sie habe Aussehen von Meerjungfrauen vor Kristallgrotte!« (Mein Cousin Sebastiano, der Modedesigner, redet ungefähr so gut Englisch wie ich Italienisch und manchmal erinnert er sich nur an den Wortanfang.)

Luisa, Victorine, Marguerite, Nishi und Mias Freundinnen fragten Sebastiano, ob ihre Kleider fertig seien, und er sagte: »Sì.« (Sì heißt Ja auf Italienisch.) »Ja, sie sind fertisch und viel schön, als isch in Erinner habe.«

Dann sah ich, wie er Grandmère zuzwinkerte, während sie nur geheimnisvoll lächelte. (Eine Royal zwinkert nicht!)

Also hat es mit dem Färben offenbar geklappt.

Das wird eine tolle Überraschung für alle, besonders für Mia.

Aber hoffentlich eine schöne, so wie »Alle Straßen führen nach Genovien«.

Wenn ich nur wüsste, was ich Mia und Michael zur Hochzeit schenken kann. Ein Tanz im Dirndl, das zählt nicht. Ich glaube nicht, dass so was als gutes Geschenk durchgeht.

Freitag, 19. Juni

16.00 Uhr

Königlicher Thronsaal Generalprobe der Trauungszeremonie

Diese Luisa! Ich fasse es nicht.

Im Ernst. Wie ist es möglich, dass jemand wie sie überhaupt existiert?

Ich meine, okay, sie kann nichts dafür, weil sie ein unglückliches Zuhause hat (jedenfalls laut Prinzessin Komiko und auch Grandmère, wenn es stimmt, was sie über Bianca Ferrari, Luisas Großmutter, alles erzählt hat).

Aber das gibt ihr noch lange nicht das Recht, sich wie ein verzogenes Kleinkind zu benehmen.

Alles lief bestens – wir kamen am Pool ziemlich gut

miteinander klar –, bis es Zeit für die Kleideranprobe wurde und wir zur Generalprobe für die Trauungszeremonie gehen mussten.

Es war keine Kostümprobe, weil niemand vor der Hochzeit die Brautjungfernkleider sehen durfte (zum Glück, denn wir brauchen nicht noch mehr Theater, was ja offensichtlich Luisas Spezialität ist).

Aber es war das erste Mal, dass wir die Jungs nach unserer Aufführung am Vormittag sehen würden.

Na ja, besonders einen. Und ihr könnt euch schon denken, wen.

Okay. Prinz Khalil.

Und sobald die Männer dabei waren – Michael, mein Dad, Rocky und die anderen Brautführer, also ihr-wisst-schon-wer ... PRINZ KHALIL –, flippten ein paar von den Mädchen komplett aus und tanzten »Watch Me« den Gang entlang, statt feierlich und anmutig zu schreiten, wie Vivianne es uns gezeigt hatte.

Also, eigentlich hat nur EINE mit dem Blödsinn angefangen, nämlich Lady Luisa Ferrari.

Sie nahm einfach nichts ernst, was Vivianne sagte, sondern blödelte die ganze Zeit herum, besonders wenn sie vor Nishi und mir gehen musste, also praktisch die ganze Zeit!

Bei der Trauungszeremonie müssen zuerst die Männer nach vorne gehen, hinter dem Premierminister, der Mia und Michael morgen trauen wird. Also zuerst die Brautführer und Michael, dann Rocky mit den Ringen (bei der Probe waren es natürlich nicht die echten, zum Glück, weil sie so nicht verloren gehen konnten).

Und dann kamen die Brautjungfern.

Danach die Junior-Brautjungfern, Victorine, Marguerite und Luisa.

Luisa, Victorine und Marguerite sollten Blütenblätter auf den roten Teppich vor meiner Schwester streuen, weiße Blütenblätter, keine violetten. Grandmère und ich waren uns einig, dass weiße Blütenblätter auf dem roten Teppich besser aussehen würden als violette.

Dann muss Mia, flankiert von ihren Eltern (in Genovien ist es üblich, dass beide Elternteile die Braut zum Altar führen) den langen Gang vorgehen, gefolgt von Nishi und mir, die Mias fast fünf Meter lange Brautschleppe halten müssen.

Bei der Probe trug Mia allerdings ein fünf Meter langes Tischtuch als Brautschleppe (weil es Unglück bringt, wenn der Bräutigam seine Braut vor dem großen Tag im Brautkleid sieht), damit Nishi und ich ein Gespür dafür bekamen … und die Fernsehleute sehen konnten, wo sie am besten ihre Lampen und Kameras aufbauen mussten.

Es war also supernervig, dass Luisa dauernd herumblödelte, weil einige von uns ernsthaft proben mussten (und weil sie Victorine und Marguerite dauernd zum Lachen brachte, sodass die beiden sich auch nicht konzentrieren konnten).

Und ehrlich gesagt hatte ich nicht Eindruck, dass Prinz Khalil beeindruckt war. Ich glaube, er nahm es gar nicht wahr. Er stand mit Michael, Boris P. und den anderen Brautführern ganz vorne im Thronsaal und zeigte Rocky Fotos auf seinem Handy. Wahrscheinlich Bilder von Schlangen und Amphibien, Rockys begeistertem Gesicht nach zu urteilen.

Und natürlich kann ich verstehen, dass Luisa ihn unbedingt auf sich aufmerksam machen wollte. Als Nishi Prinz Khalil zum ersten Mal gesehen hat, bohrte sie ihre Fingernägel in meinen Arm und sagte: »OMG, Olivia! Der ist ja so was von süß! Warum hast du mir das nicht GESAGT?«

Aber trotzdem. Süß hin oder her, Luisa machte genau das Falsche, falls es ihre Absicht war, ihn zu beeindrucken. Es war nicht sehr prinzessinnenhaft von ihr, die anderen mit ihren Blödeleien aufzuhalten, wo doch alle liebend gern woanders gewesen wären (zum Beispiel am Pool) oder wichtigere Dinge zu tun hatten (zum Beispiel der Premierminister, der ja schließlich seinen Job machen musste).

Irgendwann sagte Grandmère mit einer Stimme, die so kalt und schneidend war, dass sie durch den ganzen Thronsaal hallte: »Luisa Ferrari, vielleicht möchtest du lieber nur als Gast an dieser Hochzeit teilnehmen und nicht als Brautjungfer?«

Erst da hörte Luisa auf, sich vor der versammelten Mannschaft aufzuspielen.

»Verzeihung, Ihre Majestät«, sagte sie und knickste vor Grandmère.

Ha!

Aber statt zuzugeben, dass sie sich unmöglich benommen hatte, kam Luisa zu mir hergelaufen, während wir im Gang saßen und die Fernsehleute an der Beleuchtung arbeiteten, und flüsterte mir zu: »Gi-jorno, Olivia! Was hat dieses alte Knochengestell für ein Problem? Ist doch klar, dass ich das morgen richtig mache. Aber im Gegensatz zu gewissen anderen Leuten muss ich nicht SCHREITEN üben. Ich bin schon als kleines Mädchen auf Modenschauen aufgetreten. Meine Mutter hat mich bei der absoluten Top-Modelagentur in Genovien angemeldet, als ich noch ein Baby war.«

Ich funkelte sie an. »Hör endlich auf mit deinem Gi-jorno! Und wenn Grandmère mitkriegt, dass du sie als altes Knochengestell bezeichnest, wirft sie dich in den Kerker.«

Luisa verdrehte die Augen. »Oh bitte. Es gibt in diesem Palast keinen Kerker mehr. Soviel ich weiß, hat dein Vater ihn in einen Weinkeller umgewandelt.«

Das ist leider wahr.

Und genau in diesem Moment passierte es. Etwas, das bei Luisa zum totalen Hochzeitszusammenbruch führte. Anders kann ich es nicht beschreiben.

»Hi, Olivia.« Prinz Khalil kam zu mir herüber und sagte: »Ich glaube, du hast mir noch gar nicht deine Freundin vorgestellt.«

Nishis Augen wurden fünf Nummern größer als normal. Bevor ich etwas sagen konnte, sprang sie auf die Füße und knickste vor ihm. »H-h-hallo, Königliche Hoheit«, sagte sie zu Prinz Khalil. »Ich bin Nishi Desai, Olivias beste Freundin aus New Jersey.«

»Hi, Nishi aus New Jersey«, sagte Prinz Khalil grinsend. Er merkte gar nicht, dass Luisas Gesicht vor Wut knallrot anlief. »Freut mich sehr, dich kennenzulernen. Also, Prinzessin Olivia«, fuhr er zu mir gewandt fort, »ich wollte dir noch sagen, dass wir bis heute Abend alle Käfige herausholen werden. Aber wir haben noch nicht alle Leguane gefangen. Es sind immer noch ein paar übrig, die zu clever für Lebendfallen sind. Außerdem sind sicher auch Nester mit Eiern da. Darum kümmern wir uns dann nächste Woche.«

»Oh«, sagte ich. »Klar. Okay. Danke.«

»Super!« Er lächelte mich an und ich musste kurz wegsehen, so nett und warm waren seine Augen. *Was, in aller Welt, ist los mit mir?* »Also, wir sehen uns dann vor dem Altar.«

Das war ein kleiner Scherz, weil wir bei der Probe immer wieder den Gang entlangschreiten mussten. Natürlich nicht zusammen.

»Ha!«, sagte ich. »Dann bis vor dem Altar.«

Sowie wir in den Thronsaal zurückgingen, drückte Nishi quietschend meinen Arm und sprang mehrmals auf und ab.

»Oh mein Gott!«, stieß sie hervor. »Ein echter Prinz! Ich bin endlich einem echten Prinzen begegnet! Ich meine, außer deinem Dad natürlich. Und er ist sooooo süß!«

Aber ich hörte kaum hin, weil Luisa mich mit einem Blick durchbohrte, den man nur als tödlich bezeichnen konnte. Im Ernst, sie sah aus, als wollte sie mich gleich umbringen.

»Was«, fing sie an, »war das denn gerade?«

Ich hätte sagen sollen: »Das geht dich nichts an, Luisa«, weil ich sie schließlich nicht um Erlaubnis bitten musste, wenn ich mit anderen Leuten reden wollte.

Aber weil ich Prinzessin bin und Mitgefühl mit anderen zeigen soll und weil ich weiß, wie verknallt sie in Prinz Khalil ist, sagte ich stattdessen: »Luisa, Prinz Khalil ist Mitglied bei der Herpetologischen Gesellschaft von Genovien und sein Verein hat mir geholfen, die Leguane vor der Hochzeit aus dem Palastgarten zu entfernen. Also entspann dich. Ist ja nicht so, als würde er mich mögen oder was auch immer.«

Aber damit war ich erst recht ins Fettnäpfchen getreten, denn statt meinen Rat zu beherzigen und sich zu entspannen, wurde Luisa noch wütender. Sie kniff ihre Nasenflügel zusammen und sagte: »*Dich*? Warum sollte Prinz Khalil jemand wie *dich* mögen? Glaub mir, das wäre mir im Traum nicht eingefallen.«

Das kränkte mich natürlich ein bisschen … und erinnerte mich an die hässliche Zeichnung, die sie auf meinem Tisch hinterlassen hatte. Vielleicht war es gar kein Scherz gewesen (um mir zu »helfen«, wie sie behauptet hatte). Vielleicht sah ich in ihren Augen ja wirklich so aus.

»Was soll das heißen, jemand wie ich?«, sagte ich, die Hände in die Hüften gestemmt. »Was ist falsch an mir?«

»Frag lieber mal, was *nicht* falsch an dir ist!«, schoss Luisa zurück. »Du bist keine Royal, sondern höchstens die Karikatur einer Prinzessin. Du trägst eine Brille, deine Haare sind eine einzige Katastrophe – du kannst nicht richtig Italienisch … und tanzen schon gar nicht! Du hast bei der Aufführung heute total bescheuert ausgesehen.«

Ich hörte, wie Nishi die Luft einsog. »Das ist nicht wahr! Olivia kann super tanzen! Und ich finde ihre Haare gut!«

Ich sah, wie Victorine und Marguerite einen Blick miteinander wechselten. »Ja, Luisa«, sagte Marguerite. »Ich finde, das geht echt zu weit. Nur weil Olivia und Prinz Khalil befreundet sind …«

Aber Marguerites Versuch, die Lage mit royaler Diplomatie zu entspannen, ging voll nach hinten los. Etwas Schlimmeres hätte sie nicht sagen können.

»Ach ja? Dann sind Olivia und Prinz Khalil jetzt also befreundet?«, fauchte Luisa. »Wie weit geht denn deine Freundschaft mit ihm, Olivia? Das würde ich schon mal gerne wissen.«

»Was?« Ich hatte keine Ahnung, wovon sie redete, im Gegensatz zu Marguerite und Victorine, die vielsagende Blicke miteinander wechselten und die Augenbrauen hochzogen. »Khalil war nur ein paarmal hier, um uns von der Leguanplage zu befreien, sonst nichts. Das hab ich dir doch schon gesagt, Luisa.«

»Und warum hast du mir dann nichts davon erzählt, wenn er wirklich nur hier war, um dich von den Leguanen zu befreien, Prinzessin Olivia?«, zischte Luisa. »Warum hast du so ein Geheimnis daraus gemacht?«

»Das ... das war doch kein Geheimnis«, stotterte ich. »Ich meine, außer gegenüber meiner Schwester, weil es eine Hochzeitsüberraschung für sie sein sollte, so wie die Aufführung in der Schule. Aber vor dir hab ich nie ein Geheimnis draus gemacht.«

»Aber warum hast du es mir dann nicht erzählt?«, brüllte Luisa. Zum Glück waren nur Nishi und meine Cousinen und ein paar Palastangestellte in der Nähe, und nicht Prinz Khalil oder der Premierminister oder sonst jemand von der Hochzeitsgesellschaft, die alle noch im Thronsaal waren. Ich hätte mich sonst noch mehr gedemütigt gefühlt als sowieso schon. »Du weißt doch, dass ich ihn mag!«

»Ähm«, sagte Nishi, »ich will mich ja nicht einmischen, aber Olivia hat mir gesagt, dass sie NUR befreundet mit Prinz Khalil ist. Falls das was hilft.«

»Tut es eben nicht«, sagte Luisa und schleuderte ihr langes blondes Haar zurück. »Aber trotzdem danke. Und falls es dich interessiert, Nishi, oder wie immer du heißt, deine Freundin ist eine scheinheilige Männerdiebin, die anderen Mädchen den Freund klaut.«

Ich schnappte nach Luft, genau wie Victorine und Marguerite. Und Nishi natürlich. Oder einige der Palastangestellten.

»Nein«, sagte ich, während meine Augen sich mit Tränen füllten. »Das stimmt nicht! Das würde ich nie tun.«

»Buon gi-jorno, Olivia«, sagte Luisa. »Ich bin so enttäuscht von dir. Ich dachte, wir beide könnten Freundinnen sein, aber jetzt weiß ich, dass du nur eine hinterlistige Intrigantin bist, die einem voll in den Rücken fällt. Aber nimm dich in Acht – du bist nicht die Einzige, die dieses Spiel beherrscht.«

Freitag, 19. Juni

18.30 Uhr

Königlich-Genovisches Schlafzimmer

Nishi sagt, an meiner Stelle würde sie Luisa einfach ignorieren. »Die ist doch nicht ganz dicht.«

»Vielleicht«, sagte ich. »Aber sie ist trotzdem meine Cousine.«

»Na und? Ich hab auch eine Menge Cousins und Cousinen«, sagte Nishi. »Einer davon steht im Guinnessbuch der Rekorde. Er ist der Besitzer des größten Gummibandballs der Welt. Das bedeutet nicht, dass ich alles ernst nehmen muss, was er sagt, weil er mindestens genauso verrückt ist wie Luisa.«

»Gutes Argument.«

Trotzdem hatten mich Luisas Vorwürfe sehr gekränkt – eine hinterlistige Intrigantin und scheinheilige Männerdiebin, die anderen Mädchen den Freund klaut! Auch wenn ich das natürlich nicht gemacht habe, will ich nicht, dass jemand so schlecht von mir denkt …. Nicht mal diese eingebildete Zicke von Luisa.

Ich war so niedergeschlagen wegen dieser ganzen Sache, dass ich ein paar Türen weiter zu Grandmères Zimmer ging, bevor wir uns für das Abendessen fertig machten. Vielleicht konnte sie mir einen Tipp geben, was ich tun sollte. Ihre Ratschläge hatten mir bisher immer geholfen. Und ich wusste, dass die anderen alle schon im Hochzeitsfieber und viel zu nervös waren, um mir zuzuhören.

Grandmère ist nie nervös.

Als ich klopfte, kam ihre Zofe an die Tür und ließ mich herein. Grandmère hat das Personal angewiesen, mich jederzeit zu ihr zu lassen, es sei denn, sie war mit einem Besucher beschäftigt.

Und ich hatte recht: Grandmère war voll entspannt. Sie saß noch im Morgenmantel und Turban da und trug mit einer Hand eine dicke weiße Creme auf ihre Hände und ihren Hals auf. Laut Grandmère sollte jede Frau regelmäßig eine Feuchtigkeitsmaske auftragen, weil sie es sonst irgendwann bereuen wird.

»Olivia«, sagte sie, »warum bist du nicht in deinem Zimmer und machst dich für das Abendessen fertig? Sag jetzt nur nicht, du bist nervös wegen der Trauung morgen.

Es ist ja nur eine Liveübertragung. Wenn du dich in irgendeiner Weise blamierst, kannst du dich damit trösten, dass andere sich sicherlich noch viel mehr zum Narren machen, und dann werden dich alle schnell vergessen haben.«

»Danke, Grandmère«, sagte ich. »Nein, ich bin nicht nervös wegen morgen. Also, wenigstens war ich es bisher nicht. Aber jetzt schon, allerdings nicht wegen der Hochzeit, sondern wegen Luisa Ferrari.«

»Luisa Ferrari?« Großmutter legte ihre Coldcream weg und ihre Augen weiteten sich. »Was ist mit ihr?«

Und dann erzählte ich ihr alles über Luisa ... wie sie mich die ganze Zeit mit ihrem idiotischen Buon gi-jorno aufzog und wie verknallt sie in Khalil war; dass sie jetzt glaubte, ich sei auch in ihn verknallt (was, wie ich Grandmère versicherte, definitiv NICHT der Fall war ... obwohl ich es toll fand, dass Prinz Khalil die Leguane vor dem Aussterben bewahren wollte, und obwohl ich seine Locken so süß fand und seine warmen braunen Augen, wenn er lächelte).

Und dass ich Luisa auf keinen Fall den Freund stehlen wollte, dass ich in ihren Augen aber jetzt trotzdem eine hinterlistige Intrigantin war und dass sie sich vielleicht irgendeine Gemeinheit ausdenken würde, um es mir heimzuzahlen.

»Ich erzähl dir das alles nicht, weil ich will, dass Luisa Ärger kriegt«, fügte ich zum Schluss hinzu. »Eine Prinzessin petzt nicht, das weiß ich. Ich finde nur, dass jemand Bescheid wissen sollte. Ein Erwachsener. Nur für alle Fälle.«

Grandmère nickte, nahm einen anderen Tiegel hoch und fing an, sich Creme ins Gesicht zu reiben. Sie sagt immer, eine Frau sollte drei Dinge unbedingt meiden: die Sonne, Sonnenstudios und Männer, die auf der Straße stehen und Parfüms verkaufen.

»Natürlich verstehe ich das vollkommen, Olivia, und es war richtig, dass du es mir erzählt hast. Aber das alles hat nichts mit dir zu tun. Daran ist nur Bianca Ferrari schuld.«

»Wirklich?«, sagte ich überrascht. »Wieso?«

»Bianca Ferrari erzählt ihrer Enkelin wahrscheinlich die ganze Zeit, dass SIE in Wahrheit die Thronerbin sei und nicht du. Luisas Großmutter hat immer gehofft, dass sie eines Tages deinen Großvater heiraten würde, verstehst du«, sagte Grandmère, während sie sich im Spiegel betrachtete. »Oh, ich nehme an, dein Großvater mochte sie auch – auf seine Art … bis ich daherkam. Dann hat er gemerkt, was eine richtige Frau ist, und Bianca Ferrari keines Blickes mehr gewürdigt.«

Ich sog die Luft ein. »Grandmère! Dann warst du ja eine Männerdiebin! Eine hinterlistige Intrigantin!«

»Puh!« Grandmère nahm einen Lippenstift und trug ihn sorgfältig auf. »Man kann niemandem etwas stehlen, das ihm von vornherein gar nicht gehört. Bianca Ferrari war eine schöne Frau, aber sie hatte weder Charakter noch gesunden Menschenverstand. Und genau das sollte man von einem Lebenspartner erwarten, denn Schönheit vergeht, aber Charakter und Intelligenz, das bleibt.«

»Oh«, sagte ich.

»Ja, Olivia, *oh*. Deshalb ist deine Cousine so feindselig dir gegenüber. Weil du sowohl Charakter als auch gesunden Menschenverstand hast, was dieser Luisa völlig abzugehen scheint. Das – und die Tatsache, dass du Prinzessin bist und sie nur die Enkelin einer Baroness – verunsichert sie.«

Ich weiß nicht. Ich finde Luisa Ferrari alles andere als unsicher. In meinen Augen ist sie der eingebildetste Mensch der Welt.

Aber Grandmère fuhr fort: »Charakter und gesunden Menschenverstand kann man natürlich erwerben, zum Beispiel durch eine gute Erziehung. Aber im Moment scheint Luisa sich ausschließlich auf ihr gutes Aussehen zu konzentrieren und sie versucht offenbar mit allen Mitteln, einen royalen Titel zu ergattern, vielleicht indem sie einen Prinzen heiratet.« Dann schaute sie auf mein Spiegelbild und lächelte. »Aber sie ist noch jung. Sie hat noch viel Zeit zu lernen. Und da wir Royals sind, ist es unsere Pflicht, sie auf den richtigen Weg zu führen.«

Ich hatte keine Ahnung, wovon sie redete. Ich wollte so wenig Zeit wie möglich mit Luisa verbringen. Aber wenn es zum Besten des Throns war – und der Familie –, war ich natürlich bereit zu helfen.

»Ich denke, Luisa und ihre Großmutter könnten lernen, etwas toleranter gegenüber anderen zu sein«, fuhr Grandmère fort. »Besonders gegenüber normalen Leuten. Das wäre charakterbildend für beide. Aber ich fürchte, es gibt nur eine Möglichkeit, dieses Ziel zu erreichen. Sie müssen mehr Zeit mit ihnen verbringen.«

Ich dachte daran, wie Luisa Rocky schlechtgemacht und gesagt hatte, er sei ja nicht mal »adlig« und gehöre von Rechts wegen gar nicht an die RGA.

»Ähm«, sagte ich. »Vielleicht. Aber ich weiß nicht, wie das je ...«

»Überlass das nur mir«, unterbrach Grandmère mich abrupt und nahm ihren Turban ab, unter dem ein perfekt frisierter Knoten zum Vorschein kam. »Maxine, meine Tiara, bitte.«

»Ja, Hoheit.« Maxine, Grandmères Zofe, ging zu Grandmères Schmuckschrank, um die Tiara zu holen.

»Olivia, du gehst jetzt besser in dein Zimmer zurück und holst deine Tiara. Das ist ein formelles Dinner heute Abend. Mit Stock und Hut und allem Tralala, mein Kind. Mit Stock und Hut.«

Mit Stock und Hut ist der Palastcode für »Tiara und Zepter«.

»Ja, Grandmère«, sagte ich und ging in mein Zimmer zurück, um über alles nachzudenken, was sie gesagt hatte. Ich kann mir echt nicht vorstellen, dass Luisa Ferrari neidisch auf meinen Charakter und meinen gesunden

Menschenverstand ist ... oder auch auf meinen Prinzessinnentitel. Ich glaube, Prinzessin Komiko hat recht und sie ist so gemein, weil ihre Eltern sich nicht verstehen und weil sie wütend darüber ist und sich jetzt einbildet, sie hätte das Recht, ihren Frust an anderen auszulassen.

Vielleicht haben wir beide recht. Man kann mehreres auf einmal sein, wie ich Prinz Khalil neulich erklärt hatte. Menschliche Wesen sind sehr kompliziert.

Aber im Grund genommen kann es mir egal sein, warum Luisa so ist, wie sie ist, weil ich mich damit ja nicht herumschlagen muss.

Freitag, 19. Juni

20.30 Uhr

Königlicher Bankettsaal
Vor-Hochzeits-Dinner

Ich weiß, dass man bei Tisch nicht Tagebuch schreiben darf, aber ich muss, weil ich mir hundertprozentig sicher bin, dass Luisa was im Schilde führt. Den ganzen Abend wirft sie mir schon böse Blicke durch den Speisesaal zu.

Vielleicht aber auch, weil ich neben Michaels Mom (Dr. Moscovitz) sitze, die total nett und witzig ist, während Luisa einen langweiligen alten Freund ihrer Großmutter als Tischnachbarn hat. Und soviel ich mitbekommen habe, redet er die ganze Zeit nur über Börsenkurse.

HA HA HA HA HA!

Ups, ich weiß, es gehört sich nicht, über das Unglück anderer Leute zu triumphieren.

Aber das hier ist das Vor-Hochzeits-Dinner meiner Schwester, und wie soll man da keinen Spaß haben, wenn alle die Braut und den Bräutigam hochleben lassen und lustige Geschichten erzählen, wie sie sich zum ersten Mal in einem Pinguingehege im Zoo geküsst haben (Nishi findet das total romantisch) und wie sie bei einem »Multikulti-Tanz« waren und dass Michael früher mal in einer Band gespielt hat.

Sogar Rocky scheint sich zu amüsieren und er hasst solche großen formellen Abendessen wie die Pest (aber er darf neben Prinz Khalil sitzen und schon deshalb ist er im siebten Himmel).

Was mir übrigens bisher nie aufgefallen ist – vielleicht weil ich Prinz Khalil noch nie in einem Smoking gesehen habe: Er sieht fast wie einer dieser Bollywood-Filmstars aus, von denen Nishi dauernd schwärmt, Schauspieler, die zugleich singen und tanzen können, im Gegensatz zu mir.

Und er ist so nett zu Rocky. Manche Jungs geben sich überhaupt keine Mühe mit kleineren Jungen und ignorieren sie komplett oder hänseln sie sogar (so wie mein Stiefcousin Justin immer).

Aber Khalil ist sehr geduldig mit Rocky und zeigt ihm, welchen Löffel er für die Suppe nehmen soll. Er achtet sogar darauf, dass Rocky aus dem richtigen Wasserglas trinkt und nicht denselben Fehler macht wie ich neulich.

Ahhh!

Nicht dass ich Khalil mag oder so … Ich …

Autsch! Luisa wirft mir schon wieder ihren Todesblick zu. Was ist ihr Problem? Vielleicht sollte ich noch jemand anderen einweihen in das, was hier vorgeht, nicht nur Grandmère … Lars zum Beispiel, Mias Bodyguard, den Chef der Königlich-Genovischen Garde.

Aber nein, das wäre wohl etwas überreagiert. Vielleicht hat Grandmère recht und Luisa braucht nur ein bisschen Verständnis und Anleitung von uns. Als Junior-Brautjungfer (und Prinzessin) ist es schließlich mein Job, meine Schwester zu unterstützen und dafür zu sorgen, dass es keinen Ärger auf der Hochzeit gibt, statt noch mehr Probleme zu schaffen.

Und ich bin mir ganz sicher: Grandmères Plan (was immer sie vorhat) wird funktionieren.

Also halte ich den Mund. Luisa ist schließlich auch Brautjungfer. Und die Hochzeit ist *die* Gelegenheit für sie, ihr Claudio-Abendkleid mit dem abnehmbaren Rock vorzuführen. Warum sollte sie also die Trauungszeremonie vermasseln wollen? Ganz sicher nicht.

Freitag, 19. Juni

23.45 Uhr
Königlich-Genovisches Schlafzimmer

Ich ging früh ins Bett (oder versuchte es zumindest), weil Grandmère sagte, es sei sehr wichtig, dass wir alle unseren Schönheitsschlaf bekommen, denn sonst würde morgen jedes Fältchen in unseren Gesichtern im Fernsehen zu sehen sein, wenn wir bei der Trauung gefilmt wurden (jedenfalls auf den HD-Fernsehern).

Aber kurz nachdem ich eingeschlafen war, hatte ich einen schrecklichen Albtraum. Ich trug mein violettes Brautjungfernkleid (und sah wirklich umwerfend darin aus) und die Trauung sollte gerade beginnen, als plötzlich Schneeball verschwunden war.

Und das war eine Katastrophe, weil sie aus unerfindlichen Gründen mit mir den Gang entlangschreiten musste (im Traum). Im wahren Leben dürfen Tiere nicht mit zur Hochzeit, was ich schrecklich finde und Mia auch. Eine Zeit lang fand sie es sogar lustig, Fat Louie auf ihrer Schleppe den Gang entlangreiten zu lassen, bis Sebastiano ihr klarmachte, dass sie damit ihren Schleier ruinieren würde, weil er aus handgeklöppelter Spitze besteht und zerreißen würde, wenn eine Zwanzigpfundkatze darauf über den roten Teppich geschleift wurde. Abgesehen davon, dass Fat Louie niemals still sitzen würde).

In meinem Traum rannte ich also im ganzen Palast herum und suchte überall nach Schneeball. Ich rief und rief: »Schneeball! Snowy! Hier, Schneeball, komm her, altes Mädchen! Wo bist du denn nur, Süße?«

Und endlich fand ich sie in Chrissys Stall. Ich war so erleichtert …

Bis was ganz Schreckliches passierte. Schneeball rannte auf mich zu und sprang begeistert an mir hoch (was ich ihr die ganze Zeit abzugewöhnen versuche) und dabei hinterließ sie lauter schmutzige Pfotenabdrücke auf meinem schönen violetten Brautkleid!

Es war der Horror! Ich sah unmöglich aus.

Aber mir blieb keine Zeit, die Pfotenabdrücke wegzuwischen (und sie wären sowieso nicht rausgegangen, weil sie einfach überall waren), denn wir mussten jetzt nach vorne gehen und Mia rief mich bereits.

Also musste ich die Brautschleppe meiner Schwester mit schmutzigen Pfotenabdrücken überall an mir tragen.

Alle starrten mich an, tuschelten über mich und regten sich auf, weil ich als Prinzessin komplett versagt hätte, trotz der ganzen Ausbildung, die Mia, Dad und Grandmère, die Schule und alle anderen mir gegeben hatten, und dass meinetwegen die GANZE HOCHZEIT im Eimer sei.

Dann kam plötzlich in den Nachrichten, dass in Genovien das totale Verkehrschaos herrschte, weil alle Gäste die Flucht ergriffen hätten, um nie mehr zurückzukommen, und das alles nur meinetwegen!

Zum Glück wachte ich dann auf.

Ich war so froh, dass Schneeball eingerollt neben mir lag und friedlich schlief, ohne den geringsten Schmutzfleck an ihrem Fell, dass ich sie packte und knuddelte.

Und jetzt werde ich dafür sorgen, dass sie DIE GANZE NACHT und DEN GANZEN VORMITTAG in meinem Zimmer eingeschlossen bleibt, selbst wenn das meine letzte Handlung ist.

Ich will nicht diejenige sein, die Mias Hochzeit vermasselt. Echt nicht.

Samstag, 20. Juni

7.45 Uhr

Königlich-Genovisches Schlafzimmer Hochzeitstag

Ich hasse sie.

Ich. Hasse. Sie.

Okay, ich weiß, das darf man nicht sagen, aber es ist mir egal. ICH HASSE LUISA FERRARI.

So was Grässliches wie sie ist mir noch nie begegnet und sie hat jedes einzelne Schimpfwort verdient, das Dad je von sich gegeben hat, wenn er sich mal wieder über den Pfusch an seinem Sommerhaus aufregte, weil sie so ein abgrundtief schlechter Mensch ist.

Ehrlich, es kann nur Luisa gewesen sein, weil ich

Schneeball nach meinem Albtraum DIE GANZE NACHT in meinem Zimmer eingeschlossen hatte.

Schneeball konnte also nicht mitten in der Nacht in die Küche runtergeschlichen sein, um die oberste Schicht der Hochzeitstorte zu klauen und aufzufressen.

Und wie hätte sie überhaupt an die oberste Schicht herankommen sollen, ohne die ganze Torte umzuwerfen? Die Hochzeitstorte ist eineinhalb Meter hoch (und steht auf einem Tisch ohne Stühle darum herum).

Das war definitiv kein Tier, sondern ein Mensch. Man muss nicht zur königlichen Garde gehören und über besonderen detektivischen Spürsinn verfügen, um das zu begreifen.

Aber der Majordomus glaubt mir nicht. Und der Küchenchef auch nicht. Als er heute Morgen mit dem restlichen Personal hereingekommen ist und die Torte gesehen hat, dachten natürlich alle, dass Schneeball dahintersteckt. Und ich kann es ihnen nicht mal übel nehmen, nach allem, was sie bisher schon angestellt hat.

Aber trotzdem, diesmal kann sie es nicht gewesen sein. Irgendwie muss Luisa sich gestern Abend in die Küche geschlichen und die Torte zerstört haben, nur um mir das Leben zur Hölle zu machen. Es kommt mir fast so vor, als wäre mein Albtraum wahr geworden. Bin ich vielleicht irgendwie hellseherisch begabt? Ich meine, wäre das möglich, dass eine Prinzessin nicht nur gut zeichnen, sondern auch hellsehen kann?

Nein. Das ist echt zu viel des Guten.

»Also«, sagte ich so ruhig wie möglich zu ihnen und mit so viel diplomatischem Geschick, wie ich nur konnte, weil ich Luisa ja nicht einfach beschuldigen durfte, ohne irgendwelche Beweise dafür zu haben. »Schneeball kann es nicht gewesen sein. Sie war die ganze Nacht bei mir im Zimmer. Und sie ist auch nicht groß genug, um an die oberste Tortenschicht heranzukommen, ohne ihre Pfotenabdrücke auf dem ganzen Rest zu hinterlassen. Höchstens, wenn sie auf die Torte raufgeflogen wäre, aber das werden Sie ja wohl nicht wirklich glauben.«

Alle schauten auf die Torte. Von der Familie waren nur Dad, Grandmère und ich da, weil die anderen im Palast nicht gestört werden sollten (zum Beispiel Mia). Es war ja nur »ein häusliches Missgeschick« und Mia war die Braut und »brauchte ihre Ruhe«.

Nur ein häusliches Missgeschick? Mein Hund wurde eines Verbrechens beschuldigt, das er nicht begangen hatte!

»Nun, das ist wirklich ein treffendes Argument«, sagte Dad. »Das hätte eine technische Meisterleistung sein müssen.«

»Aber wer soll es sonst gewesen sein?«, jammerte der Majordomus. »Wer, in aller Welt, stiehlt die oberste Schicht (und nur die!) von einer siebenstöckigen Hochzeitstorte? Wir haben überall gesucht, aber sie ist fort.«

»Das ist ein weiterer Beweis, dass es nicht Schneeball

gewesen sein kann«, folgerte ich. »Sonst hätten Sie überall verstreute Tortenstücke gefunden. Schneeball frisst nie alles auf, was sie klaut. Sie versteckt immer ein bisschen was davon für später. Und wenn sie es gewesen wäre, würden jetzt irgendwo Biskuitkrümel und Tortengussbröckchen herumliegen.«

Mein Dad machte ein unglückliches Gesicht. Er trug seinen Morgenmantel aus rotem Satin mit dem kunstvollen P auf dem Revers, das entweder für Prinz oder für Philippe steht.

»Ich will nicht, dass jetzt das ganze Schloss nach der obersten Tortenschicht durchsucht wird«, sagte er. »Die Gäste werden in wenigen Stunden eintreffen.«

»Ja, lasst uns alle noch mal ins Bett gehen«, sagte Grandmère und legte einen Arm um meine Schultern. »Ich denke, Chef Bernard wird schon allein mit dieser Situation fertig.«

»Nein!«, schrie der Küchenchef. »Nein, eben nischt! Diese Torte sollte für fünf'undertundfünzisch Gäste reischen. Und jetzt müssen wir sieben'undert damit verköstischen, nur wegen die Kinder von diese Schule! Aber es fehlt eine Schicht!«

Grandmère blinzelte ihn an. »Oh, um Himmels willen, Bernard. Dann schneiden Sie eben kleinere Stücke auf.«

Der Küchenchef und der Majordomus sahen aus, als würden sie gleich zum Messer greifen, aber nicht, um die Torte aufzuschneiden.

»Ja, Hoheit«, sagte Bernard schließlich niedergeschlagen.

Während wir die Treppe zu unseren Schlafzimmern hinaufgingen, sagte ich verzweifelt zu Dad: »Schneeball war das nicht. Das musst du doch einsehen.«

»Ja, natürlich, Liebes.« Dad gähnte.

»Kein Wort darüber, zu wem auch immer«, befahl Grandmère. »Amelia muss nicht alles erfahren, was hier heute schiefläuft. Sonst gibt es womöglich noch mehr Katastrophen. Also entspannt euch. Die Sonne scheint, die Leute stehen schon in Scharen draußen. Schade um die Torte, aber so was kommt nun mal vor.«

Dad rieb seinen Glatzkopf. »Ich versteh einfach nicht, wie so was möglich ist, Mutter. Meinst du, dass es tatsächlich der Hund gewesen sein könnte?«

»NEIN!«, brüllte ich. »Schneeball war das nicht. Das war …«

Aber Grandmère warf mir sofort einen bitterbösen Blick zu.

»Wenn heute nichts Schlimmeres passiert, können wir von Glück sagen. Und es wird nichts Schlimmeres passieren«, sagte sie energisch. »Nichts. Hast du mich verstanden, Olivia?«

Ich schluckte. »Ja, Grandmère.«

Ich finde das so ungerecht! Warum soll ich mich wie eine Prinzessin benehmen, wenn Luisa Ferrari einfach machen kann, was sie will, ohne jemals Ärger zu bekommen? Und es ist mir ganz egal, wie traurig sie war, als ihre Eltern sich scheiden ließen, oder ob es ihr an Charakter und gesundem Menschenverstand mangelt.

Wenn Luisa Ferrari mir das nächste Mal unter die Augen kommt, kriegt sie endlich, was sie verdient!

Samstag, 20. Juni

9.35 Uhr

Königlich-Genovisches Schlafzimmer Hochzeitstag

Ich habe Luisa noch nicht gesehen. Aber das ist nur eine Frage der Zeit.

Im Augenblick müssen Nishi und ich uns die Haare von Paolo richten lassen.

Oder vielmehr von seinen Assistenten. Paolo – der königliche Chef-Hairstylist – hat heute nämlich nur Zeit für eine Person und das ist meine Schwester Mia, die Braut.

Die Floristen haben Blumenarrangements für unsere Haare geschickt – die Paolos Assistenten jetzt um meine

Tiara feststecken – und kleine Blumenbouquets, die wir in den Händen halten werden.

Damit wir vor der Kamera gut aussehen, werden wir auch geschminkt. Nicht viel, weil es wichtig ist, »taufrisch und natürlich« zu wirken, so wie es sich für junge Mädchen gehört (nach den Anweisungen, die Dominique de Bois, der Direktor der königlichen Marketing- und Presseabteilung, gegeben hat).

Aber wenn man in HD gefilmt wird, bedeutet das, dass man mit einem leichten Grundierungsfilm besprüht werden muss, der exakt dem jeweiligen Hautton entspricht, damit es keine unregelmäßigen Stellen gibt. (Die Stylistin, die mich geschminkt hat, sagte mir, dass das sogar bei männlichen Sportchampions so gemacht wird.)

Das alles ist so aufregend, dass ich fast vergessen habe, wie wütend ich auf Luisa bin.

Aber nur fast.

Nishi sagt, sie ist im siebten Himmel (obwohl wir beide froh sind, dass wir nicht jeden Tag besprüht werden müssen).

Nach dem Make-up und der Frisur kommt der wichtigste Teil:

die Kleider!

Unsere wurden bereits geliefert, frisch gebügelt, vom Hauspersonal in Kleidersäcke gehüllt, sodass ich nicht sehen konnte, wie meins aussieht, bis Francesca, meine Garderobenberaterin, den Kleidersack öffnete. Als es endlich so weit war, hielt sie einen Augenblick inne, bevor sie das Kleid herausnahm.

»Ach, du liebe Güte«, sagte sie. »Ich weiß nicht, wie ich Ihnen das sagen soll, Hoheit, aber Ihr Kleid ist ... es ist violett!«

»Überraschung!«, krähte ich.

»Oh, wie wunder-wunderschön!«, brüllte Nishi, als sie ihres sah.

»Ja, nicht?«, sagte ich. »Grandmère und ich haben sie in letzter Minute von Sebastiano umfärben lassen. Mia wird vielleicht Augen machen!«

»Ja«, sagte Francesca und half mir, in die ganzen bauschigen Lagen zu steigen. »Das glaube ich allerdings auch.«

Hoffentlich ist es eine schöne Überraschung! Ich glaube, ich sehe so toll darin aus wie in meinem Traum ... oder eigentlich noch besser, weil ich ja nicht mit schmutzigen Pfotenabdrücken übersät bin. Schneeball sitzt auf meinem Bett und beobachtet uns, komplett schmutzfrei (als ich sie heute Morgen Gassi führte, habe ich sie keine Sekunde von der Leine gelassen und einen großen Bogen um alle Pfützen gemacht).

Als die ganzen Haar- und Make-up-Leute fort waren, betrachteten Nishi und ich uns in dem bodentiefen Spiegel in meinem Badezimmer.

»Wir sehen aus wie Najaden«, sagte Nishi zufrieden. »Du weißt schon, diese Wassernixen, die im alten Griechenland in Quellen und Brunnen und was weiß ich noch gelebt haben.«

»Cool«, sagte ich. »Wir sind die Supernajaden.«

Dann machten wir eine Ladung Selfies mit Nishis Smartphone und posierten auf meinem Bett, das wie ein Schiff geformt ist, sodass wir noch mehr wie Najaden aussahen, oder vielleicht wie die Meerjungfrauen-Wasserhähne in Großmutters königlichem Badezimmer.

Francesca ist gerade gegangen, um nachzufragen, wann sie uns herunterholen soll, und Nishi denkt sich alle möglichen Streiche aus, wie wir uns an Luisa rächen können (denn natürlich habe ich Nishi erzählt, was Luisa gemacht hat, obwohl Grandmère es mir verboten hatte. Aber Nishi wird Mia nichts weitererzählen).

Der Große Racheplan
Wie Nishi und Olivia es Luisa Ferrari
heimzahlen werden

Nishi Plan #1
Luisa vor den Fernsehkameras stolpern lassen,
damit ihr der Rock über den Kopf fällt und ihre Unterhose
weltweit Furore macht.

Olivias Kommentar:

Nein. Das würde ihr doch nur gefallen, weil sie ja so nach Aufmerksamkeit giert. Außerdem würde es vielleicht Mias Hochzeit ruinieren und ich habe Grandmère versprochen, nichts, aber auch gar nichts zu machen, was Mia den Tag verderben könnte.

Nishi Plan #2
Luisa vor der Hochzeitskutsche stolpern lassen, damit sie überfahren wird.

Olivias Kommentar:

Nein, weil Luisa ernsthaft verletzt werden könnte und wir dann ins Gefängnis kämen. Und Gefängnis ist nicht sehr prinzessinnenhaft. Außerdem, vergiss nicht, was ich Grandmère versprochen habe.

Nishi Plan #3
Luisa in eine Falle locken und sie dazu bringen, dass sie zugibt, was sie gemacht hat. Ihre Beichte aufs Handy aufnehmen. Das Video ins Internet stellen, damit jeder es sehen kann.

Olivias Kommentar:

Besser! Aber ich fürchte, Luisa wird die Aufmerksamkeit trotzdem genießen. Sie würde vielleicht eine weltweite Internetsensation werden und dann einen Bestseller darüber schreiben.

Nishi Plan #4
Gift kaufen. Sie vergiften.

Olivias Kommentar:

Wie gesagt, Gefängnis ist nicht sehr prinzessinnenhaft. Und wo sollen wir das Gift hernehmen? Und wenn eine der Brautjungfern tot umfällt, weil sie vergiftet wurde, wäre Mias Hochzeit KOMPLETT ruiniert.

Nishi Plan #5
Pferdeäpfel von Chrissy aufsammeln und in Luisas Tortenstück füllen.

Olivias Kommentar:

Aber meinst du nicht, dass Luisa das riecht? Außerdem will ich keine Pferdekacke anfassen. Das ist eklig! Und ich bin mir ziemlich sicher, dass sie krank davon werden könnte, und dann müssten wir wieder ins Gefängnis. Außerdem würden dann alle Hochzeitsgäste denken, dass in ihrem Tortenstück auch Pferdekacke ist, und die Hochzeit wäre wieder ruiniert.

Nishi Plan #6
Boris P. bitten, dass er Luisa auf die Bühne ruft, weil er ihr angeblich einen Song gewidmet hat. Und wenn sie dann oben steht und ihn anschmachtet, soll er ein Lied über sie singen, wie grässlich und gemein sie ist.

Olivias Kommentar:

Aber das wäre so ein Schock für Luisa, dass ihr ganzes Selbstbewusstsein zerstört wäre, und wie soll sie dann jemals Charakter und gesunden Menschenverstand entwickeln? Und eine Prinzessin soll doch Menschen, die weniger privilegiert sind, ein gutes Vorbild geben, statt sie herunterzumachen.

Nishis Plan #6, Fortsetzung
Prinz Khalil dazuholen, damit er hört, was Boris P. über Luisa singt. Dann kennt er die Wahrheit über sie und dann wird er dich mögen und nicht Luisa.

An diesem Punkt musste ich Nishi klarmachen, dass ich keine Lust mehr auf dieses Spiel hatte. Das war kein Spaß, sondern ziemlich gemein. Und ich mag Prinz Khalil doch gar nicht.

Aber Nishi wollte nicht hören. Sie sagte mir doch glatt ins Gesicht: »Ich glaube schon, dass du Prinz Khalil magst, und ich glaube, er mag dich auch. Und Luisa weiß das wahrscheinlich und deshalb hat sie die Hochzeitstorte deiner Schwester zermatscht.«

Mein Herz schlug irgendwie schneller, als Nishi das sagte. Ich weiß auch nicht, warum. Trotzdem sagte ich: »Nishi, nein. Das stimmt nicht.«

»Oh doch. Das sieht doch jedes Kind. Sogar Rocky. Hier, ich geh Rocky holen und frage ihn.«

»Nein«, sagte ich. »Warum willst du Rocky holen? Er ist doch nur ein kleiner Junge, der von nichts eine Ahnung hat. Lass ihn bitte da raus.«

Aber Nishi sagte: »Ich hole ihn trotzdem. Und ich frag ihn wegen der Pferdekacke.«

»Nishi, nein!«, sagte ich. »Ich dachte, das war ein Witz mit der Kacke! Jetzt hör endlich auf damit. Wir können jetzt nicht mehr rumblödeln. Die Hochzeit fängt gleich an. Wir müssen ...«

Aber Nishi ließ sich nicht aufhalten. Sie stolzierte aus meinem Zimmer (es ist auch praktisch unmöglich, in diesen Kleidern *nicht* zu stolzieren, bei den vielen Petticoats) und den Gang entlang.

Und so habe ich die Wahrheit erfahren. Die Wahrheit über Rocky. Und das ist alles Nishis Schuld.

Es war nicht Luisa, die die oberste Schicht von Mias Hochzeitstorte geklaut hat.

Und auch nicht Schneeball.

Sondern Rocky.

Samstag, 20. Juni

10.05 Uhr

Rockys Zimmer
Hochzeitstag

»Ich weiß nicht, warum ich das gemacht habe«, sagte Rocky immer und immer wieder und er sah dabei ganz niedergeschlagen aus. »Ich hab die Torte da stehen sehen und sie sah einfach so lecker aus!«

Na klar war sie lecker! Meine Schwester und Michael haben einen guten Geschmack. Und die Torte, die sie ausgesucht haben – Schokolade mit Vanilleglasur –, ist echt weltklasse!

Rockys Raumschiff ist innen ganz mit Schokoladenkrümeln und Vanilleglasur vollgeschmiert. Ganz zu schweigen von den weißen genovischen Zuckergussrosen und den winzigen funkelnden Zuckerguss-Schneeflocken, mit denen die Torte oben verziert war.

Also jedenfalls, bis der Dieb zugeschlagen hat.

Und dieser Dieb war nicht mein Hund und auch nicht meine Cousine Luisa Ferrari.

»Oh, Rocky«, sagte ich und starrte auf den Schlamassel in seinem Karton-Raumschiff. »Wie konntest du nur so was tun?«

»Ich weiß nicht. Ich bin in die Küche runtergegangen, weil ich mir einen Mitternachtssnack holen wollte, und da war niemand und ich hab die Torte gesehen, und ich dachte … also, die Torte war so riesig! Ich dachte, das merkt keiner, wenn ich ein bisschen was runternehme. Besonders die oberste Schicht. Die war so klein.«

»Aber die oberste Schicht ist doch die wichtigste!«, rief ich. »Weil da die ganzen Dekorationen drauf sind, oder jedenfalls das meiste davon.«

»Na ja«, sagte er schulterzuckend. »Jetzt ist sie aufgegessen und ich hab ihnen die Mühe erspart.« Dann machte er ein trauriges Gesicht. »Aber jetzt sitze ich in der Patsche. Ich meine … also … sagt ihr es ihnen?«

»Alle denken, es war Olivias Hund!«, rief Nishi. »Na ja, außer uns natürlich. Wir dachten, dass es Luisa Ferrari war. Wir sind hergekommen, um dich zu fragen, ob du ihr ein bisschen Pferdekacke von Chrissy ins Gesicht wirfst.«

Rockys Gesicht hellte sich auf. »Ja, klar mach ich das, wenn ihr es immer noch wollt.«

»NEIN!« Ich wusste nicht, was ich tun sollte. Ich war wütend, aber mehr auf mich selbst als auf Rocky. Ich konnte es nicht fassen, dass ich einfach ein anderes Mädchen – meine Cousine und Klassenkameradin, die vielleicht nicht besonders nett war, aber in Wahrheit nur ein bisschen unsicher ist – wegen etwas beschuldigt hatte, das ein Neunjähriger gemacht hatte. »Und nein, wir verraten dich nicht.«

Rocky sah erleichtert aus. »Uff. Danke, du hast was gut bei mir, Liv.«

»Ja«, sagte ich. »Allerdings. Und jetzt müssen wir dein Raumschiff rauswerfen, Rocky. Wir können es nicht so lassen; der Karton ist eine einzige Schweinerei. Das wird schimmeln und dann kommen Mäuse rein.« Die meisten Leute wissen das nicht, aber selbst in tausendjährigen Palästen gibt es Mäuse. Vielleicht sogar noch mehr als in anderen, neueren Schlössern.

Rocky seufzte. »Ist schon gut. Ich glaube ... ich glaube, ich bin jetzt so weit, dass ich mein Raumschiff aufgeben kann.«

Ich sah ihn verwundert an. »Ehrlich?«, fragte ich. »Seit wann denn das?«

»Seit gestern«, sagte er. »Ich will nicht mehr auf den Mond zu den Dinosauriern. Ich will hier in Genovien bleiben und Reptilien studieren. Und Amphibien.«

Nishi fing an zu lachen. »Nicht nur du, sondern alle anderen hier!«

Ich funkelte sie an. Ich wusste echt nicht, was daran so komisch sein sollte. »Ich finde, das ist ein sehr sinnvolles Studium.«

»Ha«, lachte Nishi. »Klar findest du das.«

Mir war immer noch nicht klar, was daran so komisch sein sollte, aber ich hatte keine Chance, sie zu fragen, denn jetzt ging Rockys Zimmertür auf und Francesca spähte herein. »Ah, da sind Sie ja, Königliche Hoheit«, sagte sie. »Ich habe Sie überall gesucht. Es ist Zeit.«

!!!!!

Samstag, 20. Juni

Mittags
Königlicher Thronsaal
Hochzeitstag

Es ist so weit. Endlich!

Meine Schwester sieht wunderschön aus. Ihr Kleid ist perfekt. Als sie die Treppe herunterkam, verfing sich das Licht, das durch die Fenster fiel, in den winzigen Kristallen auf ihrem Mieder und in den beiden ineinander verschlungenen Ms auf ihrem Rock – M für Mia und M für Michael –, sodass sie funkelten wie Diamanten! Für mich sah sie immer schon wie eine Prinzessin aus, aber in diesem Moment war sie eine Königin!

Selbst mein Dad und Grandmère waren einen Augenblick sprachlos, als sie Mia die Treppe herunterkommen sahen, und ich bemerkte, dass Mias Mom weinte. Alle weinten ein bisschen, ich glaube, sogar der Majordomus und Bernard, die aus der Küche heraufgeschlichen kamen, um einen Blick auf die Braut zu werfen, als sie zum Thronsaal schritt.

Aber es waren Tränen des Glücks.

»Und?«, sagte Mia, als sie unten an der Treppe angekommen war. »Wollt ihr nicht irgendwas sagen?«

»Du siehst heiß aus, POG«, sagte Michaels Schwester Lilly, die als Erste das Schweigen brach (POG ist natürlich die Abkürzung von Princess of Genovia).

Alle lachten, nur Michael nicht, der nicht da war, weil er die Braut erst sehen durfte, wenn sie den Gang entlangging. Er wartete mit seinen Brautführern bereits im Thronsaal.

Und genau in diesem Moment machte Rocky etwas ganz Schreckliches … oder Wunderbares, je nachdem. Er ging zu seiner Schwester, die Hand an seinem Schwertgriff (irgendein nicht besonders intelligenter Mensch hatte darauf bestanden, dass Rocky eine formelle genovische Militäruniform auf der Hochzeit tragen sollte, passend zum Outfit seines künftigen Adoptivvaters), und sagte: »Mia, ich habe die oberste Schicht von deiner Hochzeitstorte gestohlen.«

Mia schaute ihn an, mit ihrer wild funkelnden Krone auf dem Kopf, und sagte: »Wie bitte?«

»Ich war das«, wiederholte Rocky. »Ich. Es tut mir leid.

Ich hab sie aufgegessen. Aber keine Angst, alle werden die Torte mögen. Sie schmeckt echt köstl…«

»Oooo-kay«, sagte Dad. Er hob Rocky hoch in die Luft und reichte ihn an Lars, Mias Bodyguard, weiter. »Darüber reden wir später unter vier Augen, junger Mann. Und jetzt sollten wir uns beeilen. Ihr wollt doch nicht die Menge warten lassen.«

Ja, klar. Man konnte die Leute draußen schon rufen hören, aber die Musik spielte hier drinnen.

Erst in diesem Moment bemerkte Mia, was Nishi und ich und die restlichen Brautjungfern und Junior-Brautjungfern anhatten.

»Oh«, sagte sie ein bisschen erschrocken. »Ihr seid ja alle in …«

»Lila!«, rief ich und wirbelte in meinem Kleid herum, auf dem übrigens kein einziger Pfotenabdruck zu sehen war. »Überraschung! Grandmère hat das gemacht! Na ja, Grandmère und ich zusammen. Ich weiß, du wolltest cremefarbene Kleider für die Brautjungfern, aber Grandmère und ich dachten, dass dir das hier bestimmt besser gefallen würde, weil Lila die Farbe der Könige ist, und es ist mal was anderes auf einer Hochzeit, was Besonderes, so wie du …«

»Ja«, brummte Lilly und schaute auf ihren violetten Rock hinunter. »Anders ist es auf jeden Fall. Ich meine, wen stört es schon, dass wir wie Auberginen aussehen?«

»Sprich für dich selbst«, sagte Perin.

Sie ist die einzige Brautjungfer, die nicht gern Kleider anzieht, und weil Mia wollte, dass ihre Freundinnen sich alle wohlfühlen sollten, hat Sebastiano für sie einen Gehrock machen lassen, so wie der für die Brautführer, mit einer violetten Krawatte. Sie sah hinreißend darin aus.

»Mir gefällt mein Kleid«, sagte Tina. »Lila ist eine meiner Lieblingsfarben.«

»Meine auch«, stimmten Marguerite und Victorine zu.

»Ich seh in allem gut aus«, sagte Luisa. »Also ist es mir egal.«

»Jeder sieht gut aus in Lila«, sagte Shameeka. Und Shameeka muss es wissen, weil sie in der Modebranche arbeitet. »Besonders auf einem roten Teppich.«

»Ich finde, ihr seht alle hinreißend aus.« Mias Mom, die ein Kleid in einem etwas anderen Violettton trug als meines und Grandmères, sah selber auch hinreißend aus. »Aber Hauptsache, Mia findet es schön. Was meinst du denn dazu, Mia?«

Wir sahen Mia alle angstvoll an.

»Ich …«, sagte Mia mit zitternden Mundwinkeln. Ich konnte nicht sagen, ob sie glücklich oder traurig war. »Ich …«

Oh nein! Sie fand es schrecklich! Grandmère hatte sich geirrt und die Hochzeit war ruiniert! Aber nicht wegen einem dummen Missgeschick – Pfotenabdrücke auf meinem Kleid oder dass Rocky die Hochzeitstorte angeknabbert hatte –, sondern wegen etwas, das ich absichtlich gemacht hatte (na ja, hauptsächlich Grandmère, aber ich hatte sie nicht aufgehalten).

Ich war am Boden zerstört.

Und dann passierte etwas Unglaubliches.

Meine Schwester brach in Gelächter aus! So wie sie im RGA gelacht hatte, nachdem wir »Alle Straßen führen nach Genovien« aufgeführt hatten. Sie weinte fast vor Lachen. Ehrlich gesagt hatte ich ein bisschen Angst, dass sie jeden Moment umkippen würde.

»Oh nein«, hörte ich Ling Su flüstern. »Jetzt hat der Stress sie endlich eingeholt. Das ist ein Nervenzusammenbruch.«

Aber nach ein paar Sekunden fing sich Mia wieder, wischte sich die Tränen aus den Augen und sagte: »Nein, nein, ich bin okay. Wirklich. Lila ist super. Ich liebe Lila. Du hast recht, Olivia. Lila ist die Farbe der Könige.«

Erleichterung durchströmte mich – noch mehr als in der Nacht, als ich aus meinem Albtraum mit Schneeball und den Pfotenabdrücken aufgeschreckt war und dann gemerkt hatte, dass zum Glück alles nur ein Traum gewesen war.

»Siehst du?« Grandmère beugte sich mit einem triumphierenden Lächeln zu mir. »Ich hab's dir ja gesagt«, flüsterte sie. »Wir haben die Hochzeit gerettet.«

Und das stimmte! Grandmères Plan (was immer sie vorhatte) funktionierte.

Dann nahm meine Schwester ihre Eltern am Arm (nachdem Paolo herübergestürzt war, um ihren tränenverschmierten Eyeliner aufzufrischen) und drehte sich zu der breiten Flügeltür zum Thronsaal um. Die Musik war noch lauter geworden. Bald, das wusste ich, waren wir an der Reihe.

Und plötzlich wurde ich nervös. Es war noch nicht vorbei! Es bestand immer noch die Chance, dass ich alles vermasselte. Schließlich hatten Nishi und ich eine sehr wichtige Aufgabe zu erfüllen. Mias Schleppe aus handgemachter Spitze war unglaublich zart und empfindlich. Wenn das Gewicht einer einzigen alten Katze genügte, um sie zu zerreißen, was konnte dann noch alles passieren?

Und außerdem, als ich mich bückte, um sie hochzuheben, fiel mein Blick zufällig auf Luisa, die mit Victorine und Marguerite in der Nähe stand. Sie sahen alle genauso schön und najadenhaft aus wie Nishi und ich. Außer dass sie keine Tiaras aufhatten.

Vielleicht lag es daran, dass Grandmère und ich Mia gerade so glücklich gemacht hatten (sodass sie

Tränen gelacht hatte). Oder es war die Musik oder meine Schwester, die so wunderschön aussah, oder das Sonnenlicht oder die ganzen Funken, die es sprühte. Auf jeden Fall war ich plötzlich voller Liebe für alle und jeden.

Sogar für Luisa Ferrari.

»Luisa«, sagte ich zu ihr, überwältigt von meinen Gefühlen. »Wir sind ja Cousinen, aber eigentlich möchte ich, dass wir Freundinnen sind. Lass uns nicht mehr streiten, okay? Wenigstens heute nicht.«

Luisa grinste und verdrehte die Augen. »Buon gi-jorno, Olivia. Wie du meinst.«

Das war nicht direkt die Reaktion, die ich mir erhofft hatte. Aber für Luisas Verhältnisse war es ganz okay.

Und dann standen wir draußen vor dem Thronsaal und ich hörte die Leute vor dem Palast lärmen und die ganze Musik drinnen, und ich wusste:

Das war es. Das war der große Moment.

»Alles wird gut«, sagte Vivianne und drückte Blumenkörbchen in Luisas, Victorines und Marguerites Hände. »Und vergesst nicht, ihr könnt es langsam angehen. Keine Hektik. Wir haben alle Zeit der Welt.«

»Nein, das haben wir eben nicht«, sagte Grandmère. »Das Fernsehteam hat gesagt, wir sollten es bis zur nächsten Werbepause über die Bühne bringen.«

»Prinzessin Clarissa«, sagte Vivianne. »Sollten Sie jetzt nicht Ihren Platz einnehmen?«

Grandmère warf ihren Kopf herum, zog Rommel an seiner Kristallleine zu sich her und verschwand.

Paolo ging zu Luisa und drückte ihr ein Papiertuch auf die Lippen. »Hab ich Ihnen das nicht gestern gesagt? Weniger ist mehr. Hab ich das gesagt oder nicht?«

Luisa warf jetzt auch den Kopf herum. »Ich erinnere mich nicht.«

»Ich schon. Ich erinnere mich.« Paolo schaute Mia an. »Sie sehen wie ein Engel aus, der vom Himmel zu uns heruntergeschwebt ist.«

Mia lächelte. »Übertreiben Sie nicht, Paolo.«

»Danke«, sagte er. »So reden Sie immer, wenn Ihnen jemand ein Kompliment macht, Königliche Hoheit. Danke, vielen Dank. Können Sie nicht einfach Danke sagen? So viele Jahre und immer noch kein Danke.« Zu Dad sagte er: »Zu viel Bronzer. Jemand soll bitte den Prinzen in Ordnung bringen. Ist das zu viel verlangt?«

»Unnnd!«, sagte Vivianne und tippte an ihr Headset. »Die Brautjungfern möchten jetzt bitte ihre Position einnehmen.«

Ich hob Mias Schleppe an und war überrascht, um wie viel schwerer sich die zarte handgemachte Spitze anfühlte als das Tischtuch, das sie gestern bei der Probe getragen hatte. Das wog ja mindestens eine Tonne!

Ich warf Nishi meinen »OMG«-Blick zu, aber ich war noch viel geschockter, als ich ihr Gesicht sah. Sie sah aus, als müsste sie sich gleich übergeben.

»Nishi«, wisperte ich beschwörend, »bist du okay?«

»Ich glaub schon«, flüsterte sie zurück. »Ich bin so nervös. Ich … ich weiß nicht, ob ich das schaffe.«

Auweia.

Aber ehrlich gesagt wusste ich auch nicht, ob ich es schaffte.

Nur hatten wir leider keine Wahl. Wir mussten da jetzt durch. Für die Leute von Genovien, und vor allem für meine Schwester.

»Nishi! Natürlich schaffst du das! Davon hast du doch immer geträumt!«

»Aber nicht so«, wisperte sie. »Ich meine, ja, natürlich, aber mir war nicht klar, dass es so sein würde.«

»Wie denn sonst?« Ich sah mich um. »GENAU SO soll es doch sein! Wir gehen in unseren schönen Kleidern den Gang im Thronsaal entlang und alle schauen uns an.«

»Ja, genau!«, rief sie. »Das ist es doch! Ich weiß nicht, ob ich diesen Druck aushalte.«

»Wir müssen doch nur ihre Schleppe hochhalten«, sagte ich und nickte zu meiner Schwester. »Was meinst du, wie sie sich erst fühlt! Sie ist doch diejenige, die verheiratet wird! Und wir müssen nur mithelfen, dass alles gut geht!«

Aber so schwer hatte ich es mir auch nicht vorgestellt.

Hinter der Tür zum Thronsaal hörte ich die Musik anschwellen. Rocky ging wahrscheinlich schon mit den Ringen den Gang entlang.

»Seid ihr bereit?«, hörte ich Dad vor uns murmeln, aber zu Mia, nicht zu uns.

»Und du?«, antwortete sie und drückte lächelnd seinen Arm. »Vergiss nicht, ihr beide verliert keine Tochter. Ihr gewinnt ein neues Mitglied für das Familiengeschäft.«

Das war ein kleiner Scherz. Das Familiengeschäft ist der Königliche Haushalt der Renaldos. Wenn Michael Mia heiratet, muss er ihren Nachnamen annehmen. Das ist so bei einem Prinzgemahl.

»Er wird auf jeden Fall eine Bereicherung sein«, sagte Dad und lächelte zurück.

»Das denke ich auch«, sagte Helen Thermopolis.

»Hör mal, wenn Rocky das schafft«, sagte ich zu Nishi, »dann schaffen wir es schon längst. Er ist erst neun.«

»Ja, das ist wahr.« Nishi sah ein bisschen beruhigt aus. »Aber vielleicht sollten wir es deine Cousine machen lassen.« Sie nickte zu Luisa hinüber, die Last-minute-Selfies mit Marguerite und Victorine machte, bevor Vivianne ihre Handys konfiszieren konnte. »Die hat doch viel mehr Erfahrung.«

»Willst du mich veräppeln?« Ich traute meinen Ohren nicht. »Wir schaffen das, Nishi. Wir tragen doch nur eine Schleppe.«

»Ja, schon«, sagte Nishi. »Aber vor internationalen Fernsehsendern.«

Zum Glück drehte Mia sich in diesem Moment um und schenkte uns ein strahlendes Lächeln. »Ich bin so froh, dass ihr da seid«, sagte sie. »Ihr macht das bestimmt super!«

Dann sagte Vivianne: »Brautjungfern, marsch!«

Mias Freundinnen setzten sich in Bewegung, gefolgt von Victorine, Marguerite und Luisa.

Und plötzlich bewegten sich auch meine Schwester und Dad und ich hatte keine Chance, nervös zu werden, weil ich viel zu sehr damit beschäftigt war, Mias handgemachte Spitzenschleppe samt Schleier glatt und unver-

heddert zu halten, was wirklich nicht leicht war bei der Länge und so schnell, wie sie ging – nicht langsam, wie Vivanne es ihr gesagt hatte.

Aber wenn man eine Braut – und eine Prinzessin – ist, kann man machen, was immer man will. Und wahrscheinlich hätte ich es auch eilig, die Sache hinter mich zu bringen, wenn ich heiraten müsste, damit ich möglichst schnell zur Torte kommen würde.

Ich hatte Zeit genug, um zu sehen, dass alle Gäste zu beiden Seiten des Gangs aufgestanden waren und uns anlächelten – na ja, wahrscheinlich eher meine Schwester, aber ein paar lächelten auch Nishi und mich an –, als wir vorüberkamen. Die Musik – die schmetternden Trompeten und perlenden Harfen der genovischen Nationalhymne – klang himmlisch und die Kristalle auf dem Kleid meiner Schwester funkelten immer noch wie tausend winzige Diamanten im Sonnenlicht, das durch die Fenster des Thronsaals hereinströmte.

Obwohl sie so schnell ging, brauchte sie eine Weile, um ganz nach vorne in den Thronsaal zu kommen, wo der Premierminster wartete, aber weder Nishi noch ich machten auch nur einen einzigen Fehler (und die anderen auch nicht. Ich sah keine einzige Blüte, wo sie nicht hingehörte, und keiner der Hochzeitsgäste wurde von Rockys Schwert durchbohrt).

Das Einzige, was definitiv aus dem Rahmen fiel, war der Ausdruck in Michaels Gesicht, als wir ihn endlich am anderen Ende des Thronsaals erreichten. Er sah genau so aus wie nach unserer Aufführung in der RGA – als ob er sich beherrschen müsste, um nicht in Tränen auszubrechen.

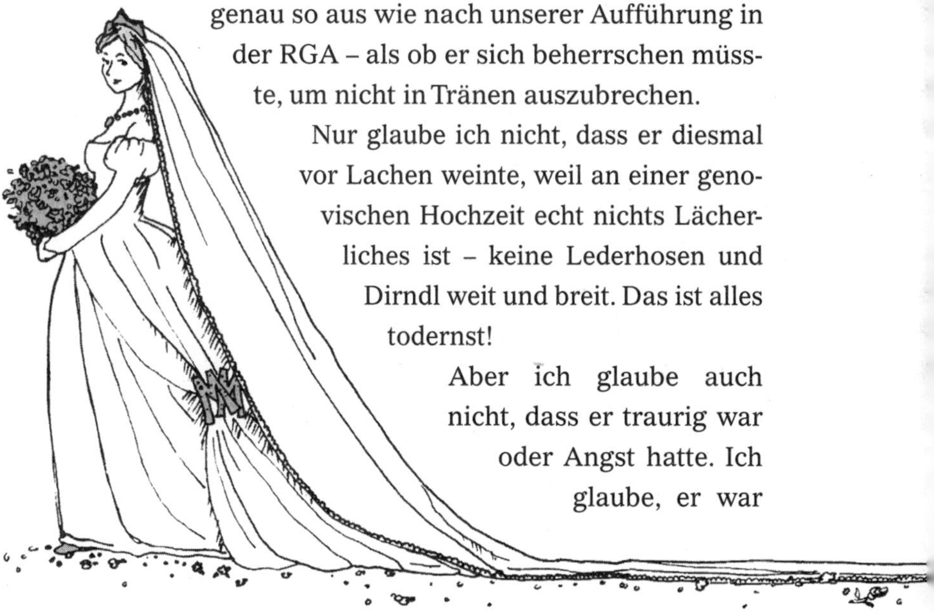

Nur glaube ich nicht, dass er diesmal vor Lachen weinte, weil an einer genovischen Hochzeit echt nichts Lächerliches ist – keine Lederhosen und Dirndl weit und breit. Das ist alles todernst!

Aber ich glaube auch nicht, dass er traurig war oder Angst hatte. Ich glaube, er war glücklich, so wie alle Leute in der großen Halle, als Mia die Treppe heruntergekommen war, oder wie Mia, als sie uns in unseren lila Kleidern gesehen hatte. Ich glaube, Michael war überwältigt von ihrer Schönheit.

Und bei diesem Gedanken weinte ich auch fast vor Glück.

Nur hatte ich keine Zeit dazu, weil ich ja meinen Job machen musste. Es ist echt kein Spaß, für eine königliche Brautschleppe verantwortlich zu sein. Als die Musik zu Ende war und der Premierminister alle aufforderte, Platz zu nehmen, mussten Nishi und ich dafür sorgen, dass Mia sich nicht in ihrem Schleier und ihrer Schleppe verfing. Und zwar *jedes Mal*, wenn sie sich zum Premierminister oder zu Michael umdrehte, sonst hätte sie leicht umfallen können, weil ihre Beine sich in ihrer eigenen Kleidung verheddert hätten.

Genovische Trauungszeremonien sind nicht wie die, die man im Fernsehen sieht, wo Braut und Bräutigam einander versprechen müssen, einander zu lieben und in Ehren zu halten, in guten wie in schlechten Tagen. Stattdessen gelobt ein genovisches Brautpaar,

- allzeit der genovischen Verfassung und einander treu zu bleiben
- seine Kinder anständig zu ernähren und zu erziehen

- weder einander noch seine Kinder noch sein Vieh oder seine Haustiere zu schlagen
- seine Steuern zu bezahlen (obwohl es in Genovien gar keine Steuern gibt)
- nie Fischköpfe in genovische Gewässer zu werfen und sie damit zu verschmutzen, sondern diese sachgerecht zu entsorgen.

(Letzeres ist sehr umstritten und viele Leute verlangen, dass es aus dem traditionellen genovischen Hochzeitsgelöbnis herausgenommen wird. Aber Mia und Michael wollten es drinlassen, weil sie beide nicht religiös sind, aber Wert darauf legen, dass die alten Traditionen erhalten bleiben, wie zum Beispiel die sachgerechte Entsorgung von Fischköpfen.)

Obwohl ich normalerweise keine kitschige Ader habe, fand ich die Zeremonie sehr romantisch. (Aber ich habe nicht geweint, so wie Nishi. Die Mütter von Mia und Michael haben auch geweint, besonders an der Stelle, als das Brautpaar geloben musste, seine Kinder zu wertvollen genovischen Staatsbürgern zu erziehen. Sogar Michael weinte ein bisschen an dieser Stelle, vielleicht weil er an die Zwillinge Han und Solo dachte.)

Aber er sah sehr ernst aus, als der Premierminister sie aufforderte, die Ringe miteinander zu tauschen – was zum Glück glattlief, weil Prinz Khalil das Ringkissen an sich genommen hatte, sobald Rocky nach vorne gekommen war. Und das war auch gut so, denn Rocky spielte während der ganzen Trauung mit seinem Schwert, obwohl ihm seine Mom böse Blicke zuwarf – wenn sie nicht gerade weinte, natürlich.

Dann musste Michael seine Treue gegenüber dem Land Genovien geloben und auf jede andere Staatsbürgerschaft verzichten, damit er der Prinzgemahl von Prinzessin Amelia Mignonette Grimaldi Thermopolis Renaldo werden konnte.

An diesem Punkt musste er vor Mia niederknien und ihr unverbrüchliche Treue schwören, genauso wie der Krone und dem Haus Renaldo.

Dann nahm sie ein Schwert, legte es einmal auf jede seiner beiden Schultern und ernannte ihn zu ihrem Prinzgemahl. Somit war er Prinz Michael Renaldo von Genovien und der Premierminister sagte ihm, dass er die Braut jetzt küssen dürfe.

Ich dachte, Nishi würde gleich umkippen vor lauter Aufregung, aber ich war so damit beschäftigt, Mias Schleier und Schleppe gerade zu halten (und Rocky daran zu hindern, sein Schwert herauszuziehen, weil er offenbar glaubte, das sei das Stichwort für einen allgemeinen Schwertkampf), dass ich den Augenblick, als die beiden sich tatsächlich küssten, gar nicht mitbekam.

Aber es muss ziemlich heiß gewesen sein. Nishi sagte, dass Michael Mia sogar hochgehoben hatte! Und dass Michaels Krone heruntergefallen war (aber Boris P. fing sie rechtzeitig auf, bevor sie aufs Podium fiel).

Aber wie auch immer, bevor ich wusste, wie mir geschah, johlten alle Beifall und die Braut und der Bräutigam stürzten den Gang entlang zu der königlichen Kutsche, die draußen wartete, denn jetzt begann die Parade, die sie – und uns alle – durch die Altstadt von Genovien führen würde, um der Menge zuzuwinken, Glückwünsche entgegenzunehmen und mit Konfetti von den oberen Fenstern der altertümlichen genovischen Häuser und Läden beworfen zu werden.

Was, wie ich zugeben muss, ziemlich lustig war, nur in einem hatte Mia wirklich recht: In Lila wird einem ganz schön heiß in der genovischen Sommerhitze.

Besonders in einer offenen Kutsche in der prallen Mittagssonne, auch wenn überall Champagner verspritzt wurde.

Aber ich darf mich nicht beklagen, weil ich ja dafür gesorgt hatte, dass die Kleider umgefärbt wurden.

Na ja, ich und Grandmère.

So langsam kann ich es verstehen, dass Luisa sich vor dem Ball heute Abend umziehen will.

Aber ich werde das nicht tun. Denn jetzt verrate ich ein Geheimnis: Gerade eben, als wir von der Parade zurückkamen und im Thronsaal herumstanden, um uns fotografieren zu lassen (ja, ehrlich, wir mussten zurückkommen, um Hochzeitsfotos machen zu lassen, und deshalb hatte ich auch die Zeit, das hier zu schreiben. Es ist so langweilig!) … Also, genau in diesem Moment kam Khalil zu mir und sagte, dass ich »sehr hübsch« in meinem Kleid und mit meiner Tiara aussehen würde.

Ich war total überwältigt.

Nicht dass ich ihn mag oder was auch immer (außer als Freund).

Aber das war wirklich süß von ihm. Er hätte mir nicht sagen müssen, dass ich hübsch aussehe.

Was aber nicht der Grund ist, warum ich mich heute Abend nicht umziehe. Ich will einfach nicht, basta.

Hmmmm … Ich frage mich, ob Grandmère die ganze Zeit wusste, dass Lila die Farbe ist, die mir am besten steht, und ob das auch zu ihrem Plan gehörte …

Muss jetzt aufhören. Noch mehr royale Hochzeitsfotos. Ehrlich, die Arbeit einer Prinzessin nimmt kein Ende.

Sonntag, 21. Juni

Mittags

Königlich-Genovisches Schlafzimmer Tag nach der Hochzeit

JAAAAAAAAAAAAAAAAAAAAAAAAAAAAAAAAAA
AAAAAAAAAAAAAAAAAAAAAAAAAAAAAAAAAAA
AAAAAAAAAAAAAAAAAAAAAAAAAAAAAAAA!!!!!

Gestern Nacht war die schönste Nacht meines Lebens!!!

Ich habe mich doch umgezogen. Ich musste, weil Francesca, meine persönliche Garderobenberaterin, mich dazu gezwungen hat. Sie sagte, dass alle sich abends für den Ball umziehen müssten. Ich also auch.

Ich sagte ihr, das sei unmöglich, weil Lila meine Glücksfarbe sei und ich nichts anderes in Lila hätte, geschweige denn so was Glamouröses wie Luisa, die heute Abend ihr Designerkleid von Claudio mit dem abnehmbaren Rock vorführen wollte.

Aber Francesca sagte: »Hier«, und reichte mir eine große Schachtel mit einer Schleife drauf.

Ich sagte: »Was ist das?«

»Das ist von Ihrer Schwester«, sagte Francesca. »Ihr Brautjungferngeschenk.«

»Brautjungferngeschenk?«, wiederholte ich. »Was ist denn ein Brautjungferngeschenk?«

»Das Geschenk, das die Braut und der Bräutigam den Mitgliedern ihrer Hochzeitsgesellschaft machen, um ihnen für ihre Unterstützung zu danken.«

Meine Unterstützung? Na ja, ich hatte Mia ja auch wirklich unterstützt. Die Schleppe und den Schleier gerade zu halten, sodass sie sich nicht verhedderten, war ganz schön anstrengend gewesen.

Aber als ich die Schachtel öffnete, blieb mir der Mund offen stehen. Mia und Michael – oder Prinz Michael, wie wir ihn jetzt wohl nennen mussten – waren wirklich viel zu großzügig gewesen! In hauchfeines Papier verpackt, kam ein glitzerndes Paillettentop mit einem weiten, schwingenden Wickelrock zum Vorschein.

»Oh!«, rief ich, obwohl ich normalerweise gar nicht wild auf so mädchenhafte Kleider bin (außer auf Hochzeiten natürlich).

Aber es war kein Kleid, sondern ein Rock und ein Top. Und was noch besser war – das Top war ein Badeanzug. Ein einteiliger Badeanzug ganz aus Pailletten!

»Ja«, sagte Francesca, die nicht besonders glücklich darüber zu sein schien. Francesca hält nichts von Badeanzügen mit Pailletten drauf. Ich weiß das, weil ich sie schon eine Million Mal um einen Pailletten-Badeanzug gebeten hatte, aber sie sagte immer das Gleiche: Pailletten-Badeanzüge sind unpassend für eine Prinzessin. Mia war offensichtlich anderer Meinung! »Sie haben mich wegen der Größe gefragt. Hier ist eine Nachricht. Vielleicht sollten Sie das lesen.«

Ich fand die Nachricht und las sie.

Vom Schreibtisch IKH Amelia Renaldo von Genovien

Liebe Olivia,
Michael und ich möchten dir von Herzen für alles danken, was du für uns getan hast, um unsere Hochzeit zu einem so unvergesslichen Tag zu machen. Du warst immer so fröhlich und geduldig und nett, auch wenn dir manchmal, wie ich wohl weiß, gar nicht danach zumute war.
Ganz besonders möchten wir dir für die Zeichnung danken, die du für uns gemacht hast und die ich heute Morgen unter meiner Tür fand. Sie ist so schön, dass ich sie rahmen lassen und über die Babybettchen hängen werde, damit sie sie immer sehen und an uns und an dich denken können.

Du bist die beste Schwester – und bald auch die beste Tante –, die man sich nur wünschen kann. Aber vor allem bist du eine echte Prinzessin.

In Liebe,

Mia

Ich konnte es nicht glauben! Das ist der schönste Brief, den ich je bekommen habe.

Ich bin so froh, dass ich die Zeichnung, die ich von Mia und Michael gemacht hatte, heute Morgen aus meinem Tagebuch gerissen und unter ihrer Tür durchgeschoben habe (nachdem ich herausgefunden hatte, dass ihre Hochzeitstorte zerstört war).

Das war natürlich nicht der einzige Grund, warum ich das gemacht hatte ... mir war einfach kein anderes Hochzeitsgeschenk eingefallen, weil ich nun mal kein Geld habe, und unsere tolle Vorführung von »Alle Straßen führen nach Genovien« kann man ja nicht wirklich als Geschenk betrachten. Wenn überhaupt, war das ein Geschenk der ganzen Schule und nicht meines.

Aber die meisten Leute lieben selbst gemachte Geschenke – jedenfalls, wenn sie einigermaßen gelungen sind. Und es ist immer gut, wenn man Menschen, die man liebt, etwas gibt, das von Herzen kommt.

Was mich besonders glücklich machte, war die Tatsache, dass Mia und Michael sich so über mein Geschenk gefreut hatten, dass sie mir etwas zurückschenkten – etwas, das ich mir die ganze Zeit gewünscht hatte. Bis ich ein paar Minuten später feststellte, dass Nishi genau das gleiche Geschenk bekommen hatte.

Und jetzt flippte ich fast aus vor Glück! Weil es bedeutete, dass Mia mich wirklich, wirklich verstand.

»Können wir die beim Empfang tragen?«, fragte Nishi und ich fragte Francesca, die ein gequältes Gesicht machte, als Nishi in ihrem neuen Kleid ins Zimmer platzte und kreischend auf- und abhüpfte.

»Wenn es sein muss«, sagte Francesca. »Das war ja offenbar der Zweck des Ganzen.«

»Als ob deine Schwester gewusst hätte, dass wir Najaden sind«, sagte Nishi immer wieder und tanzte in ihrem Paillettentop und fließenden Rock im Zimmer herum. »Kann sie hellsehen, oder was?«

»Ich glaube, das war ihre Freundin Shameeka«, sagte ich. »Oder Lana. Sie wissen mehr über solche Sachen. Aber wie auch immer. Das kann uns egal sein. Weil wir nämlich toll drin aussehen!«

Ich war so glücklich! Ich konnte mir nicht vorstellen, dass es noch besser kommen würde.

Aber das war ein Irrtum.

Denn als wir zur Party hinuntergingen, trafen Prinzessin Komiko und Königin Amina und alle anderen aus unserer Schule ein und Boris P. kam auf die Bühne und fing an zu spielen. Nishi und ich vergaßen unsere Najaden-Badeanzug-Kleider und stürzten uns ins Vergnügen. Ich

glaube nicht, dass ich je so viel Spaß auf einem Hochzeitsempfang hatte.

(Also, eigentlich war ich ja noch nie auf einer Hochzeit gewesen. Aber ich hatte trotzdem den Spaß meines Lebens!)

Chef Bernard machte Hummer-Käse-Makkaroni, damit genug Essen da war, und außerdem gegrillte Minikäsesandwiches mit Tomatensuppe in Cocktailgläsern, also genau das, was Mia und Michael von vornherein gewollt hatten, was aber Grandmère unpassend für eine königliche Hochzeit gefunden hatte.

Die beiden waren natürlich superhappy!

Und Lillys Vorschlag, Tische und Stühle draußen in den

Garten um den Pool herum aufzustellen, war einfach perfekt, weil die ganzen alten Leute, wie die Baroness und Grandmère und die Regierungschefs aus aller Welt, drinnen im klimatisierten Ballsaal an Bankettafeln saßen, während die jungen Leute draußen Party machten ... was ich ehrlich gesagt viel besser fand.

Draußen auf der Party spielte Boris P. und wir tanzten und hatten jede Menge Spaß.

Aber natürlich tanzten wir nicht, wie Luisa es sich erhofft hatte – keine eng umschlungenen Pärchen, die sich im Mondschein unter den schwankenden genovischen Palmwedeln zur Musik bewegten. Niemand tanzte zu zweit ... außer bei »Alle Straßen führen nach Genovien«, das wir zum zweiten und letzten Mal aufführten, meiner Schwester zuliebe, weil Michael uns so inständig darum bat. Ich habe noch nie einen solchen Beifallssturm erlebt!

Keine Ahnung, was dieses Lied an sich hat.

Aber zum Glück war es das allerletzte Mal, dass ich es singen musste. Und Gott sei Dank war Gunther nirgends zu sehen, als wir es aufführten, sodass ich nur mit Rocky »promenieren« musste und nicht mit dem Popel werfenden Muskelprotz (obwohl ich fairerweise zugeben muss, dass Prinz Gunther keine Popel mehr wirft und auch nicht mehr so mit seinen Ballermännern angibt).

Aber ein, zwei Paartänze gab es schon – Mia und Michael führten ihren ersten Tanz als verheiratetes Paar zu einem alten Song vor, von dem noch nie jemand was gehört hatte (oder jedenfalls ich nicht). Die anderen standen um sie herum, schauten zu und klatschten. Es war sehr schön.

Und dann tanzte Mia einmal mit ihrem Vater und Michael mit seiner Mutter.

Dann tanzten alle zu Boris P., aber in einer großen Gruppe, nicht paarweise oder so. Die Jungs zogen ihre Jackets aus und wir Mädchen unsere Schuhe und alle sprangen herum und spielten verrückt und versuchten, nicht in den Pool zu fallen. Es war so toll.

Na ja, außer für Luisa. Nicht dass sie in den Pool fiel (was auch lustig gewesen wäre), nein, sie wollte einfach nicht tanzen, nicht mal, als Victorine oder Marguerite oder ich sie auf die Tanzfläche zu ziehen versuchten. Sie sagte, wir seien »unreif« und hätten »keine Ahnung«.

Irgendwann brachte ich ihr einen Tomatensuppen-Cocktail und ein Minisandwich, weil ich dachte, dass sie vielleicht einfach hungrig war, und traurig, dass ihre Eltern nicht auf der Hochzeit waren, weil sie nicht dieselbe Luft atmen wollten, und da sagte sie nicht mal Danke. Stattdessen beschimpfte sie mich: »Nur damit du es weißt: Ihr beide seht so bescheuert aus, du und deine Freundin. Ich meine, wie kann man nur in den gleichen Kleidern rumlaufen!« Sie meinte Nishi, die in einer großen Gruppe mit Rocky, Prinzessin Komiko und ein paar anderen Leuten tanzte.

»Ach ja?« Ich war wütend, aber irgendwie musste ich

auch lachen, weil es so typisch … Luisa Ferrari war. »Das sind keine Kleider, sondern Badeanzüge mit Röcken.«

»Das ist ja noch bescheuerter«, sagte Luisa. »Das hier ist ein königlicher Ball und kein Pooltreff.«

Ich schüttelte den Kopf. Luisa konnte mich nicht mehr kränken, das merkte ich jetzt. Teils wegen dem, was Grandmère gesagt hatte, und teils weil … na ja, ich bin jetzt eine echte Prinzessin! Meine Schwester hat es gesagt.

Und selbst wenn nicht, wäre es mir egal, was sie sagt. Sie ist Luisa Ferrari. Sie hat keine Macht über mich.

Zum Glück, denn wenn sie erfährt, was meine Schwester zu Madame Alain beim Schokoladenbrunnen gesagt hat – dass im Herbst alle Schulen in Genovien, auch die RGA, per königlichem Dekret Flüchtlingskinder aufnehmen müssen oder sonst mit Geldbußen belegt und vielleicht sogar geschlossen werden –, wird Luisa vor Horror tot umfallen.

Ich habe nicht den geringsten Zweifel, dass Grandmère dahintersteckt. Wahrscheinlich will sie auf diese Weise den Ferraris ein bisschen mehr Charakter anerziehen. Ich habe Grandmère beim Schokoladenbrunnen drüben gesehen, als meine Schwester und Madame Alain miteinander geredet haben. Garantiert hat *sie* Mia diese Idee eingeflüstert.

Was aber nicht heißt, dass es eine schlechte ist. Im Gegenteil, ich finde sie gut. Das wird eine echte Herausforderung für meine Cousine, mit ein paar Nichtroyals in die Schule gehen zu müssen …

Und sie wird eine Menge dabei lernen. So wie ich eine Menge gelernt habe, seit ich mit Royals in die Schule gehe.

»Hier, Luisa«, sagte ich und gab ihr ein Stück Hochzeitstorte. »Du siehst aus, als ob du was in den Magen brauchst.«

»Spinnst du?« Sie starrte mich entsetzt an. »Ich esse doch keine Torte.«

»Warum nicht? Das ist eine Hochzeitstorte. Und es bringt Unglück, wenn man nichts davon isst.«

»Na gut.« Sie verzog das Gesicht, nahm aber das Tortenstück und fing an zu essen. »Aber wenn mein Kleid platzt, muss dein Dad dafür bezahlen. Ich meine, ein Claudio-Kleid! Auch wenn das hier offenbar niemand gemerkt hat.« Sie stach ihre Gabel in Prinz Khalils Richtung. Er hatte sein Tuxedo-Jackett abgenommen, so wie die kleineren Jungs, und tanzte begeistert zu einem von Boris P.s größten Hits, »Eine Million Sterne«, den Boris für Mias Freundin Tina sang, mit der er wieder zusammengekommen war, zur großen Erleichterung aller anderen.

Ich versuchte, nicht darauf zu achten, wie süß Prinz Khalil aussah.

»Also, ehrlich gesagt glaub ich nicht, dass Jungs wie Prinz Khalil auf Designermarken stehen«, sagte ich so höflich wie möglich.

Luisa verzog erneut das Gesicht. »Wahrscheinlich

nicht. Wenn ich einen Leguan tragen würde, dann würde ihm das sicher besser gefallen.«

Es war ganz schön frustrierend, neben Luisa zu sitzen. Aber da ich eine der Gastgeberinnen des Hochzeitsempfangs war, fühlte ich mich verpflichtet, sie nicht so allein und traurig herumsitzen zu lassen, weil das nicht sehr prinzessinnenhaft gewesen wäre.

Und natürlich dachte ich daran, was Grandmère gesagt hatte – dass es meine Pflicht als Prinzessin sei, andere, die es nicht so gut hatten wie ich, ein bisschen zu betreuen. Komisch eigentlich, denn Luisa war doch zu *meiner* Betreuerin im RGA ernannt worden. Und jetzt musste ich mich um *sie* kümmern. Oder zumindest versuchte ich es.

Aber dann wurde ich plötzlich für meine ganze harte Arbeit belohnt (so wie bei dem Brautjungferngeschenk), weil etwas ganz Unglaubliches passierte.

»Prinzessin Olivia?«, rief eine Stimme aus der Dunkelheit.

Und aus dem Garten hinter den Lichterketten, die ich mit den Elektrikern zwischen den Palmen aufgehängt hatte, tauchte eine Gestalt auf, die ich nicht gleich erkannte (obwohl sie mir nur allzu vertraut hätte sein müssen). Ein Junge mit supermuskulösen Armen und Schultern – die in dem viel zu großen Tuxedo, den er anhatte, noch gigantischer aussahen – und mit österreichischem Akzent und Haaren, die so blond waren, dass sie fast golden aussahen …

»P-prinz Gunther«, stotterte ich und stand auf. »Deine … deine Haare. Die sind ja gar nicht mehr grün!«

»Oh ja«, sagte er und fuhr verlegen mit den Fingern durch seine gelbe Mähne. »Das ist die Überraschung, von der ich dir geschrieben hatte.«

Luisa stand auch auf. Ihr fiel die Kinnlade herunter. »Prinz Gunther – du siehst ja toll aus!«

»Danke«, sagte er. »Und du auch. Ist das ein Kleid von Claudio?«

Luisa schaute verwundert an sich herunter. »Was …. Was hast du gesagt?«

»Ich hab gefragt, ob das von Claudio ist.« Gunther schlenderte zu uns herüber und zeigte auf Luisas Kleid. »Ich kenne den Designer. Meine Mutter steht total auf ihn. Sie hat mal für ihn gemodelt. Und die letzten zehn Jahre hat sie nur Sachen aus seiner Kollektion getragen. Am meisten liebt sie seine Sportsachen, die sie immer auf Mallorca trägt, wenn wir dort Ferien machen.«

Ich dachte, Luisa würde vor Schock tot umfallen. »Meine Mom steht auch auf die Sportsachen von Claudio.«

Ich hatte keine Ahnung, wovon sie redeten, aber als Gastgeberin dieser Party hielt ich es für meine Pflicht zu fragen: »Prinz Gunther, was ist denn mit dir passiert? Wo warst du?«

»Oh, tut mir leid, dass ich zu spät komme, Prinzessin«, sagte er. »Der Zitronensaft, mit dem ich das Grün aus meinem Haar herausgespült habe, hat länger gebraucht, als ich dachte. Würdest du bitte meine Entschuldigung annehmen und mich auch bei dem Brautpaar entschuldigen?«

»Ähm«, sagte ich. »Klar.« Ich hatte keine Ahnung, wo Mia und Michael waren. Es war spät und ich hatte sie seit Stunden nicht mehr gesehen. Wer weiß, vielleicht waren sie sogar schon ins Bett gegangen. Ich hätte es ihnen nicht verübeln können. Sie hatten den ganzen Tag so viel gelächelt für die Fotografen, dass sie wahrscheinlich todmüde waren.

Plötzlich lächelte sogar Luisa.

»Ist der auch von Claudio?«, fragte sie und zeigte auf Prinz Gunthers Tuxedo.

»Oh ja«, sagte Gunther. »Ein Vintage-Anzug. Er hat meinem Großvater gehört.«

Luisa sog die Luft ein. »Vintage? Weißt du, wie viel ein Vintage-Tuxedo von Claudio wert ist?«

»Ja«, sagte Prinz Gunther. »Mein Vater würde mich umbringen, wenn er wüsste, dass ich ihn trage. Aber ich dachte mir, für so einen Anlass nehme ich das in Kauf …«

Und ehe ich auch nur piep sagen konnte, zog Luisa

Gunther auf einen Stuhl an ihrem Tisch herunter und fragte ihn über die Claudio-Kollektion seiner Mutter aus.

Und Prinz Gunther schien es nichts auszumachen, obwohl er ziemlich nervös wirkte. Auf eine gute Art.

Ich konnte es nicht fassen. Luisa spielte sich nicht vor einem Jungen auf, wie sonst immer, und war auch nicht gemein zu ihm (oder zu mir oder wem auch immer). Sie führte einfach ein Gespräch mit ihm, über etwas, das sie interessierte … und ihr Gegenüber, Prinz Gunther, schien es auch interessant zu finden.

Ich war mir nicht sicher, ob das ein Beweis dafür war, dass sie endlich Charakter und gesunden Menschenverstand entwickelte, aber ich fand, dass ich meine Pflicht als Gastgeberin erfüllt hatte. Ganz langsam zog ich mich zurück, mit einem Gefühl der Genugtuung …

… als plötzlich jemand meine Hand packte und daran zerrte.

PRINZ KHALIL, und damit hatte ich wirklich zuletzt gerechnet.

»Olivia«, sagte er beschwörend und zog mich um den Rand des Pools herum. »Ich bin so froh, dass ich dich gefunden habe. Komm her, schnell!«

Ich hatte keine Ahnung, was hier vorging – ich dachte, vielleicht verabschiedeten Mia und Michael sich in die Flitterwochen und wir sollten ihnen alle winken. Oder vielleicht fing das Feuerwerk an oder ich wurde für eine besondere Fotosession gebraucht, mit der Königin von England oder Boris P. oder so.

Aber nein, nichts von alledem. Stattdessen führte Prinz Khalil mich zu dem Orangenbaum unter meinem Schlafzimmerfenster – wo es ziemlich dunkel war, jetzt, bei Nacht und weil niemand von uns daran gedacht hatte, hier auch noch Lichterketten aufzuhängen.

»Schau mal!«, rief Prinz Khalil.

Ich blickte mich um, konnte aber nur feststellen, dass eine der Lebendfallen vergessen worden war. Dann fing ich im Inneren eine winzige Bewegung auf.

Ein Leguan! Und zwar nicht irgendeiner. Ein hellgrüner Babyleguan!

Ich sog die Luft ein. »Carlos!«

Khalil sah mich neugierig an. »Carlos? Wer ist Carlos?«

»Ähm«, sagte ich. »Niemand.« Er brauchte nicht zu wissen, dass ich dem Leguan einen Namen gegeben hatte. Das verstieß vermutlich gegen die Regeln der Herpetologischen Gesellschaft von Genovien oder so.

»Ich wollte dir nur zeigen, dass wir einen übersehen haben«, sagte Prinz Khalil. »Hoffentlich denkt deine Großmutter jetzt nicht, wir hätten unser Versprechen nicht gehalten. Ich bin sicher, das ist der letzte. Ich komme morgen und hole ihn, wenn du willst.«

»Nein«, sagte ich schnell, bevor ich mich bremsen konnte. »Bitte nicht. Das ist Carlos.«

Unter dem Orangenbaum war es dunkel, aber jetztkroch der Mond über die Palastmauern herauf, sodass ich sein Gesicht deutlich genug sehen konnte, um zu merken, wie verblüfft er war. »He, warte mal … du hast einen Leguan als Haustier?«

»Nein, nicht wirklich als Haustier«, sagte ich verlegen. »Er hängt einfach nur hier rum.« Ich zeigte auf das Fenster über uns und zerbrach mir den Kopf, wie ich es ihm erklären sollte. »Das ist mein Schlafzimmer, verstehst du? Also, ich … ich glaube, ich hab mich irgendwie an ihn gewöhnt … Und ich würde ihn vermissen, wenn ihr ihn auf den Golfplatz bringt. Meinst du, ich könnte ihn vielleicht behalten? Ich bin sicher, dass meine Großmutter nichts dagegen hat. Carlos gehört doch jetzt zur Familie.«

Ein Lächeln breitete sich auf Prinz Khalils Gesicht aus. »Wow. Ich hätte nie gedacht, dass ich mal ein Mädchen kennenlerne, das Leguane mag … ganz zu schweigen von einer Prinzessin … Ich dachte, Prinzessinnen mögen nur Kleider und so …«

»Oh«, sagte ich betroffen, weil ich an Luisa denken musste. »Na ja, auch eine Prinzessin kann viele verschiedene Dinge mögen. Kleider, Zeichnen, Fußball, Reiten, das Land regieren und … na ja … Leguane. Anfangs mochte ich die Leguane nicht besonders. Aber mit der Zeit, als ich sie besser kennenlernte, sind sie mir ans Herz gewachsen.«

Ich merkte, dass ich nicht nur von Leguanen sprach …

Ich redete von der RGA … und meiner Cousine Luisa … und sogar von Prinz Khalil!

Das machte mich noch verlegener, besonders weil er mich immer noch so anschaute. Warum musste er auch so schöne braune Augen haben?

»Und außerdem«, fügte ich hinzu. »Ist das nicht dein Job?«

Er starrte mich weiter an, als hätte ich was im Gesicht. »Ist was mein Job?«

»Ich meine, es gehört doch zu deiner Arbeit bei der Herpetologischen Gesellschaft, die Leute aufzuklären, wie wichtig es ist, Reptilien und Amphibien zu erhalten? Weil sie so gut für die Umwelt sind.«

»Ach so, ja«, sagte er und lächelte noch breiter. »Genau.«

»Also können wir doch vielleicht den einen behalten. Nur den hier. Carlos.«

»Ja, klar«, sagte er. »Ich kann dir zeigen, wie man ihn versorgt und was man ihm füttern muss und so. Ich kann jederzeit rüberkommen, wenn du willst, weil meine Eltern den Sommer über hier in Genovien bleiben.«

»Oh«, sagte ich. »Das wäre super.«

Dann zeigte Prinz Khalil mir, wie man die Lebendfalle öffnete, um Carlos herauszulassen (obwohl der dumme kleine Kerl natürlich schlief oder Angst hatte oder was auch immer, sodass wir den Käfig praktisch schütteln mussten, um ihn herauszubringen), und dabei legte er seine Hand auf meine, während ich am Riegel herumfummelte.

»Ups«, sagte er mit einem breiten Grinsen. »Sorry.«

»Ist schon okay«, sagte ich und lächelte zurück. Ich weiß nicht, was mit mir los war. Ich war jetzt gar nicht mehr verlegen, sondern strahlte wie ein Honigkuchenpferd.

Besonders als wir zur Party zurückgingen – Prinz Khalil hatte die Lebendfalle zugemacht, damit Carlos nicht mehr hineinkriechen konnte, und mir versprochen, dass er morgen vorbeikommen und sie holen würde – und er mich fragte: »Hey, willst du tanzen?«

»Ja, klar«, sagte ich. Weil ich keine Ahnung hatte, was er meinte. Ich glaube, in dieser einen Hinsicht hat Luisa ausnahmsweise recht. Ich bin wirklich ein dummes, unreifes Mädchen. »Ich habe schon den ganzen Abend getanzt. Hast du mich nicht gesehen?«

»Nein«, sagte er so verlegen, wie ich mich gleich fühlen würde. »Ich meinte, mit mir. Willst du mit mir tanzen?«

Im ersten Moment war ich mir nicht sicher, ob er das wirklich gesagt hatte und ob es in meinem Kopf oder meinem Herzen war, aber es klang wie eine Million Feuerwerkskörper, die alle gleichzeitig in einem Schwall von blendendem Licht explodierten, das noch heller funkelte als die Kristalle auf dem Brautkleid meiner Schwester.

Und tatsächlich hatte genau in diesem Moment das große Hochzeitsfeuerwerk angefangen, direkt über unseren Köpfen, und gewaltige Fontänen von Weiß, Grün und Blau schossen in die Luft.

Mit hämmerndem Herzen sagte ich: »Ja, natürlich, Prinz Khalil, ich würde gern mit dir tanzen.«

Und dann tanzten wir!

Keine langsamen Tänze oder so.

Aber wir tanzten im Mondschein und beim Brunnen miteinander. Einmal berührten wir uns sogar an den Händen, als ich fast das Gleichgewicht verlor und in den Pool gefallen wäre, wenn er mich nicht lachend festgehalten und gerettet hätte!

Es war himmlisch.

Ich kann immer noch nicht aufhören zu strahlen. Weil ich endlich begriffen habe, dass Nishi vielleicht recht hat.

Prinz Khalil mag mich wirklich! Und nicht nur wie eine gute Freundin. Und wisst ihr was?

Ich mag ihn auch. ☺

Die Hochzeit hat also doch nicht in einer Katastrophe geendet. Und ich bin auch keine komplette Versagerin als Prinzessin.

Also, ich muss jetzt ins Bett. Da Mia morgen in die Flitterwochen fährt, werde ich viel mehr Pflichten im Palast übernehmen müssen. Und wie sagt Grandmère immer? Jede Frau braucht mindestens acht Stunden Schlaf, um morgens frisch und ausgeruht zu erwachen und sich dem neuen Tag zu stellen.